INTRIGUES ET AMITIÉ

« Sans scrupule »

Polar *intimiste*

Du même auteur, dans la série « **Intrigues et amitié** » :
(sans ordre de lecture)

- **La face cachée**
- **Hors réseau**
- **Abus de confiance**

Ce roman est une œuvre de fiction.
Toute ressemblance avec une personne
vivante ou décédée, un fait ou une entreprise
ne serait que pure coïncidence.

Conception de la jaquette :
Suzanne Beaudet

Éditeur : Claude André Poirier
            Montréal (Québec) Canada

Dépôt légal :
Bibliothèque et Archives nationales du Québec, avril 2018
Bibliothèque et Archives Canada avril 2018
ISBN 978-2-9815639-8-9

INTRIGUES ET AMITIÉ

« Sans scrupule »

Claude André Poirier

Polar *intimiste*

« Il sait d'instinct que c'est la main de la femme effleurant l'enveloppe bourrée d'argent qui lui dit la vérité, pas celle caressant la sienne. »

« Sans scrupule »

Claude André Poirier

Les quatre amis:

Il y a d'abord Anouk Beauregard, ma sœur. De tempérament intense, elle est ingénieure civile et chef de section pour la firme de génie-conseil ING Solution. Le regard de la plupart des hommes et de certaines femmes me confirme qu'elle est très attirante. Pourvue d'un côté exceptionnellement rationnel, elle est aussi capable des plus folles extravagances, particulièrement dans ses amours en dents de scie.

Mat, c'est le sérieux sergent Mathieu Smith de la Sûreté du Québec. Il représente l'élément le plus stable de notre quatuor. Avec sa conjointe Hélène, il a des jumeaux de dix ans. Nous avons grandi ensemble dans le quartier NDG[1] à Montréal.

Le plus sensible d'entre nous, c'est Damien Lecourt. Artiste-peintre, divorcé, il travaille temporairement dans une boutique d'art, « Le Zèbre », en attendant, encore et toujours, d'être reconnu pour sa propre peinture. Il nous apporte une dimension assez surprenante des évènements, que l'on croyait pourtant sans âme.

Finalement, il y a moi, Gabriel Beauregard. Que puis-je vous dire d'intéressant sur moi ? On dit que j'ai un certain charme. La disparition de Marie, l'amour de ma vie, m'a jeté dans une dépression qui, même après deux ans, me hante encore par moment. Je me suis donc retiré du monde des affaires. Plusieurs m'envient, puisque je peux me permettre de très bien vivre de ce que j'ai amassé quand j'étais vice-président aux finances au siège social de Preston One. Mes amis m'ont sauvé du gouffre en

---

[1] Notre-Dame-de-Grâce

instaurant les soupers du premier lundi du mois pour me sortir de ma léthargie. Centrés sur moi au début, ces soupers sont devenus des jalons nécessaires à mon équilibre. Mes amis l'admettront peut-être, ils sont pour eux aussi, un point culminant dans leurs vies. En résumé, aider ces derniers et, ah oui, j'oubliais, essayer de jouer Liszt au piano sont pour le moment mes deux repères.

CHAPITRE 1

Montréal, mardi 22 août

Je n'aime pas me faire réveiller par un appel au beau milieu de la nuit comme c'est le cas actuellement. Que mon sommeil soit irrémédiablement hypothéqué n'est pas ma plus grande appréhension. C'est l'éventuelle annonce qui ne peut se permettre d'attendre au lendemain qui m'inquiète le plus.

Maintenant que je suis assez éveillé pour repérer mon cellulaire, j'espère, comme à chaque fois, qu'on a composé mon numéro par erreur même si ce scénario implique que je serai de mauvaises humeurs.

Mon souhait ne sera pas exaucé. Ma sœur est en sanglots à l'autre bout de la ligne. Elle me communique instantanément sa détresse.

- Gabriel, Sophie est introuvable. En plus, mon argent, mon passeport et mes cartes ont disparu avec elle. Je suis retenue au service de l'immigration. Je ne comprends pas ce qui m'arrive. Rien ne va comme prévu. Gabriel, j'ai peur !

J'essaie de retrouver mes esprits. L'exercice reste vain. J'ai saisi chaque mot, mais je ne réussis pas à leur trouver un sens.

Une voix désespérée à en crever le cœur me relance.

- Gabriel ! Es-tu là ?

Je donnerais tout ce que j'ai à ce moment précis pour que cet appel soit un faux numéro.

- Je ne comprends pas ce que tu me dis, Anouk. Tu n'es pas à Séoul !

Son ton monte instantanément, comme si elle évacuait une surdose de frustration.

- Ils me gardent à leur centre de détention. On me considère comme une immigrante illégale, sans papier. Mais par-dessus tout, je suis vraiment inquiète pour Sophie. Je n'ai aucune idée de ce qui a pu lui arriver. Ici, ils ne savent rien. Je suis désemparée. Je n'ai même plus de cellulaire.

Je trouve sa pause encore plus pénible à supporter que le drame qu'elle s'efforce de me décrire. Ce long délai m'atteste qu'elle s'attend à ce que je l'aide malgré le peu que je connais de sa situation. De plus, comme elle m'a communiqué son angoisse, je me sens tout aussi dépourvu qu'elle.

Mon silence n'a plus de justification à présent, je dois tenter quelque chose. J'essaie de prendre un ton rassurant, conscient qu'Anouk n'en sera pas dupe.

- Si tu me disais ce qui t'est arrivé, petite sœur.

Elle me l'avouera plus tard, le « petite sœur » a contribué momentanément à réduire son stress d'un cran.

- Tout se passait bien jusqu'à ce que nous atterrissions à l'aéroport d'Incheon en début d'après-midi. Sophie est tellement... Enfin, tu sais à quel point elle me plaît cette fille.

Elle marque sa confidence d'une courte pause.

- Une fois sortie de l'avion, j'ai fait un arrêt à la première salle de toilettes qui se trouvait sur mon chemin. J'ai laissé mon sac à main à Sophie qui avait avalé moins de café que je l'avais fait. En sortant, elle n'était plus là - sa voix tremble à présent. J'ai attendu quelques minutes en supposant qu'elle avait décidé de m'imiter.

La ligne n'est pas tellement bonne, j'ai de la difficulté à comprendre. Je perds un mot sur trois. Je dois me résoudre à l'interrompre.

- Anouk, je t'entends mal. Parle plus fort, s'il te plaît.

- Je fais ce que je peux, me crie-t-elle par la tête.

Un silence se glisse dans notre conversation qui n'a pas encore de sens. Elle reprend la seconde suivante.

- J'ai commencé à trouver le temps long. Je suis retournée à l'intérieur de la salle de toilettes. Rien. J'en suis ressortie pour attendre à côté de l'entrée pendant au moins dix minutes sans la voir réapparaître. Sophie ne se trouvait de toute évidence pas là.

Anouk a beaucoup de mal à évoquer le déroulement des évènements trop récents sans doute, pour y comprendre quoi que ce soit elle-même. Je ne fais rien pour la brusquer, j'ai eu ma leçon.

- J'ai fait le tour de toute la section des arrivées internationales de l'aéroport, Gabriel. J'ai inspecté chaque corridor entre notre porte de débarquement et le poste douanier. Aucune trace de Sophie ni de mes papiers d'ailleurs. J'ai refait deux autres fois le trajet : même résultat. Je me suis adressée au kiosque d'information pour la faire appeler par haut-parleurs à trois reprises, soit jusqu'à ce que la préposée exaspérée me fasse comprendre qu'elle le faisait pour la dernière fois. Aucun résultat. J'étais affolée. Je me suis assise pour reprendre mes sens. Je n'ai trouvé aucune explication. Il n'y a pas de logique à tout ceci. Je suis tellement inquiète pour elle, tu ne peux pas savoir à quel point !

- Je ne suis pas certain d'avoir tout saisi, Anouk. Es-tu encore à l'aéroport de Séoul ?

- Je me suis résignée à me présenter au poste douanier sans passeport. Je n'avais pas le choix, eux pouvaient possiblement m'aider.

- D'accord, mais en ce moment, es-tu toujours là ? Qu'est-il arrivé quand tu t'es présentée à eux ?

Je crois que mes questions terre-à-terre la forcent à sortir momentanément de sa frayeur, son ton devient perceptiblement moins agité, peut-être même fataliste.

- Après m'avoir interrogée durant deux heures à leur bureau de l'aéroport, ils m'ont fait monter dans un fourgon avec deux autres hommes pour me transférer dans un centre de détention en plein Séoul. Ils ne veulent pas rechercher Sophie, j'ai l'impression qu'ils ne me croient pas. J'ai peur qu'il lui soit arrivé quelque chose, Gabriel. De son côté, elle doit s'inquiéter pour moi. Essaie de la rejoindre, je t'en prie. Son cellulaire est en mode avion pour éviter les frais d'itinérance alors je te donne son adresse courriel : Sophiesympatic8@sympatico.ca.

Elle s'offre une courte pause, le temps que je note les coordonnées de son amoureuse puis elle rajoute :

- J'ai l'impression que je vais me tirer de mon sommeil d'un moment à l'autre et sortir de ce cauchemar.

Je ne lui dis pas, mais moi aussi je souhaiterais me réveiller et mettre tout ceci sur le compte d'un mauvais rêve ou d'un faux numéro.

- Que va-t-il se passer maintenant ?

- J'aimerais le savoir ! Les douaniers me disent qu'ils font une enquête et qu'ils statueront d'une manière provisoire sur mon sort. On me laisse entendre que cette procédure peut prendre quelques jours. Ils sont en contact avec l'ambassade canadienne, je crois, mais je n'ai rien pour établir mon identité, je n'ai même pas de cartes de crédit ou de débit sur moi.

- N'as-tu pas numérisé ton passeport et tes cartes avant de partir ? Tu pourrais au moins leur prouver que tu es bien toi !

Son ton devient brusquement aigu.

- J'y ai pensé ; figure-toi. Le problème, tu vois, c'est que comme tout va mal, je ne réussis pas à accéder à mon courrier électronique. Je ne suis plus certaine de mon mot de passe, tout est embrouillé dans ma tête. En conséquence, je ne parviens plus à ouvrir mon compte. J'ai essayé tous ceux que j'utilise habituellement, rien ne fonctionne. À partir de ce moment-là, ils ne m'ont plus donné accès à un ordinateur. Ils me prennent pour une menteuse ou une immigrante illégale, ou les deux.

Parmi les scénarios qui se bousculent dans ma tête, aucun n'est susceptible d'aider ma sœur pour l'instant.

« Laissez-moi encore 5 minutes, je n'ai pas terminé ! »

- À qui parles-tu, Anouk ?

- Le douanier veut récupérer son cellulaire. Il n'est pas censé le prêter à une - elle hésite - à une détenue. Il a été assez aimable pour enfreindre la règle pour moi, ce qu'il n'a pas fait pour les deux hommes qui m'accompagnaient dans le fourgon. Il a sélectionné le mode audio dans l'application FaceTime.

« Seulement une minute, alors ! »

- Je dois te laisser, contacte Sof...

- Anouk ! Comment puis-je te joindre ?

Pas de réponse.

- Anouk !

La communication est interrompue. Je suis complètement éveillé, et en nage.

Montréal, mardi 22 août

J'ai hésité avant de me résigner à tirer Mat de son sommeil. Je n'aime pas faire le coup aux autres, mais je pense que la situation précaire de ma sœur l'exige. Alors sans y réfléchir davantage, je compose son numéro, advienne que pourra.

- Mat, c'est moi.

Pause interminable. Je crois qu'il négocie du regard l'épisode à venir avec Hélène, que j'ai probablement aussi réveillée.

- Si ce n'était pas toi, j'aurais déjà raccroché.

Je sais que j'ai son attention et possiblement celle de sa conjointe également.

- Mat, Anouk est mal prise à Séoul.

- Je lui avais dit que ce voyage de dernière minute et sans planification n'avait aucun sens.

Je ne réponds pas. Cela ne servirait à rien d'autant plus qu'il n'a pas tort.

- Elle a besoin de nous, Mat.

Cette fois-ci, c'est lui qui ne répond pas. Malgré les airs de dur qu'il essaie de se donner, le policier devient vulnérable quand l'un de nous vit une situation qui pourrait s'avérer dangereuse. Il attend la suite.

Je décide de tout balancer en lui faisant un résumé des plus froid.

- Elle est bien arrivée à Séoul. Son amie Sophie à qui elle avait confié toutes ses affaires personnelles a disparu ainsi que son passeport et toutes ses cartes. Ils l'ont interpellée à la douane et elle est en ce moment en détention.

Il a la même réaction que j'ai eue avec Anouk, il demeure bouche bée. Je le comprends et lui donne un moment pour réagir.

Je l'entends répéter une partie de mon histoire à Hélène qui est aussi très proche de ma sœur. Cette courtoisie qui n'est pas que charitable lui fait gagner un peu de temps pour l'aider à retrouver ses esprits.

Après un moment, je trouve qu'il me fait languir un peu trop. Son silence commence à peser sur ma patience déjà fragilisée. Si Mat n'était pas policier, je comprendrais sa valse-hésitation, mais là, je m'attends à mieux de mon ami.

- Es-tu retourné sous ta couette, ou vas-tu enfin réagir ?

- Je peux me tourner de côté et me rendormir si tu insistes. J'étais justement en train de faire un merveilleux rêve dans lequel un ami grande-gueule venait d'entrer dans une secte bouddhiste qui vénérait le silence.

Je sais qu'il ne raccrochera pas, mais je choisis de faire semblant de croire à sa menace.

- Mat, en tant que policier, est-ce que tu as une idée de la façon dont nous pourrions l'aider ? Elle est loin, seule, inquiète pour son amoureuse, sans papier, en détention et désemparée.

Je suis certain qu'il ne doit penser qu'à tirer Anouk d'affaire depuis qu'il a répondu à mon appel. Je l'aime bien ce type-là !

- Je m'imagine qu'il faudrait contacter l'ambassade canadienne à Séoul et leur fournir la preuve de son identité pour qu'elle la fasse parvenir aux douaniers.

Je m'en veux de ne pas avoir pensé à une solution aussi simple ! Moi, l'ancien grand financier qui a tellement bien réussi, je me trouve vraiment nul parfois !

Heureusement, il doit être fatigué et encore sous l'effet de la surprise. Il ne savoure pas sa victoire en me lançant une ou deux petites pointes comme il sait si bien les fignoler. Il poursuit plutôt dans la même veine.

- Les autorités sont très nerveuses ces temps-ci à propos d'immigration illégale.

- Mais tu oublies Sophie, elle ne s'est quand même pas volatilisée !

- Sa compagne est probablement passée par le même chemin. Elle aura perdu leurs deux sacs ou, plus vraisemblablement, elle se serait fait voler en attendant Anouk. Elle est sûrement aux prises avec les mêmes problèmes que ta sœur. Va savoir, elles se croiseront probablement au centre de détention de la douane.

J'aime beaucoup la version de Mat. Peut-être un peu trop. Je voudrais y croire. Il n'a pas entendu la voix effrayée d'Anouk, lui. Elle projetait toutes les peurs du monde. Je n'ai pas senti qu'il s'agissait d'une situation anodine du genre : « le temps arrange les choses ». La condition dans laquelle se trouve ma sœur m'apparaît beaucoup plus précaire. Elle n'a plus rien, même pas une identité. Elle est seule et paniquée à l'idée de ne pas savoir ce qu'il advient de son amoureuse disparue dans ce pays étranger. Je le provoque un peu.

- Mat, tu ne me sembles pas si préoccupé par le sort d'Anouk et de sa compagne. Tout ceci ne t'inquiète-t-il pas ?

Il ne me donne pas l'impression de vouloir me répondre. J'en rajoute.

- Je sais que nous sommes en plein milieu de la nuit, tu n'as peut-être pas pris toute la mesure de ce que je viens de te dire.

- Attends un moment.

Puis, plus rien.

- Mat, es-tu là ? Mat !

Après un moment, il daigne finalement me donner signe de vie.

- Je suis sortie de la chambre. Patiente une seconde, je fais de la lumière.

C'est reparti. Il me fait encore languir. Il commence à surestimer un peu trop ma capacité à attendre, celui-là.

- Voilà, je suis à toi. Je ne voulais pas qu'Hélène nous entende.

- Et tu voulais tester mes limites à poiroter comme un con en pleine nuit pendant que monsieur cherche l'interrupteur ou un beau petit coin douillet pour faire la conversation peut-être.

Bon, je ne suis pas très content de ce que je viens de dire…

- Tu sais que ces temps-ci, mes relations avec Hélène sont un peu tendues. Jeudi, nous partons en Floride pour essayer d'arranger les choses. Nous considérons tous deux ce voyage comme étant notre dernière chance.

- Je ne savais pas, Mat, désolé d'apprendre cette nouvelle. Tu ne m'as jamais parlé de tes ennuis de couple. Pourtant, toi, Hélène et les jumeaux vous formez une si belle famille.

Je suis encore moins fier de ma petite sortie de tout à l'heure. Il y a des jours où je ne m'aime pas.

- Regarde, Mat, maintenant que je suis au courant de ce que tu vis, je regrette vraiment ma remarque de tout à l'heure, je n'ai pas été très empathique.

J'ai l'impression de m'être racheté un peu. Je reviens aussitôt au sujet qui me torture.

- Je suis très inquiet pour Anouk, Mat. Pourrais-tu passer chez moi demain après ta journée, j'ai besoin qu'on en parle.

J'interprète son silence comme étant un acquiescement

- En attendant, que fait-on pour Anouk ?

- J'ai des milliers de dossiers à traiter demain avant de partir pour ma semaine de vacances.

Sa réponse est sortie toute seule. Il se reprend en projetant une attitude plus concernée.

- Mais ne t'en fais pas. J'envoie tout de suite un courriel à l'ambassade canadienne en Corée du Sud pour leur demander de contacter la douane ou mieux, de m'identifier un représentant là-bas. En arrivant demain, en fait, en arrivant tout à l'heure, répète-t-il la voix teintée d'un léger sarcasme, je devrais avoir reçu les informations. Je suis persuadé que tout ceci n'est qu'un malentendu. Nous la reverrons bientôt notre belle Anouk, ne t'inquiète pas.

Il hésite, puis reprend sur un ton moins solennel.

- Dis donc ! Ta nouvelle flamme, Camille, je crois, celle que tu nous caches, ne sera-t-elle pas fâchée si tu passes ta soirée avec quelqu'un d'autre demain ?

Bon, le petit drôle !

- Elle est chez sa mère à Québec. Elle revient justement demain, mais ne t'inquiète pas, je m'occupe de Camille. Toi tu fais ton possible pour faire sortir Anouk du pétrin.

Je lui dis en raccrochant que je l'appellerai tout à l'heure, comme il me l'a si bien fait remarquer, pour m'enquérir du résultat de ses démarches.

Avoir partagé mes inquiétudes avec mon ami m'enlève une épine du pied, comme cela a dû être le cas d'Anouk en me confiant ses déboires.

Il ne me reste plus qu'à écrire à Sophie comme Anouk me l'a demandé. Après, je retournerai au lit, et je le sais, je garderai les yeux ouverts pour le restant de la nuit.

À : **Sophiesympatic8@sympatico.com**

Urgent

Bonjour Sophie,

Nous ne nous connaissons pas, je suis le frère d'Anouk. Elle est prise à l'immigration sud-coréenne et se fait du mauvais sang pour vous. Je ne peux communiquer avec elle.

Que s'est-il passé ? Elle est folle d'inquiétude. Où êtes-vous ? Vous est-il arrivé la même chose ?

SVP, me répondre dès que possible.

Merci.

Gabriel Beauregard

CHAPITRE 2

Montréal, lundi 14 août, il y a 1 semaine

Mat n'a pas complètement tort. Depuis que j'ai rencontré Camille, nous sommes devenus pratiquement inséparables, de corps et d'esprit. Elle ne remplace pas Marie disparue il y a deux ans, personne ne le fera, mais cette fille dégage quelque chose qui me fait sentir heureux lorsque je suis avec elle, bien que notre relation soit toute récente.

Notre rencontre fortuite et des plus banale me fit l'effet d'un feu d'artifice dont les pièces pyrotechniques sont encore enflammées dans ma tête.

La semaine dernière donc, alors que je finissais de m'entraîner dans la salle de gym de mon immeuble, elle est entrée dans l'ascenseur au niveau du sous-sol, en même temps que moi. J'étais exténué et en sueur. De son côté, elle visitait tranquillement les lieux.

Comme un con, je regardais par terre, adossé contre le mur opposé. J'étais ennuyé de transpirer de la sorte, sans mentionner mes cheveux en broussailles, mon souffle encore court et ma tenue très ordinaire. Elle, elle portait un tailleur du genre de celui que l'on met pour assister à une réunion importante ou pour une entrevue d'embauche. Ce sont ses yeux noirs qui m'ont attiré en premier. Pétillants, intelligents et, je ne sais pas pourquoi j'en suis arrivé à cette conclusion, mystérieux. Son charme discret m'avait immédiatement allumé, j'étais conquis avant qu'elle ne prononce un mot.

Pendant que je m'intéressais nerveusement au plancher, je la sentais me toiser, de haut en bas et vice-versa.

Involontairement, je rougis, ce qui m'incita à m'expliquer, alors que je n'avais pas forcément à le faire.

- Je suis embarrassé. Je reviens de ma séance d'entraînement au gym. Il n'y a malheureusement pas d'autres moyens pour accéder aux étages.

C'est là qu'elle m'a lancé le plus beau sourire qu'il m'a été donné de voir.

- Ne vous en faites pas, je suis persuadée que vous paraissez encore mieux quand vous êtes au sec.

Cela dit, ce fut à son tour de contempler le plancher.

De mon côté, je n'avais aucune réplique en tête. Pourtant, j'aurais tellement aimé lui répondre quelque chose d'intelligent et de subtil à la fois, mais non, rien ne me venait à l'esprit. Je me sentais d'autant plus mal, comme le serait un ado incertain devant une fille qu'il voudrait impressionner.

Ce n'était pas fini. Elle me prit encore par surprise.

- Je m'appelle Camille Durand, je viens tout juste d'emménager dans l'immeuble. En fait, il s'agit d'une sous-location d'un mois pendant que les propriétaires de l'appartement sont en vacances quelque part en Europe. Vous êtes la première personne qui me parle à Montréal, à part les propriétaires de mon logement évidemment.

Ses yeux noirs étaient encore plus profonds et brillants. Cette fille a un charme qui capte instantanément l'attention. Je suis certain qu'aussi bien dans un ascenseur que dans une pièce bondée de monde, c'est elle que l'on remarque en premier. Autant par sa posture, sa façon d'être ou sa manière de vous regarder, elle dégage une sensualité impossible à définir.

- Gabriel Beauregard, j'habite le 601.

Je me suis encore senti parfaitement ridicule avec ma réplique insipide. Le mal était fait. Je passerai toujours à ses yeux pour un con sans intérêt ni imagination.

Elle m'étonna à nouveau.

- N'y voyez qu'une demande de bon voisinage, Gabriel, mais si vous avez envie de vous racheter en vous présentant sous un meilleur jour, j'ai un paquet de saumon fumé dans le congélateur et un mousseux des plus ordinaire au frigo. Si vous voulez, nous partagerons le tout. J'aimerais beaucoup que vous me parliez de Montréal et de ce quartier.

J'entendis la cloche. Un coup d'œil me confirmait qu'elle arrivait à son étage, le cinquième. Je vis la porte s'ouvrir. J'étais figé. Puis, je me surpris à répondre :

- Est-ce que dix-neuf heures vous conviendrait ?

- Appartement 504.

Montréal, aujourd'hui mercredi 23 août

Est-ce la peine de dire que je n'ai pas dormi du restant de la nuit derrière ? Au drame que vit Anouk se sont ajoutés les ennuis de couple de Mat et Hélène. Ces deux-là sont faits pour vivre ensemble, j'espère qu'ils s'en souviennent.

Comme habituellement rien ne m'attend à la sortie du lit, je me retourne une fois ou deux de trop avant de me lever. Pas ce matin, je dois contacter Mat qui arrive normalement tôt à son bureau.

Donc, avant mon premier café, pendant que je navigue sur ma page de réception de nouveaux courriels, je compose nonchalamment son numéro à la Sûreté du Québec.

- Sergent Mathieu Smith à l'appareil.

- Mat, c'est moi.

Il ne m'autorise pas à poursuivre.

- Je n'ai pas terminé mes recherches, Gabriel, laisse-moi une chance. Il n'est que 7 h 45, et ce qui n'aide pas, il est rendu 20 h 45 à Séoul. Treize heures de différence entre Montréal et la Corée du Sud à ce temps-ci de l'année, tu vois ce que je veux dire ! Au moins, mon courriel de la nuit dernière, ou devrais-je dire de tout à l'heure, a porté fruit. J'ai reçu les coordonnées d'un responsable aux douanes sud-coréennes.

- Mat !

Il attend en vain.

- Quoi ? Mat !

Je crie maintenant.

- Mat !

Il sent spontanément que quelque chose ne va pas. Il attend la suite sans insister.

Je n'en crois pas mes yeux.

- J'ai devant moi un courriel d'Anouk.

- Bon, je t'avais dit de ne pas trop t'en faire.

Je pense qu'il a lancé cette phrase pour se rassurer lui-même. Il doit pressentir à mon intonation qu'il y a quelque chose qui cloche.

- Arrête, Mat. Il ne s'agit pas de cela. Attends, je te lis ce que je viens de recevoir.

Gabriel Beauregard,

25 000 $ comptant pour que votre sœur et son amie retrouvent leurs passeports, leurs cartes et leurs codes d'accès à leurs courriels.

Je vous contacterai à la fin de votre journée pour la procédure à suivre. Ne quittez pas Montréal et ayez l'argent prêt.

Anouk

- Je n'y comprends rien, Mat. Qu'est-ce que cela signifie ?

- Est-ce bien le courriel d'Anouk ?

J'en vérifie la provenance une seconde fois.

- Oui, pas d'erreur possible. Quelqu'un se sert du courriel de ma sœur. Cet individu a donc son mot de passe ! Quant à sa signature, elle apparaît automatiquement à la fin de ses notes.

- Il est écrit en français, étrange ! Proviendrait-il d'ici ? Réachemine-le-moi, j'en ferai déterminer l'origine.

C'est bien Mat, il est capable de troquer instantanément son chapeau d'ami pour celui de policier lorsque la situation l'exige.

- Qu'est-ce que tu en penses ? Anouk est-elle en danger ?

- Tu me fais parvenir cette note et moi je vois ce que je peux faire.

- C'est tout !

- Comme tu le dis, c'est tout.

Je n'aime pas son ton. Il n'essaie même plus de m'encourager. Je préfère ne plus lui poser de questions.

- Tu m'appelles dès que tu as du nouveau, Mat. Ah oui ! Je t'attends toujours ce soir.

Il a raccroché. J'interprète encore une fois son non-dit comme un acquiescement à mon offre.

Il doit être sous le choc autant que je le suis. En plus lui, il a ses problèmes conjugaux et le stress de devoir boucler tous ses dossiers avant de partir en vacances demain.

Nous n'avons pas abordé le sujet, mais je prends l'initiative de répondre au courriel en le réacheminant à l'expéditeur même si je me doute que cela ne servirait à rien. Je rajoute Mat en copie fantôme.

Qui êtes-vous ?

Comment se fait-il que vous utilisiez le courriel de ma sœur ?

Gabriel Beauregard

Les formules de politesse auraient été superflues.

Merde ! Je n'ai pas pensé à poser la question à Mat. Dois-je acquiescer à la demande du fraudeur ?

* * *

Je l'appelle pour éviter qu'il me reproche de l'avoir mis à l'écart. Je connais assez bien Damien pour deviner qu'il ne souhaiterait pas être le dernier à savoir à propos du drame que vivent Anouk et son amoureuse.

- Allo, c'est moi.

Entre nous quatre, Damien, Mat, Anouk et moi, « Allo, c'est moi » est de mise et suffisant. Dans le cas de Damien, l'artiste du groupe, il n'en a pas besoin de plus pour détecter les états d'âme de son interlocuteur avant même que celui-ci ne prononce une autre phrase.

- Qu'est-ce qui ne va pas, Gabriel ?

Damien m'étonnera toujours. Cette fois-ci ne fait pas exception.

- Il est difficile de te cacher quoi que ce soit, Damien.

- Tu m'appelles rarement à la boutique et en plus, il n'est que 8 h 45, il doit s'agir de quelque chose de grave.

Bon, on repassera pour le côté poétique des intuitions légendaires de mon ami. Je constate qu'il peut être aussi terre-à-terre qu'une borne-fontaine quand il le veut.

Après l'avoir informé de l'appel d'Anouk la nuit dernière, de mes discussions avec Mat et de la demande d'argent en provenance du compte de messagerie de ma sœur, je m'attendais à une forte réaction de sa part. Pourtant, il ne répond rien, enfin, pour le moment. Il semble occupé à absorber ce que je viens de lui balancer d'un seul trait.

Je commence à trouver le temps un peu long.

- Damien ! Dis quelque chose.

- Je suis toujours en ligne, ne t'inquiète pas. Il n'y a pas encore de clients dans la boutique, j'ai tout mon temps. De toute manière, il n'y a pas beaucoup d'acheteurs d'objets d'art en août et nous ne sommes pas situés dans les circuits touristiques de Montréal comme tu le sais.

Tout ceci est bien intéressant, mais ce n'est pas ce à quoi je m'attendais de sa part.

Il me tire de mon petit inconfort intérieur.

- Quelqu'un a piraté son compte de courriels, Gabriel. Une personne qui sait qu'elle est en voyage, qu'elle a tout perdu et qui en profite pour essayer de te soutirer de l'argent.

- Tu veux dire que cette note ne serait qu'une tromperie pour me voler. Qu'elle serait écrite par une personne qui connaîtrait la situation dans laquelle se trouve Anouk et qu'il n'y a pas de relation entre le recouvrement de son identité et le montant exigé.

- Quelque chose qui ressemble à cela, en effet. J'ai lu dans le journal avant-hier que lorsqu'un pirate informatique s'emparait de votre compte de messagerie, je ne sais trop comment, il en changeait immédiatement le mot de passe, le rendant inaccessible pour le propriétaire. De là, il peut s'en donner à cœur joie.

- Hum !

- Pas très clair, ton « Hum ! ».

- Tu aurais peut-être dû faire l'école de police après tout, avec Mat.

- Par contre, je vois difficilement notre ami Mat expliquer à un client raffiné les subtilités d'une œuvre d'art.

L'un comme l'autre, nous ne sommes pas dupes de nos jeux d'esprit. Ils ne servent qu'à essayer de mettre un couvercle sur des émotions qui autrement nuiraient à notre jugement.

- Je vais faire part de ta théorie à Mat. Qui sait, il y aura peut-être déjà pensé.

L'histoire de Mat et Hélène me revient en mémoire tout à coup. J'en profite pour lui en toucher un mot.

- Dis donc, Damien, es-tu au courant que la relation entre Mat et Hélène ne va pas très bien ?

- Oui, il m'en a parlé.

- Depuis quand ?

Ma question est sortie toute seule, instantanément.

- Oh ! À deux ou trois reprises ces dernières semaines. Pourquoi ?

- Ah bon !

- Je comprends que ton « Ah bon ! » signifie qu'il ne t'en a pas parlé à toi. Ma foi, on croirait que tu es jaloux.

- Bien non !

J'ai peut-être répondu un peu trop hâtivement et sur un ton exagérément défensif.

Moi qui prévoyais devoir gérer les états d'âme de Damien ! Me voici pris dans un piège que je n'avais pas vu venir. Je me sens ridicule. Ma sœur vit une situation intenable à l'autre bout du monde et moi je joue au frustré parce que deux de mes amis se font des confidences sans m'y inclure.

- Tu sais, Gabriel, si Mat ne t'a rien dit c'est peut-être pour te ménager. Depuis la disparition de Marie, nous essayons de t'épargner nos petites histoires qui risqueraient de te ramener deux ans en arrière.

Il marque un point. Je ne leur ai pas rendu la vie facile ces derniers mois. Que ce soit pour me protéger moi ou eux de mes réactions débordantes, mes amis se sont concertés pour m'éviter tout stress qui pourrait me replonger dans ma tourmente.

- Merci, Damien.

Il aura compris toute ma reconnaissance dans ces deux mots. C'est peut-être ce qui l'autorise à me parler de la situation de Mat.

- C'est moi qui lui ai suggéré de faire un voyage avec Hélène, sans les jumeaux. Je te le dis à toi, ne le répète pas, mais Hélène a découvert que Mat l'avait trompée.

- Quoi ? Qu'est-ce qui lui a pris, à celui-là ? Il est le seul d'entre nous à avoir une vie familiale normale, avec de beaux enfants et une conjointe parfaite. Le con ! Attends que je lui parle.

- Toi, tu ne fais rien. Tu m'entends ! C'est à lui et Hélène d'arranger le coup s'ils le peuvent, pas à nous, surtout pas à toi.

Je ne sais pas comment interpréter cette dernière remarque. Comme ma cour est pleine, je ne choisirai pas cette bataille.

- Quelle idée lui est passée par la tête ?

- Justement, cela n'a rien à voir avec sa tête, si tu vois ce que je veux dire. C'est pour cette raison que je crois que les choses peuvent encore revenir normales entre eux. Si j'ai bien compris, il ne s'agirait que d'une aventure d'un soir qu'il a aussitôt regrettée. Je soupçonne même qu'il a fait exprès pour qu'elle découvre son infidélité, comme s'il voulait que l'abcès soit crevé. Qu'Hélène ait accepté de faire le voyage avec lui est en soi de bon augure.

Il s'arrête une seconde, puis rajoute :

- Voilà, tu connais toute l'histoire à présent. Il ne reste qu'à souhaiter que ces deux-là se retrouvent. N'oublie pas, tu ne sais rien et surtout, tu ne fais rien.

- Merci encore, Damien.

- Tu me tiens au courant pour Anouk.

- Sans faute. À plus tard.

CHAPITRE 3

Montréal, lundi 14 août, il y a 1 semaine

Comme un collégien, j'ai changé de chemise deux fois en demandant à mon miroir dans laquelle l'intrigante Camille de l'ascenseur me trouverait le plus attirant. En fin de compte, je suis revenu à la première, l'important étant d'avoir l'air... Au fait, je ne sais pas de quoi je devais avoir l'air. De moi-même, je m'imagine.

Une fois rendu à l'appartement 504, je me suis senti ridicule d'avoir passé autant de temps à choisir une simple chemise. Les yeux étincelants de Camille ont pulvérisé mes dernières appréhensions. J'ai été projeté instantanément à des années-lumière de ces futiles considérations.

Le saumon fumé goûtait... le saumon fumé, le mousseux se tirait d'affaire tout au plus, mais ce fut la soirée la plus enivrante que j'avais passée depuis une éternité. Camille a déstabilisé ma garde. Sa chaleur et son naturel m'ont conquis sur-le-champ.

Arrivé à 19 h 10, je suis rentré chez moi à 3 h du matin, en prenant l'escalier de secours pour monter d'un étage afin de ne pas me faire remarquer, comme si j'avais à rendre des comptes à qui que ce soit dans l'immeuble.

Elle arrive tout droit de Québec et se cherche du travail en traduction à Montréal où, croit-elle, se trouve un plus grand potentiel. Camille a vécu un drame semblable au mien, la perte de son conjoint il y a trois ans, à la suite d'un accident de voiture. Elle aussi doit se motiver tous les matins pour poursuivre sa route qui lui paraît bien triste sans lui.

Nous sommes passés par les mêmes montagnes russes quoique de son côté, elle n'a pas eu le privilège de compter sur des amis comme les miens, à la fois proches et discrets, mais toujours là quand il le fallait.

Nous avons des goûts culinaires semblables, aimons les mêmes auteurs et apprécions tous deux la musique de Liszt. Elle a fait trois semestres en finances avant de se réorienter en traduction. Nos milieux familiaux sont comparables et nous entrevoyons la vie de la même façon. Je peux compléter ses phrases et elle, achever les miennes. Nous avons tant de choses à nous dire, ce que moi j'ai accumulé d'amertume depuis deux ans, et ce qu'elle a enduré depuis trois ans. Je ne crois aucunement à la prédestination, encore moins aux histoires d'âmes sœurs qui se rencontrent par je ne sais quelle entremise ; mais ma destinée m'attendait là, ce lundi soir du 14 août, dans le un et demi, mobilier inclus, au numéro 504, sous-loué pour un mois.

Le lendemain, j'ai encore passé la soirée et la nuit chez elle. Le surlendemain, c'est elle qui est venue à mon appartement. Elle a eu droit à ma spécialité, des sushis commandés au restaurant japonais du coin. La soirée suivante, elle devait se préparer pour une entrevue d'embauche. Sans elle, la nuit m'a semblé sans fin, mais nous nous sommes retrouvés celle d'après. Les soirées et les nuits ne nous semblaient pas assez longues pour tout le rattrapage émotif et sensuel que nos esprits et nos corps en carences affectives requéraient.

***

Je n'ai évidemment parlé de Camille à aucun de mes amis. Une semaine de fréquentation c'est trop peu pour des présentations formelles. Ceci c'était sans compter sur la perspicacité de Damien qui s'est aperçu immédiatement de mon changement d'état. Il m'a demandé son nom, il a deviné la suite. La grande langue, il en a parlé à Mat qui me nargue à présent en qualifiant ma nouvelle relation de « celle que tu nous caches ».

Montréal, aujourd'hui mercredi 23 août

- Le courriel a bien été expédié de Séoul, Gabriel. Nous vérifions l'adresse IP, mais il n'y a pas de raison de croire que ce n'est pas celui du cellulaire d'Anouk !

Je n'ai même pas le temps de terminer de dire « allo », Mat m'envoie toute la gomme.

- J'ai vérifié la possibilité qu'il fût expédié à partir du Canada. Aucune chance. Il provient bien de la Corée du Sud. J'en déduis que celui qui a les documents d'Anouk entre les mains a de plus trouvé le moyen d'obtenir le mot de passe de son courriel et va savoir, quoi d'autre.

J'encaisse sans rien dire.

- Appelle sa banque et essaie de faire geler ses avoirs au cas où le fraudeur aurait aussi accès à ses comptes. Ah oui, fais la même chose avec ses cartes de crédit et de débit, si tu en connais les émetteurs.

Il a raison, j'aurais dû y penser avant ; d'ailleurs lui aussi !

- Et toi.

- Et moi. Quoi ?

- Que vas-tu faire d'autre, Mat ? Nous ne l'avons pas encore retrouvée que je sache !

La réponse tarde à venir. Quand il se décide, sa voix est hésitante.

- J'ai demandé à quelqu'un de mon équipe d'assurer le suivi.

- Bravo, Mat ! Ce « quelqu'un de ton équipe » connaît-il Anouk comme tu la connais depuis son enfance, en est-il aussi son ami qui s'en inquiète à mourir ? L'a-t-il seulement déjà vue, même en photo ?

- C'est un de mes meilleurs enquêteurs, Gabriel.

- De mieux en mieux, Mat, ce n'est donc pas « le » meilleur. Le meilleur doit s'occuper de choses importantes, lui ! Je m'imagine qu'Anouk ne le mérite pas.

Je suis hors de moi. Ma sœur se démène dans un drame ambigu et potentiellement dangereux. En plus, elle vit l'angoisse d'avoir perdu la trace de son amoureuse. Elle doit être affolée. Pendant ce temps, monsieur le grand policier, lui, confie l'enquête à un subalterne.

- Gabriel !

Si je ne connaissais pas Mat depuis si longtemps, je... En réalité, je ne sais pas ce que je ferais, mais je le ferais !

- Gabriel !

Il n'a pas entendu tout le désespoir du monde dans la voix d'Anouk, lui. Il ne le prendrait pas autant à la légère.

- Gabriel, écoute-moi.

J'arrête de broyer du noir et je fais de grands efforts pour tendre l'oreille à ce qu'il a à ajouter.

- Je pars en vacances demain, je n'y peux rien. Tu connais mon histoire.

Justement non, je ne connais pas son histoire. Damien, lui, la connaît. Comment la connaîtrais-je, son histoire, comme il le dit ? Il n'a pas cru bon de m'en parler, à moi.

Je décide de ne pas aller là, ce serait inutile et mon intervention ne ferait que démontrer ma petite frustration dont je ne suis pas particulièrement fier. Je me calme. *Respire, Gabriel !*

- L'enquêteur en sait autant que moi sur le dossier. Comme tu le sais, nous avons obtenu les coordonnées d'un contact à la douane sud-coréenne. Pour le reste, il faut trouver le moyen de leur faire parvenir des copies des pièces d'identité d'Anouk. Mon enquêteur t'enverra l'adresse courriel de la personne à qui les acheminer, si tu en trouves, évidemment.

J'hésite depuis un moment à lui annoncer. Je crois que le temps est venu. Je me méfie de sa réaction.

- J'ai retiré 25 000 $. J'ai l'intention de payer.

Il ne répond pas. Je considère son silence comme étant de mauvais augure. C'est comme s'il me donnait raison. J'aurais préféré qu'il m'engueule en argumentant que ce retrait était parfaitement inutile, qu'Anouk sera remise en liberté à brève échéance de toute manière et que je perdrai mon argent. Mais non, rien.

- On s'en reparle ce soir, Gabriel, je dois te laisser.

J'ai le temps d'aller à l'appartement d'Anouk grâce aux doubles des clefs que nous nous sommes échangées réciproquement.

Montréal, lundi 21 août, il y a 2 jours dans l'avion vers Séoul

Anouk, chef de la section du génie civil, a des amours tumultueuses qui font fi de son côté rationnel. Lorsqu'elle fait la connaissance de quelqu'un qui lui plaît, elle perd une partie de son sens du discernement. Ses sentiments et ses pulsions se disputent le contrôle de sa destinée. Elle devient une autre, vivante, vulnérable, mais se retrouve inévitablement au paradis.

Quand Anouk a rencontré cette fille dans un bar gai il y a un mois, elle est immédiatement tombée sous son charme. Il semble qu'elle a eu le même effet sur Sophie, celle avec qui elle est, entre ciel et terre, en direction de Séoul.

Elles ont eu l'idée de ce voyage, sur un coup de tête, sous prétexte de célébrer leur premier mois de rencontre. À la dernière minute, Anouk a pu obtenir deux semaines de vacances, le mois d'août étant moins occupé dans son domaine de consultation. Du côté de sa nouvelle flamme, elle jouit d'un horaire souple qui lui permet ce genre d'escapade de dernière minute, d'autant plus qu'elle aussi est moins prise en août.

Outre leurs multiples intérêts communs, Sophie a étudié presque deux ans dans le domaine du génie. Bien qu'elle ait abandonné la discipline, cette coïncidence a touché Anouk qui ne cesse de s'étonner de leurs nombreuses affinités. Recyclée aujourd'hui en comptabilité, Sophie fait la tenue de livres pour certaines PME[2] en plus de produire des déclarations fiscales de janvier à mai pour des particuliers.

L'enfance de Sophie n'a pas été facile. Elle a manqué d'argent et d'amour. C'est cette carence d'amour qui a le

---

[2] Petites et Moyennes Entreprises

plus ému Anouk. Celle-ci s'est sentie habitée par le sensuel devoir de la couvrir d'amour de la tête aux pieds.

En avion, le temps peut sembler long, particulièrement sur un vol vers un continent lointain. Pourtant, les deux filles n'avaient pas la hantise de voir des heures d'immobilité s'égrener devant elles. L'une comme l'autre n'ont pas cette crainte, bien que Sophie trouve le sommeil plus facilement qu'Anouk. Elles ont toutes deux l'impression qu'elles n'auront jamais assez de temps pour se dire tout ce qu'elles ressentent l'une pour l'autre.

Malgré tout, leur nouvelle relation a failli ne jamais avoir de lendemain.

Lors de leur mémorable rencontre le mois dernier à ce bar gaie, Sophie lui a proposé de poursuivre la soirée ailleurs, dans un lieu qui leur offrirait plus d'intimité. Ravie par la demande, Anouk l'a alors invité à son appartement. C'était un samedi, aucune d'elle ne travaillait le lendemain... quand bien même cela aurait été le cas ! Chez Anouk, autour d'un digestif, elles se sont raconté des bribes de vie en se disant combien elles étaient chacune de leur côté, heureuses d'avoir rencontré l'autre. Pendant la conversation, les esprits se sont apprivoisés, les corps se sont embrasés.

Après l'amour, la discussion torpillée par trop de désir a pu reprendre là où elle s'était arrêtée. Anouk était de loin la plus volubile. Elle parlait de son travail, de ses joies et ses peines, de ses amis et de son frère. Elle avait une pensée toute particulière pour ce dernier qui n'avait pas retrouvé l'amour depuis la disparition de sa bien-aimée. Elle allégua que tout l'argent de son frère n'était pas un gage de bonheur, Sophie avait acquiescé. Anouk flottait sur un nuage, sa nouvelle conquête semblait être au même endroit.

Un soubresaut de l'avion a tiré Anouk de son rêve. Sa compagne en a profité pour reprendre contact.

- Tu as un beau sourire, Anouk. Je m'imagine que tu penses à moi.

Sophie lui a pris la main au même moment.

- On ne peut rien te cacher, à toi !

Pourtant, Sophie a décelé une trace de contrariété sur son visage.

- Mais quoi ?

Anouk semblait surprise.

- Que veux-tu dire ?

- Ces beaux plis, juste ici - elle lui a tracé un demi-cercle avec les doigts de chaque côté de ses joues - que signifient-ils ?

Pourquoi en aurait-elle fait un mystère ? C'est chose du passé.

- Dire que tout ceci a failli ne jamais arriver !

- Ah ! Je vois ce qui te trotte dans la tête à présent.

Sophie comprenait très bien ce à quoi Anouk faisait allusion.

Ce fameux soir de leur première rencontre, leurs corps étant temporairement rassasiés, Sophie a sorti son cellulaire de son sac pour prendre un égoportrait d'elles, nues, encore sous l'effet des vapeurs de l'amour. Anouk, qui ne cessait de parler, croyait que son amie devait faire un appel, bien que cela lui parût incongru. Elle ne réagit qu'une fois la photo prise. Le sans-gêne de Sophie l'a mise instantanément en colère.

- Qu'est-ce que tu fais ? Qui t'a donné la permission ?

Sophie fut saisie par la réaction outrée de sa nouvelle amante.

- Cela te cause-t-il un problème ? Ah ! Je comprends, tu n'es pas sortie du placard.

- Tu n'y es pas du tout. Je ne le crie pas sur les toits, mais je ne me cache de rien, quoique ma vie amoureuse ne concerne que moi. D'autre part, je ne vois pas pourquoi je paraderais nue dans ton cellulaire. Alors tu supprimes cette photo immédiatement !

Sous le choc, Sophie s'est confondue en excuses puis s'est exécutée. Elle fit l'opération lentement pour qu'Anouk n'ait aucun doute sur la manœuvre.

À la suite de ce chapitre qui venait de provoquer un malaise entre les deux femmes, Anouk s'était refermée comme une huître. Sophie dut se résigner à ramasser ses affaires, se rhabiller puis quitter son appartement sans même entendre un bonsoir de la bouche de celle qu'elle avait propulsée dans les nuages l'instant plus tôt.

Pour Anouk, cette aventure si bien entamée venait cruellement de se terminer. Une tempête charnelle, une de plus, qui ne verra pas de lendemain.

Une fois calmée, après une nuit de sommeil écourtée, Anouk en était venue à penser qu'il était dommage de mettre fin à une relation si prometteuse à cause d'une maladresse. Elle se demandait si sa réaction avait été démesurée par rapport à ce qui n'était probablement qu'un simple geste d'amitié.

Le lendemain donc, Anouk s'est prise à espérer de toutes ses forces que sa flamme de la veille ne lui tienne pas rigueur de sa réaction trop vive. Elle souhaitait que toutes deux s'accordent une deuxième chance. Comme elle n'avait pas les coordonnées de Sophie puisqu'elles avaient convenu la veille de se retrouver chez Anouk, il ne lui était pas possible de la contacter. Faute de choix, Anouk n'avait plus qu'à attendre.

Cinq jours plus tard, alors que la mort dans l'âme, elle s'était résignée à admettre que cette extraordinaire aventure n'aurait jamais de lendemains, Anouk reçut l'appel inespéré.

Elles n'ont même pas abordé le sujet de leur dispute pour se déclarer instantanément combien l'une avait manqué à l'autre. L'évènement fortuit venait de tomber dans l'oubli, trop heureuses, l'une comme l'autre, d'envisager leur nouveau départ.

Depuis leurs retrouvailles, tous les prétextes sont bons pour être ensemble. Sophie, très famille, adore parler de ses deux frères ; Anouk en fait évidemment autant avec Gabriel et ses amis Damien et Mat. Elles n'ont pas de secrets l'une pour l'autre. Leur relation, démarrée sur les chapeaux de roues, ne fait que croître, de là leur folie, ce voyage organisé à la dernière minute, une idée de Sophie la romantique en quête d'intensité. Elles ont cherché un lieu sécuritaire, ensoleillé, aux couleurs et aux goûts orientaux, et à l'autre bout du monde pour le simple plaisir d'aller loin ensemble. Le choix de Séoul a fait l'unanimité. Parties tôt hier, elles ont transité par Vancouver avant d'entreprendre ce dernier long segment de vol. Deux semaines de bonheur et de découvertes les attendaient. Retour prévu le lundi 4 septembre, pas avant.

Deux ou trois soubresauts causés par la turbulence l'ont amenée à se saisir de la main de Sophie. Anouk préfère le plancher des vaches aux aléas provoqués par l'instabilité de l'air en altitude. Plus que quelques heures avant d'atterrir…

Anouk ne se doutait pas de ce qui les attendait.

CHAPITRE 4

Montréal, aujourd'hui mercredi 23 août

Je tourne en rond depuis que je suis revenu de l'appartement d'Anouk. J'informerai Mat du peu que j'y ai trouvé, il sera aussi désappointé que moi. Pour le moment, je n'ai pas la tête à entreprendre quoi que ce soit d'autre. L'idée qu'Anouk soit mal prise à l'autre bout du monde me rend anxieux. Je passe ma nervosité en consultant machinalement la boîte de réception de mes courriels. Toujours aucune instruction m'indiquant la façon de remettre l'argent pour le retour de leurs cartes et de leurs identités. Incidemment, aucune réponse de Sophie non plus. J'ai des fourmis dans les jambes. Je dois m'efforcer de vaincre mon instinct naturel qui me pousse à prendre le premier avion pour aller les rejoindre.

Je réponds dès que j'entends mon cellulaire qui vient de me faire sursauter. Je m'attendais à ce que ce soit Mat. C'était Annie.

- Eh, mon grand ! M'as-tu oubliée ?

Merde ! Oui, je l'avais oubliée.

Annie est pour moi ce que je suis pour elle : un réconfort occasionnel, sans lendemains, sans attaches, sans promesses. Nous nous faisons simplement du bien, de temps à autre, lorsque nos corps en manque se retrouvent pour un soir.

Je choisis de ne pas faire de détours, ce n'est pas le genre d'Annie non plus.

- Je ne t'ai pas oubliée, mais pas ce soir, Annie. Mat vient chez moi et en plus j'ai des problèmes personnels qui ne peuvent attendre.

Je lui fais grâce de ma rencontre avec Camille. Je n'ai pas besoin d'entrer dans les détails avec Annie, pas plus qu'elle, avec moi. Une autre belle qualité de cette relation.

- J'espère que tes problèmes se régleront. À demain, peut-être ?

- Je dois te décevoir à nouveau. Tu vois, ces jours-ci, je suis moins libre.

Elle garde le silence un moment, le temps de laisser son corps assimiler sa frustration.

- Tu me rappelles alors !

- Certainement.

Nous nous étions tout dit.

Cette fois, c'est moi qui l'ai contrariée. Bien que j'aie aussi eu droit à ma part de déception, je n'aime pas lui faire le coup.

Je n'ai pas le temps de sortir de mes pensées que le téléphone se remet à sonner. Elle aura oublié de me dire quelque chose.

- Oui ! Annie.

- Tu prends tes fantasmes pour la réalité, Gabriel.

La grosse voix de Mat est tout sauf érotique, enfin, à mes oreilles. Je ne le relance pas pour sauver un précieux temps que je ne veux pas perdre en futilités. Je lui laisse l'initiative d'entamer la discussion.

- As-tu du nouveau ?

Très court comme initiative !

- Je reviens de l'appartement d'Anouk. Heureusement que nous avons mutuellement un double des clefs de l'autre. La mauvaise nouvelle, je n'ai pas trouvé de copie de son passeport ni d'autres cartes d'identité. Elle a évidemment tout amené avec elle. Je ne pense pas qu'un abonnement à la bibliothèque municipale soit une preuve irréfutable de son identité ! Quant à son acte de naissance, va savoir où elle l'a caché.

Il produit un son étrange comme s'il s'attendait à ce résultat.

- J'y retournerai plus tard, mais je ne crois pas que je serai plus chanceux. Je suis tellement déçu ! J'aurais pu leur faire parvenir des copies numérisées, cela aurait aidé à rétablir son identité auprès des autorités sud-coréennes. Je me sens inutile.

Il ne répond pas, vraisemblablement aussi frustré que je le suis.

- Et toi, as-tu de meilleures nouvelles à m'annoncer ?

- Rien non plus, sauf des hypothèses.

- Ton super agent à qui tu as confié le dossier, n'a-t-il pas contacté les douanes sud-coréennes ?

- Il essaie, mais ce n'est pas si simple. Il est rendu 23 h là-bas, ils sont loin de leurs bureaux, enfin l'administration, j'entends. Et puis, il y a la barrière de la langue.

- J'ai compris. Toi et ton super agent vous tournez en rond !

Je réglerai cette affaire à ma manière alors. Après tout, le courriel de l'escroc m'a été adressé à moi, pas à la police.

- Dès que je recevrai les instructions pour remettre les 25 000 $ à celui ou vas savoir, peut-être à ceux qui ont volé les papiers d'Anouk et de son amie, je le ferai.

Déçu par le manque de résultats de son côté, je lui ai lancé cette boutade, entre autres pour tester à nouveau sa réaction.

- Je ne suis pas certain que cela accélérera le retour des passeports et la libération des deux femmes, Gabriel.

Bon, enfin, j'aurai peut-être son avis sur la question.

- Que veux-tu dire ?

- C'est simple. Anouk et probablement aussi son amie sont dans de sales draps parce qu'elles n'ont temporairement plus aucun papier.

Il s'arrête là.

- Continue, explique-moi la suite.

- Comme je te le mentionnais, le détective à qui j'ai confié l'enquête avance deux hypothèses. La première : celui qui t'a écrit, qui se trouve bien à Séoul comme nous le savons à présent, a dérobé Sophie qui attendait devant la salle de toilettes à l'aéroport. Dans ce cas, nous devons poursuivre la piste d'une vraie fraude.

Il s'arrête encore. Je l'incite à préciser sa théorie.

- Si on l'avait volée comme tu le supposes, elle aurait crié, attiré l'attention ou quelque chose du genre, non ?

- Je ne sais pas, je n'étais pas là, mais il est possible que le voleur ait eu le temps de prendre ses distances sans se faire repérer.

Il retombe encore en mode silence.

-Mat, si je te suis dans cette voie, Sophie serait alors certainement revenue dans la salle de toilettes où se trouvait Anouk, pour lui expliquer ce qui venait de lui arriver.

Après un long moment, il prend la peine de me répondre.

- Peut-être, oui. Ou bien Sophie a décidé sur le coup de partir à la chasse du voleur, ce qui l'aurait amenée jusqu'aux guérites de la douane où elle se serait fait arrêter faute de passeport.

Le silence s'installe à nouveau.

- Dois-je te supplier de poursuivre après chaque phrase ou es-tu capable d'arriver à cette conclusion par toi-même ?

- Pour cette fois, je vais mettre ton insolence sur le dos du stress, mais n'abuse pas trop de ma gentillesse naturelle.

Je crois que c'est moi qui ai rendu Mat si pointilleux avec le temps. À la longue, il a développé des stratégies d'autodéfense pour contrer mon impatience que j'ai de la difficulté à maîtriser.

Il semble rassasié par sa mise en garde et mon silence. Il poursuit.

- J'en arrive à la seconde hypothèse de mon enquêteur. Une personne à la douane sud-coréenne ou un passager qui aurait été témoin de la situation dans laquelle se retrouve Anouk, ou tout autre individu assez proche des filles profite de leur malheur pour te réclamer 25 000 $ pour soi-disant leur rendre leurs possessions. Dans ce cas, la fin des déboires des deux femmes est indépendante de la remise ou non de l'argent puisque le fraudeur n'a pas leurs papiers.

Cette possibilité s'apparente à celle émise par Damien. Sa faiblesse est que je ne vois pas comment un pur étranger aurait pu usurper le mot de passe du courriel de ma sœur.

- Puisqu'on ne la retrouve pas, as-tu considéré l'éventualité que Sophie ait pu être victime d'un rapt ?

Pas de délais cette fois-ci. Comme quoi Mat s'améliore quand il est bien motivé.

- Oui, mais nous avons exclu ce scénario assez rapidement. Il n'aurait pas été possible à un kidnappeur de franchir les douanes de l'aéroport en tenant une femme en otage.

Bon, il marque un point.

Je crois que j'ai fait le tour de la question pour le moment.

Pas lui !

- As-tu fait bloquer ses comptes auprès de sa banque et as-tu trouvé qui est l'émetteur de sa carte de crédit pour que nous fassions certaines vérifications ?

- Oui, Mat, tu fais bien de me le rappeler. J'ai dû les harceler un peu. Normalement, la banque communique avec le client sur son cellulaire pour valider les faits, mais là, elle n'a pas obtenu plus de réponses que nous. Elle a donc accepté de geler ses comptes jusqu'à nouvel ordre, le temps d'y voir plus clair.

- Merci.

Je viens pour contester son merci. Il s'agit d'Anouk, je ne m'attends pas à ce que l'on me remercie d'avoir essayé d'aider ma sœur. Je réalise que Mat est aussi impliqué émotivement que moi et qu'en plus, il doit se sentir coupable de partir en vacances demain.

Il poursuit, en reprenant son chapeau de policier.

- As-tu trouvé qui est l'émetteur de sa carte de crédit ?

- J'ai retrouvé ses anciennes factures, elles au moins n'étaient pas cachées je ne sais où. Je te donne son numéro de carte.

Je lui transmets les informations, mais tout en m'exécutant, j'essaie d'assimiler les deux scénarios envisagés par Mat ou son enquêteur.

- Mat, je n'aime pas tes deux hypothèses. Dans un cas, un escroc s'est approprié son identité, dans l'autre cas, un opportuniste l'a fait.

- Je ne les aime pas non plus, Gabriel. Nous devons par contre vérifier la thèse de l'opportuniste comme tu le dis, dans l'entourage des deux femmes. Quelqu'un d'assez près de l'une d'elles, qui serait au courant de leur déboire et qui voudrait en profiter.

Il se racle la gorge.

- As-tu les coordonnées de sa compagne de voyage ? Sophie qui, au juste ?

- Euh ! Non. Tu sais, ma sœur n'est pas forte sur les présentations de ses nouvelles amoureuses avant d'avoir passé le cap des six mois de fréquentation.

- Bon, j'aurais aimé explorer cette avenue. Je réalise que ce ne sera pas facile. Personne de nous ne l'a rencontrée, nous n'avons pas son adresse et ne connaissons que son prénom. Difficile de savoir s'il y a un petit magouilleur dans son entourage alors. Je vérifierai avec l'émetteur de la carte de crédit d'Anouk à quelle agence de voyages elle a fait affaire, j'y découvrirai peut-être le nom de sa compagne. Je pourrais retrouver ses proches pour vérifier s'ils ont, de leur côté, des nouvelles de Sophie.

- Bonne idée, Mat.

Il a raison pour son histoire de pistes à ne pas écarter, même si je considère cette hypothèse un peu exagérée. Mais l'important pour le moment est de ne rien négliger afin de les sortir de là au plus vite.

Son silence prolongé m'indique qu'il est probablement temps de mettre fin de notre discussion.

- À ce soir, Mat.

- Oh ! Gabriel !

J'attends la suite.

- Je suis navré, je ne pourrai pas me rendre chez toi ce soir. Je quitterai le bureau assez tard et j'ai encore quelques bagages à boucler. Nous nous reprendrons à mon retour si tu le veux bien.

En espérant qu'à son retour, ma sœur et son amie seront revenues saines et sauves.

* * *

Le courriel entra à 16 h 15.

Gabriel Beauregard,

Il reste des places pour le vol Montréal-Vancouver de demain matin puis Vancouver-Séoul par la suite. Envoyer quelqu'un avec 25 000 $ en liquide. Attention, je ne veux pas que ce soit vous, ni votre ami policier, ni aucun autre policier.

> *Arrivée à Séoul après demain vendredi,*
> *cette personne devra déposer l'enveloppe*
> *d'argent à 16 heures, heures locales, dans*
> *la cabine montante numéro 9 du*
> *téléphérique Namsan sous le siège avant.*
>
> *Attention, vous ne devez rien tenter et vous*
> *tenez la police hors de tout ceci. Il y va de*
> *la sécurité de votre sœur et de sa*
> *compagne.*
>
> *Un ami*
>
> *Anouk*

J'ai relu la missive trois fois. Je n'y ai trouvé aucun indice. Le message provient bien du compte de courrier électronique d'Anouk, toujours suivie de sa signature automatique. Le scénario pour la remise des 25 000 $ est clair, aucune interprétation possible.

Ce type-là semble s'être bien renseigné sur moi pour me garder hors de ses projets. Il en est de même pour Mat qu'il paraît aussi connaître. Je n'aime pas avoir l'impression qu'on me surveille !

Dès que je reprends mes esprits, je décroche pour en informer Mat. La seconde suivante, je me ravise. Quand je lui ai mentionné que je réglerais cette affaire à ma manière si je n'avais pas d'autres choix, j'étais sérieux. Il sera en vacances à partir de ce soir et je n'ai pas tellement confiance en son remplaçant dont je n'ai jamais entendu parler. En plus, le message est clair, je ne dois pas impliquer la police. Ce type semble en savoir beaucoup sur nous, j'aurais trop peur qu'il finisse par se douter que je ne respecte pas ses directives.

Évidemment, si je nous exclus, Mat et moi, pour aller là-bas remettre la somme exigée, je ne vois plus que Damien à qui je pourrais demander un tel service à la dernière minute.

Mon Dieu ! Je ne sais vraiment pas comment je vais m'y prendre pour solliciter une pareille faveur. Il a, à n'en pas douter, de très belles qualités, mais l'esprit d'aventure et la bravoure ne font pas partie de celles-ci.

Alors puisqu'il le faut !

Je retiens mon souffle pendant que j'attends qu'il décroche. Il n'a pas encore terminé sa journée à la boutique d'art. Il répond, je me lance.

- Damien, c'est moi !

Il est probablement avec un client, car il met du temps à me répondre.

- Veux-tu te faire pardonner une mauvaise action ou me demander quelque chose ?

Son sixième sens ne cessera de m'impressionner.

- Ton flair est moins précis qu'avant, mon vieux. Tu hésites entre deux possibilités, perdrais-tu la main ?

- Vas-y, aborde tout de suite l'objet de ton appel et arrête de tourner autour du pot, je suis occupé.

Mon petit sarcasme m'a amené aussi loin qu'il a pu. Je dois faire face à présent.

- Voilà, pour qu'Anouk et son amie retrouvent leurs documents afin d'être en mesure de prouver leur identité au service de l'immigration de la Corée du Sud, l'auteur du courriel veut une somme d'argent livrée sur place, à Séoul. Il faut partir demain matin pour procéder à la remise après-demain. Il se méfie de moi, de Mat et de la police en général. Je ne vois que toi pour aller là-bas.

Cette fois-ci, son silence dure plus longtemps. Je l'entends respirer fort.

Je n'aime pas placer mes amis dans de telles situations, mais il est mon seul espoir. Je dois arriver à le convaincre, je n'ai pas d'autres choix même si je suis conscient que je lui en demande beaucoup.

- Dis quelque chose, Damien.

- À Séoul !

Bon, c'est un début, mais il reste du chemin à faire.

- Il s'agit de ma sœur et de ton amie, Damien. Le dilemme n'est pas de savoir si tu as envie de faire cet effort pour aider Anouk et sa compagne, mais comment s'y prendre pour réussir. Tu sais que si Mat ou moi pouvions y aller, nous le ferions sans poser de questions.

J'avoue que mes arguments se situent un peu en bas de la ceinture. Ce sont pourtant mes seuls et mes derniers.

- Gabriel !

- Ne me dit pas non, Damien.

- Écoute.

- J'irai te reconduire à l'aéroport si tu le veux. Évidemment, le voyage est à mes frais.

- Gabriel !

Cette fois-ci, je me tais, résigné à faire face à ses objections.

- Mon passeport est périmé. Je ne pourrai jamais y remédier avant demain matin !

Damien aurait-il accepté si ce n'avait été de son damné passeport périmé ? Je ne le sais pas. Cela ne m'empêche pas d'être furieux contre lui. Je sens une boule de frustration monter en moi.

- Pour une fois que je te demande un service, je m'en souviendrai longtemps. Anouk se passerait facilement d'un ami qui n'est pas prêt à l'aider même s'il est le seul à pouvoir le faire. Elle croupit dans une cellule à l'autre bout du globe, à la merci d'un système qu'elle ne connaît pas, en plus d'être obsédée par le sort de son amoureuse dont elle est sans nouvelles. Bravo, Damien !

Ah puis tiens ! Je raccroche avant que mes mots ne dépassent ma pensée, ce qui, je le réaliserai plus tard, est déjà fait.

Personne n'a dit que j'étais parfait !

CHAPITRE 5

Montréal, mercredi 23 août

Juste comme je pensais rappeler Damien pour m'excuser, le téléphone déjoue mes plans.

- Oui, bonjour.

- Que j'aime entendre ta voix grave qui me fait tellement de bien !

- Camille !

- Tu t'attendais à une autre de tes soupirantes peut-être.

Je suis vraiment heureux de son appel. Elle ne saura jamais à quel point j'ai besoin de son réconfort en ce moment. Évidemment, j'esquive sa question. Un jour peut-être, je lui parlerai d'Annie qui serait alors une histoire du passé.

- Es-tu encore à Québec ?

- Je suis revenue à l'appartement numéro 504, mon cher, tu te souviens, à l'étage dessous.

J'ai peur qu'elle ne remarque que je ne suis pas dans mon assiette et que j'ai la gorge serrée. Elle me sauve la mise en poursuivant.

- Viens-tu me retrouver ? À moins évidemment que tu ne doives aller t'entraîner. Dans ce cas, je me résignerai à passer ma soirée en célibataire pendant que monsieur se fait des muscles.

-J'arrive !

L'instant d'après, je me ravise.

- Non, toi viens me rejoindre, j'attends des appels. Je t'expliquerai.

- Es-tu seul ?

Merci, Mat, d'avoir décliné mon invitation !

- Oui. Pourquoi ?

- Je ne veux pas te partager. Est-ce une assez bonne raison ?

Le temps de monter les marches, probablement deux à la fois, elle apparaît déjà devant ma porte.

Nous nous sommes enlacés un long moment. Maintenant, elle reprend son souffle. Moi, j'essaie d'en faire autant.

Elle me raconte dans les grandes lignes son séjour chez sa mère à Québec qui s'était incidemment bien déroulé. Ensuite, j'en arrive à mes préoccupations. Je lui relate donc le fil des évènements à partir de l'appel terrifiant d'Anouk, de la disparition de Sophie, des exigences de l'escroc qui détient leurs documents, du voyage de Mat en Floride, de l'entrée en scène de son super agent, jusqu'à ma dernière conversation avec Damien.

Voilà, elle sait tout à présent. Mon fardeau me semble déjà moins lourd.

- Je me sens impuissant à aider ma sœur, Camille, cette idée me rend fou.

Je la regarde d'un air piteux.

- Tu dois trouver que je n'ai pas une vie très simple.

Elle me prend les deux mains et les places sur ses genoux.

- Tu t'en fais pour ta sœur et tu veux lui porter secours, c'est tout à ton honneur. Et puis, ne sais-tu pas que les filles ont horreur des gars qui ont une vie trop rangée ?

Elle me caresse la joue à présent.

- Va savoir, tout ceci se réglera probablement tout seul. Quand ils auront la preuve que ta sœur et sa copine ne font pas une tentative d'immigration illégale, ils les relâcheront. Je m'imagine que ce n'est pas la première fois qu'un visiteur perd ou se fait dérober ses papiers avant d'arriver au poste douanier. Moi, à ta place, je garderais mon argent. Elles seront libérées de toute manière, un jour ou l'autre.

- Ta théorie se tient, Camille. Je serais plutôt d'accord avec toi, mais je me méfie du « un jour ou l'autre », vois-tu ? Anouk ne peut pas prouver son identité. Je ne trouve rien de mon côté qui l'aiderait dans ce sens. J'ai peur que la procédure de vérification s'éternise. Il n'est pas question que je la laisse dans cette mauvaise situation plus longtemps.

- Effectivement, tu marques un point. Tu m'as dit que ton ami policier explore plusieurs avenues. Lui ou son « super agent » comme tu l'appelles méchamment, finiront par découvrir quelque chose.

- Tu me trouves méchant !

- On ne te l'a peut-être jamais dit, mais à dire vrai, tu sais être assez sarcastique quand tu t'y mets.

Comme pour se faire pardonner sa franchise, elle laisse ses lèvres frôler les miennes. Puis elle revient sur le sujet de Damien.

- C'est tellement dommage que ton ami Julien ne puisse te rendre ce service.

- Tu veux dire Damien.

- Navrée. Damien, oui. Celui dont le passeport n'est pas à jour.

Elle est perdue dans ses pensées à présent. Elle bâille en plus. Pas très flatteur pour moi !

- Que je suis égoïste, je réalise que tu es fatiguée à la suite de ton séjour à Québec ! Tu n'as probablement pas besoin que je t'accable avec mes histoires de famille.

Elle désamorce ma réaction.

- Oh ! Tu sais ce que c'est, on ne dort jamais aussi bien ailleurs, même dans la maison qui m'a vue grandir. Je m'en remettrai, sois sans crainte. Mais ce qui me tourmente c'est toi. Que vas-tu faire ? Si tu veux toujours donner l'argent au fraudeur, comment vas-tu procéder ? As-tu d'autres amis qui sauraient te rendre ce service ?

Elle touche le nœud du problème. Je ne connais personne d'autre à qui je pourrais quémander une telle faveur.

- Je crois que j'irai moi-même en fin de compte.

J'ai lancé cette affirmation sans vraiment y penser. Je ne sais pas comment, mais ce type me connaît et il le saura d'une façon ou d'une autre. Il pourrait paniquer et ma sœur et son amie ne retrouveront jamais leurs documents. Elles s'exposent à passer des jours en détention avant qu'elles soient libérées. Je sais que je ne peux me permettre de courir le risque, mais ai-je le choix ? Refuser de remettre l'argent me paraît un scénario encore plus dangereux.

Camille s'aperçoit rapidement, en déchiffrant facilement ma physionomie, que je ne crois pas moi-même à cette solution bien que je n'en aie pas d'autres en vue. Elle ne prend donc pas la peine de me contredire et appuie sa tête sur mon épaule en guise de réconfort. Puis, brusquement, elle se redresse et se tourne pour me faire face.

- Moi, mon passeport est à jour !

Toutes les objections du monde me viennent à l'esprit.

- Non. Il n'est absolument pas question que je t'implique dans mes histoires.

Elle dissèque méticuleusement ma réaction puis elle me présente un aplomb que je ne lui connaissais pas encore.

- Gabriel, tu fais ce que tu veux, mais de mon côté, je suis libre ces temps-ci. Il n'y a aucun risque à faire ce voyage d'autant plus que - elle prend son air ingénu - je ne suis jamais allée à Séoul, encore moins tous frais payés.

En prononçant cette dernière phrase, elle a approché son visage à quelques centimètres du mien et a plongé ses grands yeux noirs dans les miens. Elle poursuit.

- Évidemment, j'aimerais mieux y aller avec toi.

À présent, je sens ses lèvres chaudes frôler ma joue pour ensuite glisser et s'attarder sur les miennes.

Comme j'allais l'enlacer, le téléphone, encore lui, vient briser un moment qui s'annonçait magique.

- Gabriel Beauregard, à l'appareil.

- Il y a eu trois transactions mineures effectuées avec la carte de crédit de ta sœur depuis hier, toutes à Séoul. Je m'imagine que le voleur s'en tient à de petits montants pour ainsi utiliser la puce électronique de la carte sans devoir entrer un code confidentiel. J'ai quand même avisé l'émetteur de geler son crédit pour l'instant.

Mat a le don d'aller directement au but pour annoncer les mauvaises nouvelles.

- Donc, cela élimine l'hypothèse qu'une personne au centre de détention ou tout autre individu incidemment, profite de ce qu'il sait sur l'incarcération d'Anouk et de Sophie pour me soutirer de l'argent. On a bel et bien volé leurs documents. Le courriel que j'ai reçu n'est pas un bluff.

- Tu devrais entrer dans la police, tu es vraiment fort en déductions.

- Je n'arrive certainement pas à la cheville de ton super agent !

Notre petit jeu ne trompe personne. Autant Mat que moi sommes conscients que le risque pour Anouk vient de monter d'un cran. Le hasard s'est exclu de l'affaire. Quelqu'un a effectivement dérobé les deux femmes et utilisé le compte de courrier électronique d'Anouk ainsi que sa carte de crédit. Par conséquent, il a bien leurs passeports.

- Que vas-tu faire, Mat ?

Je m'entends lui répéter cette question depuis que je l'ai réveillé la nuit dernière.

- L'enquêteur poursuit ses efforts pour établir le contact avec un responsable aux douanes de Séoul. Ah oui ! À partir de sa carte de crédit, nous avons retracé l'agence de voyages avec laquelle Anouk a transigé. Malheureusement, l'agence n'a émis qu'un billet d'avion pour Anouk. Je présume que son amie en a fait autant de son côté. C'est aussi probablement Sophie qui a réservé leur hôtel en faisant affaire avec son agence à elle ou en passant par un site spécialisé, de toute manière, il n'y en a pas de trace sur la carte d'Anouk. Tant pis, cette avenue valait la peine d'être vérifiée.

Du même souffle, il rajoute :

- Sois rassuré, mon département continue de traiter le dossier en priorité.

- Je suis très rassuré de savoir que ton département traite ce dossier en priorité pendant que le patron ira se faire bronzer tout doucement en Floride. Plus rassuré que cela, tu meurs !

Camille qui m'entend me donne un coup de coude et me fait les gros yeux.

- Oublie ma remarque, Mat, j'ai les nerfs à vif en plus d'avoir mal dormi la nuit dernière. Je sais que tu dois faire ce voyage et je suis certain que ton détective fera du bon travail. Merci de m'avoir tenu au courant. Je te souhaite à toi et Hélène de faire un beau séjour à Miami.

Les yeux de Camille s'adoucissent.

- Jeudi prochain, venez nous chercher à l'aéroport, toi et Anouk.

Que j'aimerais croire à son optimisme !

Quand j'ai raccroché, Camille a surpris toute l'angoisse et la tristesse que dégageait mon regard. Elle a compris qu'aucun mot ne pouvait en effacer les traces. Elle s'est rapprochée de moi. Nos vêtements se sont avérés graduellement inutiles et nous sommes lentement devenus qu'un seul corps en fusion, soudés l'un à l'autre.

Séoul, mercredi 23 août

La soi-disant disparition de la compagne d'Anouk avec leurs passeports ne passe pas auprès des autorités sud-coréennes. Leur raisonnement est simple. Où est la Sophie en question ?

Après vérification, aucun rapport ne faisait état d'une dénommée Sophie Gagné qui aurait essayé de franchir les douanes sans passeport, ni hier ni aujourd'hui. Comble de malchance, celle qui prétend être Anouk Beauregard n'arrive pas à trouver le bon mot de passe pour accéder à son courrier électronique où serait numérisé son passeport.

Dans un cas normal de perte ou de vol de passeport, les services douaniers, à l'aide de l'ambassade en cause, arrivent à traiter l'incident dans un délai raisonnable. Dans ce cas-ci, trois faits troublants s'additionnent : pas de passeport, compagne introuvable et par hasard, oublie de son mot de passe. C'est trop pour être crédible. Ces temps-ci, l'immigration est sur le qui-vive et ne prend aucun risque avec un étranger sur qui repose une accumulation de doutes.

En vain, Anouk a tenté d'emprunter à nouveau le cellulaire du gardien bienveillant. Plus de passe-droits tant que son identité n'aura pas été clairement établie.

Les deux autres hommes qui ont fait le trajet dans le fourgon avec elle, entre l'aéroport et cet endroit, ont été relogés dans un autre centre. Le petit sentiment de complicité avec ces inconnus, temporairement créés par une menace commune, n'est plus. Anouk se sent encore plus seule.

À plusieurs reprises, elle a demandé à parler à un responsable. On ne lui accorde aucune faveur particulière. Chose certaine, elle réalise maintenant que l'on ne la relâchera pas avant que son identité ne soit formellement établie, rien ne sert de protester, ces gens-là ne font que leur devoir.

Malgré la frustration causée par sa situation délicate, ce n'est pas son sort à elle qui la préoccupe. Elle n'est pas mal traitée et sait que tôt ou tard, elle pourra quitter ce centre. Qui sait, un jour elle en rira peut-être. C'est ne pas comprendre ce qui est advenu de son amoureuse qui l'angoisse le plus. Elle se forge des scénarios plus horribles les uns des autres. Sophie ne se trouve pas dans le même centre qu'elle. Où peut-elle être ? Qu'est-ce qui lui est arrivée ? Court-elle un danger ? A-t-elle besoin d'elle ? Elle aussi doit être folle d'inquiétude.

Tant qu'Anouk est détenue ici, elle ne peut rien, sauf se morfondre en pensant à son amie qui vit une situation peut-être pire que la sienne.

CHAPITRE 6

Montréal, jeudi 24 août

Je me demande encore si j'ai bien fait !

Hier, après l'amour, le nombre limité de possibilités qui s'offraient à moi est revenu me hanter. Aucune ne me rassurait. Je n'avais pas d'autres amis assez proches à qui je pouvais demander à quelques heures d'avis de se rendre à Séoul pour remettre 25 000 $ à un escroc en plus. Je m'étais déjà exclu ainsi que Mat ou un quelconque membre de la Sûreté du Québec. Damien l'était par la force des choses.

Elle avait semé le germe de cette possibilité la veille, l'idée a fait son chemin. Je me suis donc résigné à solliciter l'aide de Camille, même si cette option ne me plaisait guère. Après une courte hésitation, le temps de me prendre au sérieux, elle a accepté. Camille a fait ses réservations par l'entremise de sa belle-sœur, agente de voyage, pour ne pas provoquer une histoire de famille ; je lui rembourserai ses dépenses évidemment. Je ne sais pas ce que Mat en penserait. Je ne le saurai jamais puisque je n'ai pas l'intention de lui dire que je me suis finalement plié au chantage.

Je viens de la laisser à l'aéroport Montréal-Trudeau. Camille prendra le vol d'Air Canada de 7 h 35 en direction de Vancouver, elle débarquera à 9 h 53, heure locale, puis elle en repartira à 11 h pour arriver à Séoul à 13 h 45, demain vendredi, heure locale.

Je sais que je lui en demande beaucoup. Je ne la remercierai jamais assez.

* * *

Depuis que je suis rentré chez moi, je me sens comme un lion en cage. Camille ne reviendra pas avant mardi prochain, son billet de retour étant ouvert, et Mat est parti pour la semaine. Au moins, Damien, qui doit s'en faire autant que moi pour Anouk, peut se changer les idées à sa boutique d'art. Pour ma part, la journée s'annonce longue.

Je repense en souriant aux flèches que m'ont tirées les gros yeux de Camille lorsque j'ai un peu bousculé Mat. Tiens ! Ceci me rappelle qu'il est plus que temps que je m'excuse auprès de Damien pour mes remarques acerbes d'hier. J'aurais dû le faire avant. Damien ne mérite pas d'être victime de ma frustration.

Voilà, je viens de me trouver une tâche utile.

Il répond immédiatement. Comme je m'y attendais, il ne doit pas être extrêmement occupé un petit matin du mois d'août.

- Damien, c'est moi.

Cette fois-ci, il n'essaie pas de deviner mes humeurs ou peut-être garde-t-il simplement ses conclusions pour lui. Il me laisse amorcer la discussion sans autre commentaire.

- J'y suis allé un peu fort avec toi. Je suis désolé, Damien. Ce n'est tout de même pas de ta faute si tu n'avais pas de raisons pour maintenir ton passeport à jour. J'ai réalisé que j'avais passé ma colère sur toi. J'ai dépassé la limite. Je veux m'en excuser, tu n'y es évidemment pour rien.

Il ne répond pas immédiatement.

En fait, il ne répond pas. Point.

- Damien, es-tu toujours à l'écoute ?

C'est là que j'ai constaté que l'ami Damien avait droit aussi à ses frustrations.

- Tu sais Gabriel, ce n'est pas parce que j'ai un tempérament d'artiste que je suis dupe de tes insinuations bas de gamme. Ce n'est pas non plus parce que je peine à joindre les deux bouts que je n'ai pas réussi aussi bien que toi. Je ne suis pas fait en bois. Quand on m'attaque, même si je ne trouve aucune riposte sur le coup, je ne suis pas pour autant insensible. Insinuer que je te laisse tomber, toi ou Anouk, c'est très méchant et faux. Je n'ai pas dormi de la nuit. Ce matin, j'ai failli me déclarer malade à mon travail. Je ne pense qu'à la pauvre Anouk prise dans un filet, seule et épouvantée dans un pays étranger sans parler du sort de son amoureuse. Insinuer par-dessus le marché que je ne veux rien faire pour l'aider, c'est trop fort. Je ne l'accepte pas, ni de toi ni de personne. Tu as brisé quelque chose, Gabriel. Maintenant, j'ai du travail. À la prochaine.

Il a raccroché.

Je ne m'attendais pas à ce dénouement. La journée sera longue et en plus, je me sens minable.

* * *

Je tuais le temps depuis un moment, faute de pouvoir faire quoi que ce soit pour Anouk tout en ruminant les derniers propos de Damien, lorsque le téléphone est venu me délivrer de ma léthargie.

- Gabriel Beauregard, à l'appareil.

- Bonjour, monsieur Beauregard. Ici le détective Samuel Legendre.

Sur le coup, je ne saisis pas de qui il s'agit. Mon interlocuteur s'en aperçoit.

- Je suis le « super agent » !

Et vlan, je viens de comprendre. Il s'arrête, savourant probablement son effet.

- Je vous replace, vous êtes la personne responsable de l'enquête sur ce qui arrive à ma sœur et à son amie.

- En effet, le sergent Mathieu Smith m'a demandé d'être en communication avec vous durant son absence.

Il a la décence de ne pas tourner le fer dans la plaie.

- Voici le but de mon intervention, monsieur Beauregard. En révisant le dossier ce matin, j'ai constaté que vous avez reçu un appel provenant de votre sœur dans la nuit du 22 au 23, n'est-ce pas ?

Hum ! Il est très fort ce détective. Mat est bien entouré avec un type comme lui, capable de lire en plus.

- En effet, mais j'ai déjà mentionné ce fait à Mat, enfin, au sergent Smith.

- Vous a-t-elle appelé sur votre cellulaire ou sur votre ligne fixe ?

De mieux en mieux. Tout le monde sait qu'il y a une différence importante et fondamentale entre recevoir un appel sur un cellulaire ou sur une ligne fixe. Ce type, probablement surdoué, doit s'ennuyer pour poser de telles questions.

- Sur ma ligne fixe.

Je n'en rajoute pas, il est capable de me demander de quelle couleur est mon appareil.

- Avez-vous un afficheur sur votre ligne fixe ?

Merde de merde ! Il touche un point. Damien a raison, je ne suis qu'un con imbu de lui-même avec des préjugés en plus.

Je deviens tout d'un coup extrêmement poli, je dirais, presque timide.

- Oui en effet, j'en ai un.

J'essaie de me rattraper.

- Un moment, je vous donne le numéro d'où provenait l'appel d'Anouk.

Je m'exécute. Heureusement, le numéro n'est pas masqué. Il me remercie puis met fin à mon humiliation en écourtant la communication.

Je demeure là, immobile et rouge de gêne pour ne pas avoir pensé moi-même à quelque chose d'aussi évident, et honteux d'avoir douté des capacités du détective.

Ce n'est pas une bonne journée, en plus d'être longue.

Montréal, il y a un an

Julie a touché à un peu de tout, de la biologie à serveuse de bar à danseuse érotique.

Après ses études universitaires en biologie, elle s'est trouvé un poste dans une pharmaceutique. Quelque temps après son embauche, on a remarqué d'importantes variations dans le niveau des inventaires. La filature a démontré son implication dans un réseau de contrebande de médicaments. Accusée, elle a passé du temps derrière les barreaux. À sa sortie, aucune entreprise ne voulait d'elle. Après quatre mois de vaines recherches, elle a déniché un gagne-pain transitoire de serveuse dans un bar pour l'aider à payer son loyer. L'emploi qui devait n'être que provisoire le devint moins. Peu après, une seconde offre s'est présentée, elle devait consentir à servir les clients les seins nus. Deux ans plus tard, elle dansait complètement nue dans une autre boîte. L'apprentissage fut plus facile qu'elle ne l'avait cru. La paye était intéressante, l'orgueil n'était plus tellement utile. Elle n'était même plus frustrée de ne pas avoir percé en bio. Le goût de l'argent rapidement gagné a remplacé ces petites contrariétés.

C'est l'année dernière, à son travail, qu'ils se sont rencontrés. Lui, en tant que client, elle, à titre de… enfin, comme artiste, disons.

Maxime était professeur de voile pour gagner modestement sa vie et suivait des cours de plongée sous-marine pour son plaisir. Il n'avait pas le niveau de scolarité de Julie, mais présentait un côté rêveur qui ne lui déplaisait pas à l'époque. Sa plus grande ambition était de s'acheter un voilier de dimension assez respectable pour en vivre en offrant des croisières privées aux touristes dans les Antilles.

Le mois suivant, ils habitaient ensemble.

Quand elle revenait de son travail au bar, au milieu de la nuit, elle avait pris l'habitude de parler du projet de son amoureux, ne serait-ce que pour éviter d'aborder le sujet de sa soirée à elle. D'une semaine à l'autre et d'une discussion à l'autre, ils en sont arrivés à chiffrer concrètement la mise de fonds nécessaire pour acquérir et entretenir un bateau de la taille de celui que Maxime envisageait. Même en considérant l'achat d'un voilier d'occasion, le coût du projet le plaçait hors d'atteinte. Il leur fallait trouver d'autres fonds que ceux générés par la danse et les cours de voile.

De toute manière, Julie en était rendue là dans sa vie. Elle ne se voyait pas vivoter ainsi pour le restant de ses jours.

Le hasard fait bien les choses.

Quelque temps après, pour une rare fois, Maxime est allé rejoindre Julie à son travail, ce qu'il évitait de faire, pour des raisons évidentes, depuis leur rencontre. Alors qu'une danseuse exécutait sa prestation artistique sur la petite scène aux éclairages tamisés, il fut intrigué par quelque chose qui lui a trotté dans la tête pour le restant de la soirée.

Il est assez rare de voir une cliente seule dans ce type d'établissement. Curieux, il se mit à observer cette femme assise tout près de la scène. Après un moment, il réalisa qu'elle semblait avoir les mêmes réactions que les hommes. Quand ce fut au tour de Julie d'offrir son numéro, il constata que cette dernière était visiblement le genre de femme qui excitait l'inconnue, juste à voir sa posture et l'éclat dans ses yeux.

Il se mit à développer des hypothèses. Est-elle lesbienne ou bisexuelle peut-être ! Célibataire ou en couple. Si tel est le cas, son conjoint sait-il qu'elle s'intéresse aux femmes ? Est-ce la première fois qu'elle fréquente un pareil endroit ?

Après quelques minutes, Maxime remarqua que Julie venait d'apercevoir la mystérieuse cliente. Peut-être se posait-elle les mêmes questions que lui tout en se trémoussant.

Peu après, son regard croisa celui de Julie. Maxime avait l'impression qu'elle essayait de lui dire quelque chose entre deux mouvements de contorsion qui se voulaient érotiques. Où peut-être était-ce parce qu'elle se demandait pourquoi il dévisageait cette femme.

Étrangement, même si ce n'était pas la première fois qu'une femme seule se trouvait parmi les clients, une idée aberrante traversa la tête de Julie ce soir-là. Était-ce parce qu'elle avait deviné les interrogations qui s'affichaient sur le visage de Maxime ? Possiblement, mais c'était la première fois qu'elle envisageait un scénario aussi clair pour améliorer sa condition financière.

Ce soir, il lui restera à convaincre Maxime.

CHAPITRE 7

Séoul, aujourd'hui vendredi 25 août

Camille est nerveuse, comme la plupart des gens qui seraient dans sa situation d'ailleurs ! Sa tension n'a jamais été aussi haute que lorsqu'elle a passé la douane sud-coréenne sachant qu'elle avait coché la case NON à la question qui demandait si elle transportait plus de 10 000 $ en argent liquide avec elle. Ce n'est pas illégal, mais il faut le déclarer et probablement devoir répondre à d'autres questions qu'elle préférait ne pas se faire poser. On ne l'a pas fouillée. Son cœur s'est seulement remis à battre une fois rendue à bonne distance, loin de l'autre côté des guérites de la douane.

Même épuisée par le long voyage, le décalage et la nuit dans l'avion à dormir d'un sommeil léger, Camille ne peut s'empêcher d'être éblouie par la vue de scènes urbaines démesurées. Le paysage le long du lien ferroviaire qui l'amène de l'aéroport Incheon au centre-ville lui offre un éventail des différentes textures que prend la ville. Une talle de gratte-ciel s'étire sur sa droite, une montagne trône en face, justement, là où elle devra se rendre immédiatement après avoir déposé ses bagages à l'hôtel, se dit-elle en revenant sur terre.

Fourbue, elle poursuit sa mission sur le pilote automatique pour éviter de penser aux autres étapes qui l'attendent.

Ballottée entre la réalité et les épisodes de somnolence qui l'affligent malgré ses efforts pour les contrer, elle arrive au cœur de la ville plus vite qu'anticipé. Elle se résigne donc à quitter sa bulle temporaire et à laisser sa place à bord du train pour affronter la mégalopole asiatique. Elle se fait comprendre du chauffeur de taxi mieux qu'elle ne l'avait cru. Elle a la chance que le nom de son hôtel soit prononçable.

Elle aperçoit deux hommes qui sont entrés derrière elle à l'hôtel et qui semblent s'intéresser un peu trop à sa personne. Peut-être s'agit-il d'un simple hasard. La fatigue lui joue des tours. Ou est-ce l'ami policier de Gabriel qui a malgré tout, décidé d'aviser les autorités d'ici afin qu'ils interviennent lors de la transaction ? Pourtant, Gabriel lui a affirmé qu'il ne lui avait pas réacheminé le courriel détaillant les modalités de remise de l'argent. Comment la police de Séoul aurait-elle pu savoir ? À moins qu'elle ait été suivie à partir de Montréal !

Camille n'aime pas l'impression de ne pas maîtriser tous les paramètres de la situation. Elle a envie de téléphoner à Gabriel pour lui demander s'il était revenu sur sa décision de ne pas solliciter l'aide de son copain policier. Elle se ravise immédiatement, car son cellulaire est en mode avion pour épargner les frais exorbitants d'itinérance et surtout, Montréal est au milieu de sa nuit.

Elle poursuivra sa mission exactement comme indiqué dans le courriel dont elle a copie. Gabriel lui a demandé de ne déroger au plan sous aucun prétexte. C'est ce qu'elle fera. Suivre le scénario établi est son meilleur gage de succès. Elle relie le courriel :... *Cette personne devra déposer l'enveloppe à 16 heures, heure locale, dans la cabine montante numéro 9 du téléphérique Namsan sous le siège avant.*

Elle n'a ni le temps ni le goût de faire le tour de la chambre que le bagagiste vient de quitter. Pour le moment, elle doit résister à l'appel de son lit. Sa journée n'est pas encore terminée. Une bonne douche, c'est tout le luxe qu'elle se permettra pour l'instant.

À peine rhabillée, elle demande à la réception de lui appeler un taxi pour se rendre au lieu désigné. Le portier a eu l'amabilité de traduire pour le chauffeur. Celui-ci a bien compris qu'il doit la laisser au téléphérique Namsan.

Durant le trajet, elle garde les deux mains sur l'enveloppe, comme si tout le monde savait ce qu'elle contenait.

Arrivée sur place à 15 h 50, elle vérifie nerveusement si les deux hommes aperçus à l'hôtel ne la suivaient pas. Elle ne remarque rien de particulier, à moins qu'ils se soient fait relayer. Tout ceci l'énerve plus que prévu.

Après avoir payé son passage aller-retour, c'est en faisant la queue derrière les quelques personnes qui profitent de la fin de la journée pour découvrir la ville sous un éclairage énigmatique, qu'elle réalise que ce ne sera pas si facile de faire en sorte de se trouver dans la cabine numéro 9. *Tu parles d'un scénario !*

Plus moyen de se défiler, car c'est maintenant au tour de son petit groupe de s'avancer dans la cabine qui vient d'ouvrir ses portes. Camille laisse passer quelques personnes pendant qu'elle essaie de localiser l'endroit où est inscrit le numéro de cabine. Tiens ! Le voici. Cabine numéro 3. Pas de chance !

Elle fait semblant d'être craintive et indique au préposé, à l'aide de différents signes qu'il paraît comprendre, qu'elle n'est pas prête à monter à bord. Elle espère maintenant que les numéros ne se suivent pas, elle ne pourra refaire le coup cinq autres fois sans attirer l'attention.

Toujours en tenant l'enveloppe à deux mains, elle se réfugie au fond de la petite salle d'attente, laissant passer devant elle une nouvelle cohorte de passagers. Elle n'a pas longtemps à patienter, voici une autre cabine qui arrive. Elle sait à présent où se trouve inscrit le numéro. Elle peut le distinguer d'où elle est. Numéro 12. Elle la laisse filer.

Elle ignore encore si c'est une bonne ou une mauvaise nouvelle. Au moins, les numéros ne sont pas séquentiels. Elle n'aura donc pas à attendre cinq autres cabines avant d'en arriver au numéro 9. D'un autre côté, il peut se passer un bon moment avant que le hasard finisse par la placer devant la bonne nacelle. Le préposé est gentil et compréhensif, mais il n'est sûrement pas si naïf. Avant qu'il ne la soupçonne de manigancer un coup quelconque, elle doit agir au plus vite.

Il est 16 h 05 à présent.

Elle répète le scénario précédent, donc toujours adossée au mur du fond, pendant que d'autres touristes entrent dans la minuscule salle d'attente.

Le préposé vient vers elle. Le sang de Camille lui glace dans les veines. Il s'en rend compte. Son anglais n'est pas très bon, celui de Camille non plus. Il lui fait alors une démonstration visuelle qui tourne autour du concept consistant à regarder vers le haut et non vers le bas une fois à l'intérieur. Il aura pris l'hésitation de la dame pour de la peur.

Elle fait celle qui est maintenant rassurée et le remercie de la tête pour son conseil.

Là, elle n'a plus le choix, il lui faut monter à bord de la prochaine cabine, quitte à revenir et attendre à nouveau jusqu'à ce que la bonne se présente à elle.

Elle entend la séquence de déclics métalliques de la nacelle qui arrive, suivie par un roulement de portes qui s'ouvrent.

Elle n'y croyait plus. La voici, la cabine numéro 9, juste ici devant elle. Le préposé lui fait un signe d'encouragement. Elle l'en remercie de ses grands yeux noirs. Cette fois, elle est la première à monter, elle doit s'asseoir sur le siège avant. Elle n'est pas là pour la vue imprenable sur la ville.

Il y a plus de monde que dans les deux cohortes précédentes. Ce qui l'angoisse le plus est de se demander si elle est encore suivie. Elle observe chaque personne avec insistance. Elle spécule sur la possibilité d'y trouver les deux types qu'elle a vus à l'hôtel ou d'autres qui auraient pris leur suite. Scénario impossible, conclut-elle. Comment auraient-ils pu arriver là, dans la cabine numéro 9, juste au bon moment ? Elle se sent rassurée.

Comme tous les touristes regardent naturellement vers le bas plutôt que vers le haut, elle est à l'abri des regards, bien assise sur son banc de devant.

Montréal, vendredi 25 août

Quand le téléphone a sonné à 6 h du matin, j'étais déjà bien éveillé faute d'avoir fermé l'œil. Il approchait 19 h à Séoul, Camille se sentait complètement vannée et allait se coucher. Elle me dira plus tard qu'elle a même attendu un peu en combattant le sommeil avant de risquer de me réveiller.

- Camille ?

- Ah ! Que c'est bon entendre le son de ta voix !

Sa voix à elle me met à l'envers. Je n'ose prononcer un mot de plus.

Nous demeurons là, silencieux, appréciant la présence et le souffle de l'autre. Je suis rassuré de la voir sur FaceTime, même avec les traits tirés. Je n'aurais pas cru m'attacher autant et aussi rapidement à cette fille.

- Je suis si heureux de t'entendre et d'admirer tes beaux yeux, même fatigués, Camille.

Je ne pense pas à lui demander comment avait été son voyage ni même comment s'était déroulée la transaction. L'heure n'est pas aux questions.

C'est elle qui aborde le sujet.

- C'est fait, Gabriel. Il ne reste plus qu'à attendre maintenant.

- Merci, Camille.

À présent, je dois me taire. Elle constaterait facilement que tous les trémolos du monde s'entassent dans ma gorge.

Je présume que c'est aussi son cas, car je sens une légère inflexion dans sa voix.

- Comme prévu, je reviens mardi, juste le temps de me replacer du décalage et… de faire un peu de tourisme à tes frais.

Elle laisse échapper un petit son que je ne saurais décrire, mais qui me convainc qu'elle ne se prend pas au sérieux.

- Je suis morte, Gabriel. Je te dis bonsoir.

N'ayant pas le courage d'essayer de répondre, je la laisse filer, à regret. Pour avoir souvent fait ce type de voyage, sans compter le stress additionnel lié à cette transaction insolite, je la comprends.

L'instant d'après, je suis devant un café, rivé à mon cellulaire, à la page des courriels entrants dont l'inactivité m'angoisse.

Séoul, samedi 26 août

Il a recompté l'argent lui-même, bien étalé sur le lit de sa petite chambre d'hôtel. Tout est là. Le coup audacieux avait parfaitement réussi. Maxime qui n'y croyait pas au début rayonne de satisfaction. Julie, plus introspective, affiche un sourire discret.

- As-tu déposé les documents et les cartes au commissariat ce matin ?

Il ne répond pas immédiatement, trop absorbé par son nouveau bonheur qui lui fait l'effet d'un baume sur ses remords. Finalement, il rétorque ceci :

- Non, je ne voulais pas courir le risque de me faire prendre. Il faut tout garder, Julie. Ton plan a parfaitement fonctionné, pourquoi devrions-nous prendre la chance de laisser des indices en remettant ce que nous avons dérobé.

- Il faut que nous rendions tout pour que l'on nous prenne au sérieux.

Il ne détourne pas son attention de l'enveloppe qui ne renferme pas simplement de l'argent ; elle contient l'espoir de posséder un jour son propre voilier.

Finalement, Maxime lui fait face comme s'il venait de comprendre.

- Pour que l'on nous prenne au sérieux, dis-tu !

- Maxime, tu dévies la conversation.

- Je te le répète, je sais que cela causera certains inconvénients, mais je ne remettrai rien. J'ai été assez impliqué dans ta manigance, je ne veux pas me mouiller davantage. Je crois aussi que nous ne devrions pas donner le nouveau mot de passe créé pour pirater le compte de messagerie d'Anouk Beauregard.

Julie commence à bouillir. Ce n'était pas l'entente. Pour des raisons dont elle n'a pas encore discuté avec Maxime, celui qui leur a remis 25 000 $ doit les prendre au sérieux. Elle essaie de tempérer la discussion et fait attention de ne pas lui faire observer que s'ils sont riches, c'est à cause de sa manigance, justement.

- D'accord pour le mot de passe, gardons-le si tu le veux. Mais le frère d'Anouk Beauregard a accédé à mes demandes, il faut tout remettre. Il n'y a rien à ajouter. Nous devons honorer notre partie de contrat si nous voulons…

Elle s'arrête là, elle en a déjà trop dit.

Il la reprend.

- Son frère a accédé à nos demandes, lui lance-t-il en insistant sur le « nos ».

Elle ne le suit pas sur cette pente malsaine, épuisée d'avoir eu cette discussion à trop de reprises ces derniers temps. De toute manière, leur relation se détériore depuis quelques mois. Il est loin le temps où naïvement, lors d'un souper bien arrosé, il l'avait demandée en mariage. Elle fut prise par surprise et n'avait pas répondu. Il a compris et n'a plus abordé le sujet. Aujourd'hui, ils en sont rendus à faire une distinction entre la paternité de l'idée de l'un ou l'idée de l'autre. L'usure prématurée de leur couple est devenue une évidence.

- Ne revenons pas là-dessus. Le débat entre « mes » ou « nos » demandes est derrière nous, Maxime. Nous avons l'argent, nous devons remettre ce que nous - elle insiste sur le « nous » pour ne pas relancer la controverse - leur avons pris.

Il cesse enfin de tâter l'enveloppe pour lui porter toute son attention. Julie sait déjà que la discussion sera laborieuse. Ce qu'elle veut lui proposer le fera réagir. Pourquoi n'y a-t-il rien de facile avec lui ?

Montréal, samedi 26 août

Je suis épuisé par le manque de sommeil en plus d'être découragé. Je vérifie mes courriels toutes les dix minutes depuis que Camille m'a appelé hier matin. J'en ai fait autant durant la nuit. Aucun signe de vie du fraudeur et encore moins d'Anouk ou de Sophie. J'ai expédié d'autres courriels à l'adresse d'Anouk. Aucun n'a engendré la moindre réponse.

Plus tôt ce matin, j'ai pris contact avec le bureau de la Sûreté du Québec. Évidemment, l'enquêteur Legendre est en congé pour la fin de semaine. Je n'ai pu obtenir son numéro personnel, ni même l'assurance qu'on lui fera le message.

N'envisageant aucune autre possibilité, je me résigne à contacter Mat en Floride pour avoir les coordonnées personnelles du détective Legendre. Il va me tuer quand il saura que j'ai cédé aux exigences de l'escroc !

Il tarde à répondre. Il faut dire qu'il n'est que 7 h 45, un samedi, en vacances en plus. Je me sens petit dans mes souliers.

Enfin, il décroche. Je n'aurais jamais cru me réjouir un jour d'entendre sa grosse voix. J'ai l'impression d'être le seul à vouloir aider Anouk à se sortir de son calvaire. J'ai vraiment besoin du policier et de l'ami.

- Mathieu Smith, à l'appareil.

- J'aurais préféré que tu répondes « Sergent Smith, à l'appareil ». C'est à lui que je veux parler.

Il ne dit rien. Soit il sent la détresse dans ma petite tentative d'humour, soit il est furieux que je le relance pendant sa semaine de vacances qui revêt une importance fondamentale pour l'avenir son couple.

- Je suis en vacances, nous sommes samedi, il n'est pas encore 8 h et tu nous réveilles, Hélène et moi.

Malheureusement, c'est ma deuxième hypothèse qui s'avère. Je pars de loin.

- Peux-tu me donner le numéro personnel de ton enquêteur ? Si cela est contre tes beaux principes, pourrais-tu le contacter et lui demander de m'appeler, j'ai du nouveau ?

Je ne rajoute rien de plus. Il ne le mérite pas.

Comme il ne répond pas, je m'imagine qu'il est en train de jongler avec l'idée d'obtempérer à ma requête. J'évite de le presser, son humeur matinale me fait peur.

- Qu'est-ce qui se passe ?

Je ne fais aucun détour, c'est lui qui l'aura voulu.

- Hier, j'ai fait remettre 25 000 $ au fraudeur qui a piraté le compte de messagerie d'Anouk et qui dit avoir tous leurs papiers en sa possession. Depuis lors, rien.

- Où ?

- Où quoi ?

- Tu le fais par exprès ! Où la remise a-t-elle eu lieu ?

- À Séoul, dans un téléphérique.

- De mieux en mieux. Je présume que tu n'as rien dit au détective Legendre.

- C'est comme tu le supposes, je ne lui ai rien dit.

- Et maintenant, tu veux te confesser !

Si je poursuis sur ce mode défensif, je n'arriverai à rien.

- Est-ce que tu me mets en contact avec lui ou non ?

Il y a cela de bon avec Mat, il jappe fort, mais en dedans il est doux comme un agneau. Damien prétend que c'est aussi mon cas.

Je n'ai pas abordé la question de ses relations avec Hélène, elle est couchée à ses côtés, enfin, je l'espère. De toute manière, je ne crois pas que c'est à moi qu'il se confierait. Damien a une longueur d'avance en cette matière.

À la fin de notre bref entretien, il ne s'était pas compromis à contacter son enquêteur, mais il n'a pas refusé non plus. Dans le langage de Mat, cela veut dire qu'il fera tout pour m'aider. Je croirais même qu'il doit se sentir frustré de ne pas mener l'enquête lui-même, mais je comprends la situation dans laquelle il se trouve.

* * *

Dix minutes plus tard, ma ligne sonne. Mat aurait-il réussi à joindre le détective Legendre ?

CHAPITRE 8

Montréal, samedi 26 août

- Bonjour, c'est moi.

Je suis déçu que ce ne soit pas l'enquêteur ! Mais j'avoue que je ne prévoyais pas l'appel de Damien, particulièrement depuis qu'il m'a bien fait sentir que j'avais dépassé les bornes.

- Damien !

Mon ton n'a pas caché mon étonnement. Après ma scène de l'autre jour, suivie de la sienne, je ne croyais pas qu'il accepterait de me parler de sitôt.

Une surprise de taille m'attendait !

- J'ai fait renouveler mon passeport en urgence en payant un surplus, Gabriel. J'ai vérifié et un visa n'est pas requis pour entrer en Corée du Sud. Je suis donc prêt à partir là où tu le voudras et quand tu le voudras, en incluant Séoul si cela peut aider à sortir Anouk de sa mauvaise situation.

Mon ami vient de me mettre échec et mat.

Montréal, dimanche 27 août

Il doit être quatre heures du matin quand j'entends enfin ma boîte de courriel s'activer. Je suis instantanément tiré de mon demi-sommeil. J'espère qu'il ne s'agit pas d'une quelconque publicité, sinon je lance le cellulaire par la fenêtre.

Il est de Sophie !

De : **Sophiesympatic8@sympatico.com**
À : Gabriel Beauregard

Bonjour Gabriel,

J'ai bien reçu votre message, mais je n'étais pas en mesure de vous répondre plus tôt.

Ce qui nous arrive est incroyable. Je me suis fait dérober tous mes papiers et ceux d'Anouk que je gardais pour elle. On m'a bousculée et arraché tout ce que j'avais dans les mains. J'ai essayé sans succès de rattraper le voleur.

J'ai couru vers la sécurité à proximité. Ils m'ont arrêtée sur-le-champ faute de passeport et ne m'ont pas laissée revenir en arrière pour aviser Anouk. Les agents ne me croyaient pas.

Comme on vient de retrouver mon passeport ce matin, je ne sais comment, je suis donc libre.

Vous dites qu'Anouk est aussi retenue ici. Tant mieux, ils ne m'ont rien mentionné de cela. Je m'informe à l'instant. J'espère que son passeport a été retrouvé avec le mien. Je suis tellement inquiète, vous ne pouvez pas savoir comment.

*Je vous écris dès que je le peux, mais c'est
difficile, car je n'ai plus rien, ni argent non
plus. Je dois le faire à partir d'un café
internet en empruntant quelques minutes à
un client conciliant.*

Sophie

Je suis ivre de joie. Enfin une bonne nouvelle, la première
depuis l'appel d'Anouk. Je ne suis pas certain de me
rendormir, mais pour des raisons différentes cette fois. Au
petit matin, j'appellerai Damien en premier, lui, je lui dois
une longue explication et de plates excuses. Ensuite,
j'écrirais à Camille, son cellulaire étant toujours en mode
avion, elle recevra le message lorsqu'elle se connectera à
son hôtel ou dans une zone d'accès à internet. Je ne sais pas
encore si je dérangerai Mat une fois de plus durant ses
vacances de réconciliation pour lui faire part de la nouvelle.

* * *

Comme je terminais ma distribution de bonnes nouvelles en
ce petit dimanche matin, le cellulaire que j'ai toujours à la
main sonne et vibre en même temps.

- Gabriel Beauregard, à l'appareil.

- Détective Samuel Legendre.

J'ai encore de la difficulté à le replacer, lui. Je me reprends
à temps avant qu'il ne me refasse le coup du « c'est moi, le
super agent ».

- Détective Legendre, vous tombez bien, j'ai justement reçu une excellente nouvelle cette nuit.

- Mon sergent m'a demandé d'entrer en contact avec vous dès que possible. Était-ce pour que vous m'annonciez une bonne nouvelle ?

Je ne suis pas certain d'aimer son ton, j'y décèle une pointe d'humour. Il n'y a rien de tel qu'un pro du sarcasme pour en débusquer un autre. Comme le type est en congé cette fin de semaine, qu'il m'appelle uniquement parce que son patron le lui a demandé et qu'il doit avoir d'autres dossiers à traiter, je ne relèverai pas sa petite tentative d'ironie.

- J'ai reçu un courriel de Sophie, l'amie d'Anouk avec qui elle voyage. Elle est libre. Son passeport a été retrouvé, mais pas ses cartes. Donc, en ce qui la concerne, elle est tirée d'affaire. Je trouve que c'est de bon augure pour Anouk. Qu'en pensez-vous ?

Il ne saute pas de joie, enfin, je ne l'entends pas le faire.

Il me surprend en m'offrant plus que j'en demandais.

- Mieux encore, monsieur Beauregard, je suis finalement parvenu à parler à l'agent qui avait prêté son cellulaire à votre sœur à son arrivée au centre de détention pour immigrants illégaux. Il baragouine l'anglais, mais a tout de même réussi à m'annoncer que le centre avait reçu le passeport de votre sœur. Il leur avait été expédié à partir d'un poste de police local à Séoul. Votre sœur devrait être libérée d'ici peu, pour autant qu'elle n'a pas commis d'infraction.

Son ton devient soudainement plus chaleureux.

- Même si mon sergent ne m'avait pas demandé de vous appeler, je l'aurais fait de toute façon à la suite de ces nouveaux développements.

Je me prends à penser qu'il gagne à être connu le type.

- Alors je devrais recevoir de ses nouvelles sous peu !

- Comme vous le dites, monsieur Beauregard.

Enfin, le cauchemar se termine. Le mien, celui d'Anouk et de son amoureuse.

- Je ne sais pas comment vous remercier, détective Legendre.

Alors que je m'attendais à ce qu'il m'affirme n'avoir fait que son devoir ou quelque chose de la sorte, il m'amène ailleurs.

- Ne me remerciez pas encore, monsieur Beauregard. Le dossier n'est pas clos. Vous avez été victime d'une extorsion de 25 000 $ qui a certainement un lien avec la libération de votre sœur et de son amie. En plus, on a usurpé l'identité d'au moins une des deux femmes. Aussi, dès que nous aurons leurs dépositions, Séoul ouvrira un dossier pour vol et utilisation frauduleuse de carte de crédit.

Il est presque aussi stoïque que mon ami Mat, le détective. Le rabat-joie pourrait minimalement manifester un petit soupçon de satisfaction.

Par contre, j'aurais préféré qu'il ne sache pas pour la remise de l'argent. Il est capable de me mettre au banc des accusés.

- Je constate que Mat vous a dit que j'ai accepté de payer le montant que me réclamait l'escroc.

- De cela et d'autre chose.

Je ne sais pas pourquoi je l'aime un peu moins tout d'un coup, bien que je doive admettre que professionnellement il inspire confiance.

Il poursuit.

- Lorsque votre sœur et son amie seront revenues de voyage, j'aimerais vous rencontrer tous les trois. Je voudrais clarifier certains aspects qui m'échappent encore.

Je n'ai pas osé déranger Mat, je laisse le soin à son détective de l'aviser des derniers progrès s'il le juge à propos. Ce sera alors une affaire professionnelle entre eux.

Séoul, samedi 26 août, la veille

L'enveloppe dodue repose toujours sur la petite table entre elle et Maxime.

Julie n'aime pas le regard contenté de l'homme. Elle réalise, depuis qu'ils vivent ensemble, que ce dernier n'est pas aussi téméraire qu'elle l'avait cru au début de leur relation. Elle aime les hommes ambitieux. Maxime ne passera jamais à la vitesse supérieure, elle s'en doutait depuis quelques mois, aujourd'hui, elle en est certaine.

Comme pour ses autres propositions, Maxime a commencé par rejeter l'idée de faire chanter le frère riche d'Anouk Beauregard. Elle montait la barre à la limite de ce que l'élasticité de sa conscience pouvait tolérer. De son côté, elle avait déniché un créneau unique qui faisait jaillir en elle tout un monde de possibilités dont elle ne soupçonnait pas l'existence.

Elle lui a fait miroiter l'imminence de la réalisation de leur rêve. Un seul grand coup comme celui-là lui permettrait d'amasser l'acompte requis pour l'achat de son voilier, leur futur nid d'amour comme elle se plaisait à le lui murmurer à l'oreille. À force d'arguments et de mots d'amour, elle eut gain de cause, encore une fois. De guerre lasse, le rêveur s'est finalement laissé gagner par la ténacité de son amante et complice. Il a consenti à collaborer avec elle pour escroquer le frère d'Anouk Beauregard. La perspective d'un gros gain avait momentanément anesthésié sa conscience.

Elle a alors minutieusement mis au point les détails de chaque étape requise pour mener à bien son projet. Tel un metteur en scène, elle a su utiliser de main de maître chaque pièce du jeu à sa disposition. Elle a été le génie derrière toute la préparation de l'opération. Maxime devait se contenter de jouer sa partie. Ce qu'il a bien fait d'ailleurs.

Mais voilà, aujourd'hui, maintenant qu'elle a réussi son coup, Julie veut faire monter les enchères. Forte de son succès, elle désire à présent pousser le concept plus loin. Les 25 000 $ contenus dans l'enveloppe à côté d'elle ne lui suffisent déjà plus. Elle tient un filon qui ne demande qu'à être exploité.

Malheureusement pour elle, les remords de Maxime sont un mauvais présage. Autant il s'était forgé une carapace qu'elle croyait épaisse, autant il se culpabilise aujourd'hui. Il ne veut pas l'aider à duper le frère riche une seconde fois.

Son manque d'envergure déçoit Julie qui elle, surfe sur une vague qu'elle ne veut pas voir s'estomper.

- Nous avions un pacte, Julie. Cette affaire devait être la dernière. Elle nous a rapporté suffisamment pour que nous soyons en mesure de déposer la mise de fonds sur le bateau. J'arrête là. Partons avec ce que nous avons.

Il baisse le ton, Julie le sent plus émotif.

- Les derniers jours ont été éprouvants pour moi. J'aime de moins en moins ce que nous faisons. Je n'irai certainement pas plus loin.

Elle a repris l'enveloppe dans ses mains et cherche les bons mots. Jusqu'à aujourd'hui, elle a toujours su vaincre ses résistances. Elle commence à en avoir assez de sa bonne conscience qu'elle doit affronter chaque fois qu'elle lui propose un moyen d'améliorer leur sort.

Bon, puisqu'il le faut !

- Mon amour, tu ne te rends pas compte que nous avons une mine d'or à notre portée. Je sais que je t'en demande beaucoup, mais regarde ce que nous avons - elle lui place l'enveloppe sous les yeux. Si tu me laisses une ultime chance, nous pourrons exiger 100 000 $ cette fois-ci, de quoi payer presque entièrement le voilier. Nous partirons tout de suite après. Ce sera notre dernière affaire.

La physionomie de Maxime affiche une détermination qu'elle a rarement observée.

- Je ne suis pas un voleur.

- Ah non ! répond-elle avec un sourire qu'il ne prise pas.

- De toute manière, je te l'ai dit, je m'arrête ici.

L'obstacle est de taille. Elle doit alors se résigner à utiliser ses ultimes arguments. Il sera toujours temps de modifier l'accord après coup, se dit-elle avant de jeter sa carte maîtresse.

Sa main prend délicatement la sienne. Elle le dévisage avec affection. Son regard projette cette douce tendresse qui normalement vient à bout des dernières résistances de l'homme. Elle lui souffle à voix basse, sur un ton romantique qui l'a bien servie jusqu'à présent :

- Sais-tu à quoi j'ai pensé, Maxime ?

Il ne répond pas, ne sachant où elle voulait en venir.

- Je te le dis maintenant, mais j'y réfléchis depuis que tu m'en as fait la demande. Tu t'en souviens !

Il se raidit, mais demeure prudemment silencieux.

- Une fois emménagés sur notre voilier, je serai prête à accepter ta demande en mariage, Maxime. Puis elle lui murmure à l'oreille : si elle tient toujours.

Les larmes lui montent immédiatement aux yeux. Il avait fait le deuil de sa proposition qui l'avait fait se sentir ridiculement sentimental.

Julie en rajoute.

- Je t'aime, mon amour. Finissons-en avec cette dernière affaire, puis marions-nous sur notre bateau.

Les yeux mouillés de l'homme ne l'empêchent pas de voir Julie tapoter discrètement l'enveloppe de son autre main. Il sait d'instinct que c'est la main de la femme effleurant l'enveloppe bourrée d'argent qui lui dit la vérité, pas celle caressant la sienne.

Il ne répond pas à haute voix. Ses yeux demeurent humides, pour une autre raison cette fois-ci. Elle est en train de le trahir dans ce qui lui est le plus précieux, l'amour qu'il a pour elle.

Elle a voulu se montrer tendre et chaleureuse envers lui la nuit venue. Il s'est réfugié dans son coin de lit.

Le reste de la nuit ne l'a pas convaincu de revenir sur sa décision. Julie en a pris acte. Elle a sa réponse. Il ne fera pas ce nouveau coup avec elle. Elle devra agir seule.

Au petit matin, sur la pointe des pieds, elle s'habille en s'abstenant d'éveiller l'homme qu'elle quitte. Elle trouve dans le tiroir de la commode de leur chambre d'hôtel ce qu'ils ont dérobé et prend l'enveloppe qui contient la liasse de billets. Elle ne veut pas déchaîner la colère de Maxime en s'appropriant la somme entière. Après tout, elle a plus d'ambition que ces seuls malheureux 25 000 $. Elle se contentera de 5 000 $ pour ses dépenses. En lui laissant 20 000 $, elle ne croit pas qu'elle s'en fera un ennemi dont elle n'a pas besoin.

Elle constate que les cartes de crédit et de débit ne sont plus là et se doute qu'il les a gardées pour lui. Elles sont probablement rangées dans son porte-monnaie. Ce n'est pas le temps de prendre le risque de se faire surprendre. Tant pis pour les cartes.

À la fois triste et décidée, Julie quitte la chambre d'hôtel très tôt, avec 5 000 $ et l'enveloppe contenant le reste de ce qu'ils ont volé. Elle laisse derrière elle une chambre encore endormie, ayant pour seul éclairage la lueur matinale du centre-ville de Séoul qui se fraie un chemin sous le rideau. Elle abandonne son amant sans ambition, avec qui elle a déjà été heureuse. Elle regrette de s'être fait tatouer son nom à l'aine, dans un moment de demi-conscience à la suite d'une soirée trop arrosée. Ces trois lettres « Max », incrustées dans sa chair, lui rappelleront longtemps une période trouble de sa vie.

Une fois éloignée de l'hôtel, elle entreprend la première étape de son nouveau plan, donner de la crédibilité à sa première escroquerie pour mieux ancrer la prochaine. Dès qu'elle croise un poste de police, elle se place un capuchon sur la tête pour ne pas être identifiée par d'éventuelles caméras de surveillance. Elle répand le contenu de l'enveloppe dans la boîte aux lettres du commissariat, mais garde l'enveloppe vide avec elle pour éviter de laisser ses empreintes.

CHAPITRE 9

Séoul, aujourd'hui dimanche 27 août

Le personnel du centre de détention pour immigrants illégaux est quelquefois témoin de touchantes scènes, même si les dénouements heureux pour ces pauvres réfugiés ne sont pas légion. Alors, quand les préposés au poste de contrôle voient arriver Anouk enfin libérée, ils ne peuvent s'empêcher d'être empathiques à son égard.

Anouk revient de loin. Elle n'oubliera pas facilement ces cinq interminables derniers jours.

Le garde qui lui avait prêté son cellulaire à son arrivée, ici au centre de détention, a refusé de contrevenir à nouveau au règlement. Elle s'est donc vue privée de communication extérieure. Elle a insisté pour que les agents retrouvent Sophie et contactent son frère. Elle s'est fait dire que sa prétendue partenaire de voyage ne répondait ni à leurs courriels ni à leurs appels. Le plus troublant était de supposer que Sophie n'était pas incarcérée comme elle, sinon on l'en aurait certainement informée. Elle ne voyait pas comment elle aurait pu franchir les douanes ! Quant à son frère, comme il n'était pas en Corée du Sud, ils n'ont pas cru bon de lui parler parce que de toute manière, ses éventuelles déclarations ne pouvaient prouver quoi que ce soit en l'absence de documents pertinents. Un seul papier pouvait être en mesure de le faire : un passeport, une copie de passeport ou à la limite une copie numérique d'un passeport. Rien d'autre, ces gens-là n'entendent pas à rire.

Nerveuse, Anouk dévisage à présent l'agente devant elle. Elle a de la difficulté à croire que son calvaire se termine aujourd'hui et qu'elle pourra, espère-t-elle, retrouver son amoureuse et sa liberté.

La préposée lui fait signer des documents rédigés en coréen doublés d'une traduction anglaise en plus petits caractères et en italique. Elle vérifie le tout puis tend à Anouk une attestation de remise en liberté, cette fois-ci rédigée uniquement en coréen. Ensuite, l'agente fouille dans un classeur pour en retirer une enveloppe qu'elle remet à la femme encore sous l'effet de la surprise. Anouk l'ouvre nerveusement pour y récupérer son passeport.

Elle mesure pour la première fois le privilège d'être citoyenne d'un pays qui entretient de bonnes relations avec ses partenaires et qui a bonne réputation sur le plan international.

Elle a la satisfaction de retrouver l'attestation de son identité. Elle venait de faire la preuve de ce qu'elle disait. On la croit maintenant alors que depuis mardi dernier, elle n'a cessé en vain de répéter son histoire, pourtant bien courte, aux agents de l'immigration.

Anouk Beauregard a finalement entre les mains son premier rendez-vous avec son identité depuis son arrivée. Instinctivement, elle feuillette son passeport pour s'assurer qu'il s'agit bien du sien. Son examen la rassure. Elle tient la clef de sa liberté et affiche un sourire qui n'avait pas eu de raisons de se manifester depuis sa descente d'avion, mardi dernier.

Son inquiétude partiellement évacuée par le mystérieux retour de son passeport, Anouk en vient à sa préoccupation principale. Durant cinq longues journées et cinq nuits interminables, elle n'a cessé de s'en faire pour son amoureuse. Ne pas connaître le sort de Sophie l'a plus affectée que tout le reste. Elle implore du regard l'agente à la réception, qui en a vu d'autres, et se lance avec son meilleur anglais.

- Avez-vous des nouvelles de Sophie Gagné ? Elle était du voyage avec moi.

Alors qu'Anouk s'attendait à voir la dame fouiller dans quelque classeur ou dans son ordinateur, elle lui répond sèchement sans la regarder, mais dans un anglais tout de même acceptable :

- La fameuse Sophie ! Eh bien non, madame ! Nous ne l'avons jamais vue ici, enfin dans cet édifice. Vous nous avez fait chercher pour rien. Elle fait probablement du tourisme en ville en vous attendant. Puis à voix basse, mais pas suffisamment pour qu'Anouk l'ignore, elle rajoute : « si elle existe ! »

Malgré le sarcasme de l'agente, Anouk constate avec un certain soulagement qu'on a tout de même pris sa version au sérieux et que l'on a effectivement recherché son amie. La seconde d'après, elle comprend toute la portée de la réponse. Si Sophie n'a pas été arrêtée aux douanes, où est-elle ?

Anouk est libre à présent, mais elle ne sait pas par où commencer. Elle se prend à regretter le temps où elle espérait qu'on lui annonce que Sophie avait été interpellée elle aussi. Mais là, le doute fait place à la réalité. Comment la retrouver dans une mégalopole comme Séoul ?

Mécaniquement, Anouk fait deux pas vers la sortie, mais réalise tout d'un coup qu'on lui a remis que son passeport.

Elle jette un œil à la préposée qui vague maintenant à d'autres occupations.

Anouk, qui n'est pas encore sortie de la bâtisse, retourne au bureau de la réception, même si son expérience traumatisante lui fait craindre son retour en arrière.

- Excusez, vous ne m'avez pas restitué mes cartes, madame. J'ai tout perdu à l'aéroport, mes cartes de crédit et de débit ainsi que mon argent.

L'agente lui jette un œil lourd, comme si elle ne comprenait pas son anglais. Anouk reprend, mais plus lentement cette fois-ci.

- Mes cartes de crédit et…

Elle se fait couper. Les yeux de l'agente n'ont rien pour la rassurer.

- J'ai compris, madame. Peut-être me prenez-vous pour une voleuse ?

Anouk se fige. La dernière chose qu'elle souhaite est de se mettre ces gens à dos. Elle comprend rapidement qu'elle devra se résigner à ne jamais savoir ce qui est advenu de ses autres affaires. Elle choisit de ne pas poursuivre dans cette voie : peine perdue et danger en vue !

- Ce n'est pas ce que je voulais dire, madame.

L'agente ne répond pas. Anouk se cherche une sortie.

- Puis-je vous poser une dernière question ?

La femme ne répond pas. Son air lui indique que oui, mais son regard l'avertit de faire bien attention à la question qu'elle veut lui poser.

- Savez-vous comment mon passeport a été retrouvé ? C'est tout de même intrigant, je n'avais plus espoir de le revoir un jour !

L'agente jongle à la question pendant qu'Anouk est au garde-à-vous en se demandant si la dame en face d'elle se croit encore une fois contrariée.

- Nous l'avons reçu d'un commissariat. Il avait été déposé dans leur boîte aux lettres. Quelqu'un a dû le trouver.

La préposée contemple la femme intimidée devant elle et déclare :

- Vous devriez y faire plus attention à l'avenir.

Anouk comprend que la discussion ne s'éternisera pas.

* * *

Lorsqu'il s'est réveillé seul ce matin, Maxime n'a pas compris tout de suite. Il prend un certain temps à mesurer ce qui lui arrive. Quand la possibilité du départ définitif de Julie s'impose à lui, il va immédiatement vers le tiroir où il avait placé l'enveloppe, comme s'il voulait exorciser sa peine en se concentrant sur autre chose. Il en fait rapidement le décompte, 20 000 $. Il compte une deuxième fois pour arriver au même résultat. Il ne peut émettre de critiques sur la répartition des montants. Au moins, elle s'est montrée digne dans sa fuite, mince consolation.

C'est alors qu'il constate que l'autre enveloppe, celle contenant le reste de ce qu'ils avaient dérobé avait quant à elle, disparu avec Julie. Précipitamment, il vérifie dans son porte-monnaie. Ouf ! Elle n'a pas pris les cartes qui y sont toujours.

Elle aura donc mis son plan à exécution, sans lui.

Maxime se trouve loin du temps où elle l'avait persuadé de l'aider à commettre de petits chantages dans le noble but de les rapprocher de leur rêve. À présent, il a compris que Julie ne s'arrêtera jamais. Du coup, il perd son amoureuse et sa complice.

Pendant qu'il absorbe le choc, il tourne en rond dans sa chambre d'hôtel qui lui paraît bien vide sans elle. Déçu et morose, il s'apitoie sur son sort comme si l'on venait de lui diagnostiquer une quelconque maladie incurable.

L'instant d'après, la peur prend la place de la grisaille. Il réalise qu'elle peut tout faire déraper. Par son appétit trop vorace, Julie risque de mettre les projecteurs sur leurs manigances passées. Si elle poursuit, même seule, elle se fera prendre un jour. On remontera inévitablement jusqu'à lui. Il est l'otage des ambitions sans bornes de son ancienne amante.

Maxime fait une fois de plus le tour des deux commodes de la chambre pour s'assurer une dernière fois qu'il ne reste rien d'autre que les 20 000 $ et les cartes. Il n'a plus de doutes.

Comme Julie a probablement déserté la chambre tôt, il présume que celle-ci a déjà fait parvenir le colis à un poste de police. Elle est en train de jouer ses cartes en clôturant la première affaire pour mieux se jeter dans la deuxième. Le frère d'Anouk Beauregard regrettera peut-être d'avoir payé la première fois, mais ceci n'est plus son problème.

Alors qu'il aurait pu être aveuglé par sa peine ou par les risques que Julie lui fait prendre malgré lui, un état curieusement flegmatique chasse toute autre humeur. Il se met à penser différemment, à voir plus loin que sa petite misère. Les filles n'ont certainement pas encore quitté

Séoul. Tout espoir n'est donc pas perdu. Celle qui l'intéresse c'est évidemment Anouk Beauregard avec son frère riche. Il faut qu'il la retrouve, qu'il prenne Julie de vitesse. En un éclair, le plan lui apparaît limpide et simple. Il doit trouver une façon de reprendre le passeport d'Anouk Beauregard qu'on lui aura probablement remis aujourd'hui. De cette façon, Julie n'aura rien pour faire chanter son frère une autre fois. C'est aussi simple que cela, couper l'herbe sous le pied de son ex-complice afin de réduire les risques qu'elle se fasse prendre et que l'on découvre son implication dans ses autres affaires.

*   *   *

En sortant du centre pour immigrants illégaux, Anouk sent s'abattre sur elle tout le poids de la fatigue et de l'incertitude. Elle s'était finalement extirpée de sa petite cellule de détention pour entrer dans une agglomération grouillante de monde dans laquelle quelque part, doit se trouver Sophie. Bien qu'elle fût misérable, lorsqu'encore confinée dans son minuscule espace, elle reconnaît que là au moins, elle n'avait pas à se poser la question : par où commencer ?

Elle est sans argent, sans cellulaire, sans accès à son réseau ni même à ses courriels. En plus, elle a besoin de dormir et de prendre une douche.

Sa première idée, celle qu'elle suivra, est de se rendre à l'hôtel qu'elles avaient réservé à une époque qui lui semble lointaine à présent, alors qu'elle croyait faire le voyage de sa vie avec son amoureuse. Avec un peu de chance, Sophie l'y attendrait. Elle aura certainement une explication pour justifier son silence et l'intensité de leurs retrouvailles lui fera oublier ce triste chapitre de sa vie.

C'est le scénario auquel Anouk s'accrochait, une fin heureuse noyée dans la volupté. Elle voulait y croire, mais savait en dedans d'elle que cet aboutissement était peu plausible. Si Sophie était là, en attendant bêtement et lâchement son retour sans avoir entrepris les démarches pour la sortir de sa mauvaise position, Anouk la quitterait sur-le-champ. Si elle n'était pas à leur chambre, bien… ce serait pire. Quelle que soit l'issue, elle ne se fait pas d'illusions, leur aventure pour célébrer leur premier mois de rencontre a fait place au cauchemar.

Même sans documents de voyage, elle se souvient du nom de l'hôtel réservé par son amante. Heureusement, elle est au centre-ville ce qui est aussi le cas de leur hôtel. Ce serait proche en métro ou en taxi, mais sans argent ce sera une autre histoire, car elle doit s'y rendre à pied. A-t-elle le choix ?

Montréal, dimanche matin 27 août

Le courriel de Sophie qui m'a réveillé à quatre heures ce matin ne cesse de me trotter dans la tête. Anouk devrait être libre à présent, comme Sophie l'est, d'autant plus que l'enquêteur m'a confirmé sa libération imminente. Alors pourquoi ne m'a-t-elle pas encore donné signe de vie ? Sophie l'a bien fait, elle !

À mesure que le temps passe, j'ai de plus en plus la terrible impression que quelque chose ne tourne pas rond. Je m'en veux de ne pas être allé là-bas moi-même. Je ne peux demander à Camille d'entreprendre des recherches à ma place. Tiens ! Si je l'appelais. Entendre sa voix me fera le plus grand bien. Il doit être aux alentours de 20 heures à Séoul. J'aurais peut-être un service à lui demander.

Bon ! J'ai droit à une sonnerie qui m'indique qu'elle n'est pas à portée de réseau. J'aurais préféré lui parler par FaceTime, mais je devrai me contenter de lui écrire. J'espère qu'elle pourra prendre mon courriel rapidement.

À : <u>*Camilledurand2@hotmail.ca*</u>

Bonjour Camille,

Comme les passeports ont été retrouvés, Sophie est libre, mais je n'ai pas encore reçu de nouvelles d'Anouk qui devrait l'être aussi. Je suis inquiet.

Est-ce possible de reporter ton retour à plus tard jusqu'à ce que j'aie un signe de vie de ma sœur ? Je me sens gêné de te demander une pareille faveur. Tu vois, Sophie est seule là-bas. J'espère que je fais fausse route, mais s'il y avait un problème, vous ne seriez pas trop de vous deux sur place.

J'aimerais tellement mieux aller te chercher mardi à l'aéroport comme prévu !

Je comprendrais si tu préférais ne pas prolonger ton séjour.

Je t'embrasse,

Gabriel

CHAPITRE 10

Montréal, dimanche matin 27 août

Quand la sonnerie de mon téléphone me sort de ma bulle, je saute sur le récepteur espérant y entendre la voix d'Anouk.

- Oui !

J'ai laissé tomber le solennel « Gabriel Beauregard, à l'appareil ».

- As-tu des nouvelles de ta sœur ?

Je ne m'attendais pas à ce que Mat me relance du fond de la Floride. Je suis déçu sur le coup, mais l'instant d'après je me sens soulagé de parler à un ami qui connaît la situation, et qui est policier de surcroît.

- Non, Mat. L'enquêteur Legendre m'a confirmé qu'elle serait libérée, comme l'a été Sophie, mais depuis lors, il ne s'est rien passé que je sache.

Il ne répond pas. Je lui donne plus l'information en espérant qu'il trouve quelque chose de rassurant à me dire.

- J'ai demandé à Camille de demeurer encore sur place, au cas où Anouk aurait besoin d'elle.

- Camille ? Ah oui, celle qui a remis l'argent au fraudeur !

Je ne sais pas s'il dit ceci pour me narguer ou s'il vient vraiment de la replacer.

Il n'ajoute rien d'autre.

- Mat, qu'en penses-tu ?

Je suis à la recherche du moindre indice qui me laisserait croire que tout est en contrôle ; qu'après avoir remis le montant exigé, il est normal de… Je ne sais pas de quoi au juste ! En vérité, j'aimerais qu'il me confirme que tout ceci est normal et que je m'en fais pour rien.

- Je vais en parler avec le détective Legendre. Je te contacte si j'ai du nouveau.

C'est tout ! Il me plaque là, sans rajouter quoi que ce soit qui serait de nature à me rassurer.

- Es-tu toujours avec moi, Gabriel ?

- Non, j'ai déposé le récepteur pour mieux sauter de joie en exécutant une petite danse en guise de remerciement au grand policier qui brillamment va tout bonnement en parler au super agent ! Heureusement que je t'ai pour m'éclairer de tant de lumière.

Je n'ai pas longtemps à attendre.

- Tu peux l'appeler toi-même si tu le préfères, moi je pourrai essayer de poursuivre mes vacances sans me faire gâcher mon plaisir par quelqu'un qui de toute façon n'en fait qu'à sa tête.

- Bonne idée, c'est ce que je ferai. Ne modifie surtout pas tes beaux plans pour nous.

Sur ce, je raccroche, rassasié d'avoir eu le dernier mot. Je n'ai pas besoin de sa permission pour en parler à son enquêteur. Pour qui se prend-il ? Comme il m'a appelé hier, mon cellulaire doit avoir en mémoire son numéro de téléphone.

Alors que je raccrochais, assez violemment d'ailleurs, je n'ai pas entendu le courriel entrant sur mon cellulaire. Ce n'est que lorsque j'ai voulu contacter le détective Legendre que je l'ai vu sur mon écran.

Les deux bras m'en sont tombés.

Séoul, dimanche soir 27 août (un peu plus tôt)

Épuisée, les jambes en guenille, les traits tirés, Anouk se présente enfin à la réception de son hôtel. Elle l'a trouvé à force de demander à des passants sympathiques, par gestes et par balbutiements, quelle direction prendre. De proche en proche, elle y est finalement parvenue.

Elle résiste à la tentation de s'écraser sur un des fauteuils de la réception pour poursuivre son chemin vers le préposé à l'accueil. Le hall n'est pas très vaste, mais il est décoré avec goût. Cela, Anouk ne le voit pas.

Le préposé lui parle immédiatement en anglais, les traits de la femme, même tirés, n'ayant rien d'asiatique.

- Bonsoir, madame.

Anouk sent à son accent qu'elle n'entreprendra pas une grande conversation avec le monsieur. L'anglais de celui-ci est trop élémentaire.

- Mon nom est Anouk Beauregard, j'ai une réservation.

- Un moment, s'il vous plaît.

Il cherche longuement dans son ordinateur.

- Avez-vous bien dit Anouk Beau...?

- Oui

Elle ne s'étend pas sur sa réponse, mais sort son passeport pour l'aider à orthographier correctement son nom.

Elle voit maintenant le préposé laisser son écran pour aller consulter, derrière, celui qui doit être son supérieur.

C'est ce dernier qui revient vers elle. Elle constatera que son anglais est pire que celui de son employé.

- Pas réservation, madame. Dates terminées.

Malgré son désespoir, Anouk trouve l'énergie pour combattre.

- Nous avons réservé ici, à cet hôtel, du 22 août au 28 août, il me reste une nuit sur la réservation.

Le patron regarde le préposé qui dévisage Anouk. C'est ce dernier qui prend le relais.

- Dates déjà passées. No show[3] ! Avons annulé réservation et chargé une nuit pour « no show ».

Il lui remet son passeport signifiant que pour lui et son patron, la discussion était terminée.

- Pouvez-vous vérifier si Sophie Gagné est inscrite sur vos registres de clients ?

Le commis consulte son écran à nouveau. Sans la regarder, il lui fait signe que non.

Tout se bouscule dans sa tête.

- Qu'est-ce que je peux faire ?

- Ce soir, hôtel plein. Pas de place !

---

[3] Un client qui ne se présente pas

Anouk reprend son passeport, se retourne machinalement, puis se dirige vers un de ces fauteuils qui l'invitaient à son arrivée, sans opposer de résistance cette fois. Elle s'écrase dans le premier en se retenant de pleurer.

Évidemment, Sophie n'est pas dans les parages non plus. Elle est trop à bout de force pour en être déçue et puis elle ne croyait pas vraiment à ce miracle qui aurait été inimaginable de toute façon.

- Vous paraissez contrariée, madame.

Ses yeux qui peinent à demeurer ouverts font un effort pour repérer la provenance de la voix aux accents québécois bien perceptibles.

- Je ne veux surtout pas m'immiscer dans vos affaires, madame, mais vous semblez avoir des ennuis avec votre réservation.

Anouk fixe brièvement l'homme, assis dans le fauteuil d'en face. C'est bien lui qui lui parle. Elle a cru rêver un moment, il y a tellement peu de Québécois dans cette région du globe.

Elle vient pour répondre, mais se contente de le regarder n'étant pas en mesure de faire la conversation.

- Je ne veux pas être indiscret, mais d'ici on entend tout ce qui se dit au comptoir, particulièrement quand mon oreille reconnaît l'accent de chez nous. J'ai cru comprendre qu'il y avait un problème avec votre réservation. Je sais ce que c'est, j'en ai fait l'expérience une fois. Rien de très drôle. Heureusement, j'ai trouvé un autre hôtel pas tellement loin de celui dans lequel je croyais avoir réservé. J'en ai ri par la suite.

Anouk rassemble ses énergies.

- Je n'ai pas envie d'en rire pour le moment, monsieur.

- Désolé, je voulais seulement essayer de dédramatiser la situation.

Elle lui offre un sourire forcé.

- Là où je veux en venir, c'est qu'il y a d'autres hôtels que celui-ci qui ont certainement des chambres de libres. Je sais que dans le mien, on acceptait encore des clients sans réservation cet après-midi.

- Vous n'êtes pas d'ici, enfin, de cet hôtel, devrais-je préciser.

- Ah ! Non. Je réside à l'hôtel au coin de la rue. La carte de leur salle à manger est, disons-le, limitée. Alors il m'arrive d'aller voir ailleurs. C'était la première fois que je soupais à cet hôtel-ci. J'y reviendrai sûrement.

Il semble tout à coup jongler avec une idée.

- J'y pense, vous pourriez certainement trouver une chambre à mon hôtel si vous vous y prenez assez tôt. Plus tard en fin de soirée, cela risque de ne plus être le cas.

C'est la première fois en cinq jours qu'on lui suggère une solution concrète. Depuis ce qui lui paraît être une éternité, Anouk navigue dans des questionnements, des doutes, des hypothèses et là, ce monsieur vient de lui proposer une solution.

Elle mobilise ses forces.

- Êtes-vous à Séoul par affaire ?

- Non, pas du tout. Je suis ici en touriste. J'aime beaucoup cette partie du monde, en particulier cette ville que je visite pour la deuxième fois. Et vous ?

Anouk n'a pas le courage de raconter son histoire, pas à un inconnu, pas ce soir.

- Oui, en touriste.

Les gestes de l'homme sont plus animés.

- Voici ce que je vous propose. Je vous accompagne à mon hôtel et vous verrez avec la réception si vous pouvez vous y trouver une chambre.

Il s'arrête là. Elle ne prend pas le temps d'y penser et lui répond oui d'un signe de tête.

Il sourit.

- Je peux vous aider avec vos bagages, peut-être.

- Quels bagages, répond-elle avec trop d'émotion ! Ils sont encore à l'aéroport, enfin je l'espère. Il faut absolument que j'aille les récupérer demain. Pour l'instant, je veux seulement prendre une douche, contacter mes proches et dormir. Pour le reste, je verrai demain.

L'homme se lève, Anouk en fait autant et le suit vers la sortie.

- Que je suis impoli, je ne me suis pas présenté.

Tout en marchant, il lui tend la main.

- Maxime.

Montréal, dimanche matin 27 août (maintenant)

La première fois que je l'ai lu, je ne croyais pas ce qui m'arrivait. Je me laisse tomber sur le fauteuil pour le relire. Mon cœur veut s'arrêter de battre.

Bonjour monsieur Beauregard,

Les plans ont évolué. J'ai repris le passeport de votre sœur. Vous voyez comme c'est facile ! Elle est loin d'être hors de danger.

Avec 100 000 $ en liquide, je vous garantis qu'elle sera sauve et que vous n'entendrez plus jamais parler de moi.

Ayez l'argent et demandez à votre ami Damien d'être prêt à venir à Séoul. Je vous contacterai pour la suite.

Ne cherchez pas à me trouver, ne mettez pas la police dans le coup, ne vous présentez pas vous-même à Séoul ou elle risque d'aller rejoindre votre chère Marie.

Anouk

CHAPITRE 11

Montréal, dimanche matin 27 août

Depuis que j'ai reçu le message trouble de la personne qui se sert du courriel d'Anouk, j'essaie en vain de joindre le détective Legendre. J'ai deux raisons plutôt qu'une de lui parler. Il n'est assurément pas au poste et l'on ne veut toujours pas me donner son numéro personnel. Naïvement, je croyais que je n'avais qu'à lui retourner son appel, cela c'était avant de réaliser que son numéro, probablement confidentiel, ne s'était pas affiché sur mon appareil. Je dois donc attendre patiemment qu'il daigne me rappeler si évidemment on lui a fait le message et si cela ne le dérange pas trop dans sa belle fin de semaine. Quant à Mat, après notre discussion animée de tout à l'heure, je préfère le garder pour le cas où je n'entendrais pas parler de son détective dans la prochaine heure.

L'allusion à Marie dans la missive de l'escroc me tétanise. En plus de la menace sordide à la sécurité d'Anouk, y aurait-il un lien avec Marie ? Est-ce que ce type sait quelque chose à propos de sa disparition ? Après deux ans de désespoir, c'est la première piste qui fait surface.

Entre temps, j'essaie de me rassurer avec l'idée que si l'on me demandait de l'argent, cela implique qu'Anouk va encore bien. Enfin, je l'espère.

Je sursaute quand la sonnerie un peu trop créative de mon cellulaire me tire de mes sombres pensées.

- Bonjour, détective Legendre à l'appareil. On m'a laissé un message me sollicitant de vous rappeler.

C'est lui, enfin ! Je n'aurai pas à relancer Mat.

- Bonjour, détective Legendre, merci de me rappeler une autre fois sur votre temps durant votre congé hebdomadaire. À 6 h 15 ce matin, donc 19 h 15, heure de Séoul, j'ai reçu un nouveau courriel me réclamant 100 000 $ pour garantir la sécurité de ma sœur. L'expéditeur insinue qu'il détient son passeport. Je n'ai aucune nouvelle d'Anouk, bien que vous m'ayez annoncé que celle-ci devait être libérée. L'auteur du courriel veut que ce soit mon ami Damien Lecourt qui transporte l'argent à Séoul. Il mentionne qu'Anouk subira le même sort que Marie si je n'obtempère pas. La menace est claire, c'est sérieux. Marie était…

- Pas si vite, monsieur Beauregard. J'ai de la difficulté à vous suivre. Reprenons calmement si vous le voulez bien.

- Il dit qu'il lui arrivera la même chose qu'à Marie. Marie, c'était la femme de ma vie, disparue…

Il m'interrompt à nouveau.

- Oui, je sais, elle n'a jamais été retrouvée depuis sa disparition au Moyen-Orient il y a deux ans, je crois.

Je suis vraiment étonné.

- Vous connaissez ma vie personnelle ! On aura tout vu ! C'est ce dont vous discutez durant vos pauses-café, de la vie personnelle de vos amis. Ce n'est pas demain que je raconterai quoi que ce soit à Mat, croyez-moi.

J'ai failli raccrocher sur-le-champ. La situation d'Anouk m'en empêche.

- Cet épisode de votre vie personnelle, monsieur Beauregard, a concerné la police, je vous le rappelle. Et d'après ce que vous dites, il semble que quelqu'un d'autre soit aussi au courant pour Marie.

Il arrête là. Je dois admettre qu'il a l'avantage d'être calme grâce à sa distance émotive face aux évènements qui me perturbent. Moi, je ne le suis pas.

- Vous avez raison. Désolé, je dors mal ces temps-ci.

Il reprend l'initiative, fort de son professionnalisme qu'il me plaque en plein visage encore une fois.

- J'écris à mon contact à la douane sud-coréenne pour vérifier si votre sœur a bien été relâchée tout en essayant de me mettre en rapport avec celui qui a prêté son cellulaire à votre sœur à son arrivée. De votre côté, réacheminez-moi le courriel, ce sera plus simple. Nous vérifierons s'il provient de Séoul lui aussi. Ah oui…

- Oui quoi ?

- Ne vous sentez pas coupable. Je ne suis pas exactement sur mon temps comme vous le dites. Je comptabilise mes heures payées à temps double. Mon patron, votre ami, sera manifestement heureux de signer mon bordereau d'heures supplémentaires en rentrant de vacances.

Un peu merdeux, le type, quand il s'y met !

- Je vous rappelle dès que j'ai du nouveau.

Un autre qui me rappelle dès qu'il a du nouveau. Ils ont tous la même maladie ces gens-là, en heures supplémentaires ou non.

- Merci.

Après avoir raccroché, je lui fais parvenir le courriel, en rappelant dans la note de transmission de ne pas publiciser le fait que la police l'a entre les mains. Encore une fois, j'ai décidé consciemment de ne pas lui demander son opinion sur le paiement ou non de cette autre somme que l'escroc revendique. J'aime mieux garder toutes mes options et puis, le ton de la missive me laisse croire que cette fois-ci, il dit vrai, ce sera sa dernière demande. Je retirerai donc le montant exigé en convertissant un placement en argent liquide et j'attendrai les instructions pour la suite.

Ma prochaine mission sera plus délicate. Je préfère ne pas trop m'attarder à la façon dont je m'y prendrai, je ferai confiance à mon instinct. Je me jette à l'eau.

- Bonjour !

- Damien, c'est moi. J'ai un service à te demander.

Il ne répond pas. Au moins, en ce dimanche matin, il n'est pas au Zèbre, sa boutique d'art. Il se servirait de ce prétexte pour me faire croire qu'il est trop occupé pour me parler. Moi je sais que sa boutique a tendance à être souvent déserte, sauf par hasard, quand je m'adonne à avoir besoin de lui pour quelque chose qu'il appréhende.

Je poursuis donc.

- Tu m'as bien dit que tu avais obtenu un nouveau passeport.

Je le sens paralysé. Est-ce que sa bravoure temporaire de l'autre jour l'aurait déjà déserté ?

- Oui, tout est en règle.

Ouf !

- Voici, j'ai reçu un autre courriel de Séoul mentionnant qu'il arriverait quelque chose à Marie si je ne lui fais pas parvenir 100 000 $.

- À Marie ?

Sur le coup, je ne comprends pas.

- Je veux dire Anouk, désolé. Il a spécifié qu'il lui arriverait la même chose qu'à Marie si je ne paie pas.

- Dis-moi quand je pars, j'en aviserai le patron pour me faire remplacer à la boutique.

Wow ! Pas tout à fait la même réaction que l'autre jour.

- Tiens-toi prêt. Ce type-là est rapide, il va certainement me faire parvenir les instructions incessamment.

- Tu comptes encore le payer !

Je sens plus un commentaire qu'une demande dans sa question.

- Oui.

Séoul, plus tôt, dimanche soir 27 août

Effectivement, la marche entre l'hôtel réservé pour Anouk et son amie et celui-ci fut de courte durée. Heureusement pour la pauvre femme qui n'aurait pu faire un pas de plus.

Comme elle venait de le faire à l'autre hôtel, elle se dirige promptement vers la réception, sans même jeter un œil sur la pièce agréablement décorée qu'elle traverse. Maxime la suit, en demeurant en retrait pour ne pas avoir l'air de s'inviter dans une affaire personnelle.

Soudainement, Anouk se retourne vers l'homme. Elle place sa main devant sa bouche. Ses yeux sont mouillés.

Il constate sa détresse inattendue.

Elle rebrousse chemin, fait quelques pas et s'arrête au centre de l'entrée de l'hôtel.

Il va vers elle.

- Y a-t-il un problème ?

- Je n'ai que mon passeport. Rien d'autre.

Maxime affiche un air atterré.

- Oh ! Vous n'avez pas d'argent ni de cartes de crédit !

- Non

- C'est très ennuyeux !

Anouk, vidée, ne réussit pas à avancer quelque idée que ce soit. Elle demeure là, immobile, ne sachant plus si elle devait pleurer, crier ou rire.

De son côté, Maxime était presque certain que dès sa libération du centre de détention, Anouk irait droit à l'hôtel qu'elles avaient réservé. Il ne lui restait plus qu'à l'attendre discrètement, en espérant qu'elle ne s'y sera pas présentée avant qu'il n'arrive. Il l'avait amenée exactement là où il voulait qu'elle soit, bien qu'il n'en soit pas très fier. Il ne déroge pas du scénario ébauché à la dernière minute, à la suite du départ de Julie. Sachant pertinemment que la sœur du millionnaire n'avait pas de carte de crédit, il l'a mené jusqu'au bord du gouffre. Lui seul pouvait la tirer d'affaire à présent. Il a pris Julie de vitesse.

Il est satisfait du déroulement des évènements. Une fois revenu à son véritable hôtel, celui qu'il partageait avec Julie, il n'a pu s'empêcher de s'en vanter en lui expédiant une note. Avec ce qu'il a en main, elle n'aura plus de monnaie d'échange, son projet tombera à l'eau, croit-il !

Montréal, dimanche matin 27 août

Camille me manque. Elle aussi est seule dans cette immense ville. Évidemment, elle n'est pas dans la situation d'Anouk ou de son amie, elle peut se permettre de faire du tourisme en attendant que l'affaire se règle. J'aimerais tellement être avec elle, mais je ne peux m'autoriser à enfreindre les instructions de l'escroc qui connaît mes amis et ma vie.

La missive du fraudeur a réanimé le souvenir, jamais très loin dans ma mémoire, de la disparition de Marie. Heureusement, même si j'en éprouve une certaine culpabilité et bien que je la connaisse seulement depuis peu, je bénis l'arrivée de Camille dans ma vie. Cette fille m'apporte la joie qui me faisait défaut depuis trop longtemps.

Comme son cellulaire est toujours en mode avion, je lui écris donc, en espérant qu'elle est à portée d'un réseau Wi-Fi à son hôtel ou ailleurs. Je veux lui demander de m'appeler de la ligne fixe de sa chambre à frais virés ou par FaceTime enfin, comme elle le pourra. Je dois lui parler de la nouvelle menace qui pèse sur Anouk, de mes craintes et aussi, pour le simple plaisir de lui parler.

Est-ce une coïncidence ? Moins d'une minute après avoir appuyé sur le bouton envoi, mon téléphone se manifeste.

- Ici la téléphoniste, acceptez-vous les frais d'interurbain de cet appel en provenance de Séoul ?

- Oui, oui !

J'entends un déclic sur la ligne.

- Camille !

- Eh ! Grand frère, je ne suis que ta sœur, pas ta belle Camille que j'ai bien hâte de rencontrer d'ailleurs.

- Anouk !

Sa voix est faible, mais un tantinet rieuse. C'est bon signe.

- Où es-tu ? T'a-t-on libérée ? Es-tu en sécurité ? Que je suis heureux de t'entendre ! Raconte.

- C'est fou, mais contre toute attente, on a retrouvé mon passeport. Je suis libre depuis cet après-midi. Me voici en possession d'un beau document écrit en coréen attestant ma libération. Je n'ai presque pas d'argent ni de cartes de crédit ou de débit et pas de cellulaire, mais je suis libre et j'ai pu me trouver une chambre d'hôtel.

- Tu ne t'imagines pas à quel point je suis heureux de te savoir sortie de cet endroit.

Elle fait une pause puis reprend.

- Regarde, Gabriel, je suis complètement morte. Je te raconterai les détails plus tard. Sache tout de même que l'on m'a bien traitée. Pour le moment, ma priorité est de retrouver Sophie. Je n'ai pas entendu parler d'elle depuis que nous avons été séparées à l'aéroport. Lui as-tu écrit ? Sais-tu où elle est ?

Je réalise que pour elle le temps s'est arrêté. Elle n'est pas au courant du branle-bas que cette affaire cause depuis les cinq derniers jours. J'y vais à petites doses.

- Sophie est aussi très inquiète pour toi. On a aussi retrouvé son passeport, elle a été libérée juste avant toi. Tu sais peut-être qu'elle s'est fait voler tout ce qu'elle avait à l'aéroport. Comme toi, on l'a arrêté faute de passeport. À présent, elle te recherche.

Anouk prend le temps de digérer la bonne nouvelle. Son amie est encore à Séoul et elle la recherche.

- Merci, Gabriel, merci infiniment !

- Pourquoi ?

- Pour m'avoir annoncé la première bonne nouvelle depuis que je suis en sol sud-coréen.

Évidemment, elle ne sait pas pour le chantage. Elle enchaîne promptement :

- Peux-tu lui faire parvenir le nom de mon hôtel, qui n'est pas celui que nous avons réservé ? Contacte-la tout de suite, s'il te plaît, j'ai tellement hâte de lui parler.

Son imploration me crève le cœur.

- Je le fais à l'instant, petite sœur.

Elle me donne les coordonnées de son hôtel.

Je jongle un moment, cherchant mes mots pour lui annoncer la suite.

- Qu'est-ce qu'il y a, Gabriel ? Je n'aime pas ce soudain silence.

- Quelqu'un m'a extorqué de l'argent pour que vous retrouviez vos passeports et vos cartes.

- Quoi ?

- Tu as bien compris. Mais je vois qu'il ne t'a pas rendu tes cartes. Bon, ce n'est pas le plus grave.

- Continue, ne t'arrête pas.

- Il vient tout juste d'exiger un autre montant, beaucoup plus important cette fois, pour soi-disant assurer ta sécurité à Séoul, sans quoi…

- Sans quoi ?

Son ton est aigu, toute fatigue semble momentanément disparue.

- Sinon il t'arrivera la même chose qu'à Marie.

Elle absorbe mes dernières paroles puis se fait rapidement une tête.

- Tout ceci ce n'est que du vent, Gabriel. Je ne sais pas comment il aurait entendu parler de Marie, mais ça ne peut qu'être une ruse pour te soutirer de l'argent. Ne lui donne pas un sou.

- Tu as quand même retrouvé ton passeport une fois que Camille a remis l'argent.

- Une fois quoi ?

- Le fraudeur n'a pas voulu que j'apporte l'argent moi-même à Séoul. Évidemment, il ne veut pas que la police soit impliquée. Comme il semble en connaître passablement sur nous, j'ai préféré ne pas aller à l'encontre de ses instructions. Bref, j'ai demandé à Camille de transporter la somme à Séoul.

- Donc, ton amie est à Séoul !

- Écoute, comme tu le mentionnais, tu es morte de fatigue. Je te suggère de dormir là-dessus, pendant que moi je contacte Sophie pour lui transmettre tes coordonnées. Je te préviens qu'elle n'est pas facile à rejoindre parce qu'elle non plus n'a plus de cellulaire et pas plus d'argent que toi. Elle prend ses messages régulièrement dans des cafés internet en quêtant cinq minutes de temps à de bons samaritains. J'ai bien peur que la nuit venue, elle traîne dans les Mac Donald ou les Starbucks. Elle attend désespérément de tes nouvelles. Elle sera folle de joie quand elle t'aura retrouvée. Reparlons-nous demain. Ah oui ! Comme il ne t'a pas remis le mot de passe qu'il a créé pour remplacer le tien, ouvre-toi un nouveau compte de messagerie, au moins tu seras autonome de ce côté.

- Brillant, grand frère, comme toujours. Mais ne sois pas trop déçu, j'y avais pensé par moi-même.

- Toujours aussi chiante à ce que je vois !

Je suis vraiment heureux de lui parler, même si elle a repris son naturel ! Elle va bien, j'en suis certain maintenant.

- En attendant, fais attention à toi, il y a quelque chose que je ne comprends pas encore dans tout ceci.

Elle ne répond pas, ce qui me fait croire qu'elle a les mêmes pressentiments ou qu'elle est trop fatiguée pour le faire.

- Va te coucher à présent, toute cette histoire achève.

Je lui ai dit cela sans grande conviction.

- Merci, c'est vrai, les évènements ont enfin commencé à tourner en ma faveur. Tu sais que j'ai trouvé cet hôtel grâce à un Québécois rencontré par hasard. En plus, il m'a prêté 500 $ canadiens. Cela fait environ 400 000 wons, assez pour payer ma chambre et subvenir à mes besoins deux ou trois jours, sans faire de folies.

Elle s'arrête.

Je patiente, mais je n'apprécie pas le soudain changement d'atmosphère. Je meuble l'attente.

- Tu es chanceuse qu'il ait eu cette somme en liquide sur lui, même en devises canadiennes.

Elle hurle.

- Mon passeport !

- Quoi ? Ton passeport.

- Je comprends tout d'un coup, Gabriel. C'est en lien avec l'escroquerie dont tu viens de me parler.

- Ne t'arrête pas, tu me fais peur, Anouk.

- Comme nous ne nous connaissions pas, enfin seulement depuis 20 minutes, et comme il était réticent à prêter cet argent à une étrangère, je lui ai proposé de lui laisser en gage la seule chose de valeur que j'avais sur moi, mon passeport.

- Merde, le salaud te l'a repris !

Tout se bouscule dans ma tête.

- Fais attention à toi. Il sait où tu es. Je ne veux pas te faire peur, mais tu n'es peut-être pas en sécurité. Reste dans ta chambre, je contacte Mat ou son collègue puis je te reviens.

CHAPITRE 12

Miami, lundi 28 août

Quand le cellulaire de son conjoint claironne dans la chambre ce matin, Hélène se doute instinctivement que leurs vacances prendront une tournure différente. Au bureau, Mat se fait un point d'honneur de ne pas déranger ses enquêteurs lorsque ces derniers sont en vacances. Évidemment, tous comprennent que la réciproque est aussi vraie quand c'est au tour de leur chef d'être en congé annuel. Mat le sait, Hélène le sait aussi.

Elle a reconnu la sonnerie distincte que son conjoint a programmée pour discerner un appel provenant de son bureau. Au moins, elle n'a pas à se demander si cet appel concerne les jumeaux, confiés aux soins de sa sœur pendant leur semaine à Miami.

Hélène n'a pas besoin de tendre l'oreille, leur chambre n'est pas assez grande pour que Mat y trouve un quelconque refuge.

- Oui, Samuel, tu peux y aller, c'est un bon moment.

Il regarde sa conjointe en cherchant une éventuelle approbation du regard. Celle-ci ne viendra pas. Il se tourne pour ne pas laisser l'air accablé de cette dernière nuire à sa concentration.

La tête du policier fait des oui et des non pendant que son oreille demeure rivée au cellulaire.

Hélène est au courant qu'il a échangé des mots durs avec leur ami commun Gabriel à propos du voyage d'Anouk à Séoul. Elle a compris l'autre jour que son amante était introuvable, qu'elle avait tout perdu et que l'on cherchait à l'identifier formellement avant de la laisser entrer en Corée du Sud. Elle croyait l'affaire résolue puisque Mat, par excès de discrétion mal placée, ne l'a pas informée des derniers revirements de situation. Elle comprend maintenant, même si elle n'a accès qu'au côté de la discussion tenue par son conjoint, que ce n'est pas le cas. Elle se redresse dans son lit.

- Comment a-t-il obtenu toutes ces informations ? L'existence de Damien, la disparition de Marie ? Je trouvais déjà étrange qu'il ne veuille pas que ce soit Gabriel qui aille à Séoul et tout aussi curieux qu'il insiste pour que je ne sois pas personnellement mêlé à l'affaire, voici maintenant qu'il connaît Damien et Marie !

Hélène, qui sort du lit, en fait le tour pour se rapprocher du téléphone. Elle ne peut plus rester neutre à présent. Elle veut avoir accès à l'autre moitié de la conversation.

Mat place une main sur le récepteur et dit à Hélène : « Gabriel a reçu d'autres exigences provenant de l'escroc, en plus de menaces cette fois-ci. Il a parlé à Samuel ».

Malheureusement, elle ne comprend pas la réponse du détective. Elle devra patienter et écouter l'éventuelle réplique de Mat. Elle n'aura pas longtemps à attendre.

- Toi aussi, tu crois que c'est quelqu'un de son entourage qui a monté le coup. Quelqu'un qui savait à quel hôtel elles ont fait leurs réservations et qui nous connaît, Damien, Gabriel et moi sans parler de la pauvre Marie. Une personne qui est aussi au fait que Gabriel a les moyens financiers de payer. Ce n'est donc pas un individu anonyme qui se trouvait à l'aéroport et qui a décidé de voler quelqu'un au hasard. Les deux femmes étaient effectivement ciblées.

Petit silence du côté de Mat. Puis, il s'active à nouveau en ne tentant plus d'éviter le regard d'Hélène.

- Puisque tu me confirmes que la deuxième missive a bien été elle aussi expédiée de Séoul, le fraudeur s'y trouve donc encore. De plus, ces courriels sont écrits en bon français et le type à qui Anouk a laissé son passeport en gage, selon ce qu'elle a raconté à Gabriel, est un Québécois. J'ai bien peur que notre homme soit proche d'Anouk et de nous, Samuel. Il sait peut-être même ce que nous faisons !

Mat refait oui de la tête.

Hélène de son côté lui fait signe qu'elle veut lui parler.

- Attend juste un petit instant, Samuel.

- Retournons à Montréal, Mat. Tu seras plus efficace pour aider Anouk qu'en restant ici.

Mat scrute le regard de sa conjointe. Il n'y trouve pas d'amertume, il y décèle plutôt de la tendresse. Il a sa réponse.

- Samuel, je rentre au poste. Pour l'instant, ne mets pas la police de Séoul dans le coup, ce type a des yeux partout. Donne-moi le temps de changer mon vol et j'arrive.

Alors qu'il s'attendait à devoir fournir des explications à Hélène, cette dernière lui saute au cou et le serre aussi fort qu'elle le peut.

- Durant ces quatre derniers jours, tu as tout fait pour me démontrer que tu tenais à moi, Mat. Aujourd'hui, je sais que c'est le cas. Ta générosité envers moi et tes amis me touche beaucoup. Je ne suis pas près d'oublier ton aventure avec cette fille ni le fait que tu m'aies tenue dans l'ignorance au sujet des malheurs d'Anouk, mais je suis prête à te donner une chance.

Profitant une dernière fois de leur chambre d'hôtel, sous le lointain roulement des vagues comme rythme de fond, ils font l'amour, en oubliant momentanément la raison de leur retour précipité à Montréal. Un moment magique de réconciliation et de volupté qui scelle leur entente.

Séoul, lundi 28 août

Aucun son ne pouvait émerger de sa bouche. Ses pieds étaient cloués au sol. Anouk ne pouvait ni crier ni se sauver. Les bruits qui lui martelaient l'intérieur du crâne se rapprochaient dangereusement d'elle. Aucun moyen d'y échapper. Malgré tous ses efforts, elle restait là, fragile, vulnérable, apeurée, à la merci de son destin. Sa tête lui faisait mal, de l'eau lui coulait sur le visage, son cœur voulait sortir de sa poitrine, mais aucun muscle ne répondait à sa volonté. Les bruits s'imposaient de plus en plus : boum, boum, boum, sans s'arrêter. Puis, imperceptiblement, Anouk décela un son plus distinct entre ces bruits insupportables. Le son se faisait plus clair à présent. « Anouk » ! Son nom s'intercalait entre les bruits. « Anouk » ! « Anouk » !

Quand elle réalise qu'elle était en train de faire un mauvais rêve, elle s'assoit droite dans son lit. En sueur et tremblante de tout son corps, elle cherche à déterminer la provenance des sons.

« Anouk » !

Elle vient juste de comprendre. Quelqu'un frappe à la porte en criant son nom.

Elle mobilise péniblement ses muscles amortis par le sommeil et revêt le peignoir gracieusement fourni avec la chambre et va ouvrir.

- Sophie !

Elle l'attire à l'intérieur, referme immédiatement la porte derrière elle et lui saute dans les bras.

De temps à autre, mais seulement pour un bref instant, elle relâche son étreinte pour la regarder et lui dire les mille choses qu'elle retient depuis trop longtemps.

- Tu es là ! Enfin, te voici ! Ça fait six jours. Misère ! Que je suis heureuse ! Comment vas-tu ? J'ai tellement cherché à savoir si tu avais été prise à la douane, comme moi. Où étais-tu ? Que s'est-il passé ?

Sophie se laisse cajoler, le temps qu'Anouk reprenne ses sens et en finisse avec toutes ses questions posées en rafale. Rien ne presse à présent.

Elle n'a pas l'air plus en forme qu'Anouk. Elle porte les mêmes vêtements que lorsqu'elles se sont vues pour la dernière fois à l'aéroport d'Incheon mardi dernier.

Anouk relâche son étreinte.

- Tu m'as retrouvée ! Je ne peux pas le croire. J'ai tellement de questions, tu ne peux t'imaginer.

- Oh si, je commence à me l'imaginer !

Elle fait celle qui cherche à rattraper son souffle, mais son grand sourire lui enlève tout effet dramatique.

- Remercie ton frère qui m'a enfin permis de te retrouver.

Anouk l'embrasse sur la joue. Cette dernière esquisse un mouvement de recul, mais s'immobilise à la dernière minute.

- Tu as un air étrange, Sophie. Je te sens distante.

Celle-ci se recompose un visage du mieux qu'elle le peut et se façonne un sourire qui se veut complice.

- Je n'ai pas beaucoup dormi et très peu mangé ces deux derniers jours. Et si je peux me permettre, ma belle Anouk, tu n'as pas l'air en meilleur état.

Anouk se contente de sourire face à ce constat des plus réaliste.

- Ils ne m'ont jamais dit où tu étais. Ils prétendaient que tu n'étais pas détenue comme moi. Je n'y comprenais rien.

L'air offusqué, Sophie s'empresse de combler le vide en étalant sa version.

- Depuis le moment où l'on m'a bousculée à l'aéroport, jusqu'à aujourd'hui, rien ne se passe comme nous l'avions prévu - son air se durcit. La main droite de ces gens-là ne sait pas ce que la gauche fait. Ils m'ont dit à moi aussi qu'ils ne trouvaient pas ton nom sur leur liste.

Anouk lui prend la main affectueusement puis la regarde avec tendresse.

- Il me manque tout un pan de l'histoire. Raconte-moi ce qui est arrivé cet après-midi-là. Si tu savais tous les scénarios qui me sont passés par la tête ! Gabriel m'a déjà dit que tu lui avais écrit que tu t'es fait bousculer par un homme qui t'a tout pris.

Anouk a du mal à contenir ses larmes tant les souvenirs traumatisants de leur arrivée à Incheon sont encore vifs.

Sophie lui raconte alors comment on l'avait dépouillée pendant qu'elle l'attendait avec tous leurs avoirs.

Elle lui serre la main pendant qu'elle lui fait le récit de la partie de l'histoire qui lui manquait.

- L'homme a été extrêmement rapide. Il s'est dirigé vers le poste de douane, à une guérite où il n'y avait personne en attente. En l'espace d'une minute, il avait disparu de l'autre côté avec, comme tu le sais, tous nos effets personnels. J'ai couru après lui, mais quand je me suis présentée à la guérite que l'homme venait de franchir, en hurlant pour qu'on le rattrape, tout a mal tourné. On m'a arrêtée puis interrogée assez longuement pour que le type ait le temps de fuir à mille lieues de l'aéroport. On ne m'a pas laissé rebrousser chemin pour t'aviser.

La suite, Anouk pouvait la deviner : détention, recherche de preuves d'identité, interrogatoires, réapparition du passeport, libération. Sophie lui avoue qu'elle venait tout juste de se sortir de son cauchemar, au moment précis où Anouk lui a ouvert la porte de sa chambre.

Une fois, toutes deux misent à niveau grâce à la version de l'autre, Anouk se demande si elle devrait l'informer de ce qu'elle a appris de son frère la veille. Elle ne veut pas ajouter à son calvaire, mais Sophie doit savoir qu'elles courent vraisemblablement des risques, malgré leur récente libération.

- Il faut que je te raconte quelque chose que tu ne croiras probablement pas, Sophie.

Cette dernière lui jette un regard intrigué.

- Gabriel m'a informée hier soir qu'il a payé quelqu'un qui le faisait chanter à propos de nos documents volés. C'est possiblement parce qu'il a payé que nos passeports ont été miraculeusement retrouvés.

Sophie se prend la tête. Anouk poursuit.

- Et veux-tu savoir ce qu'il y a de pire encore ?

Elle ne répond pas, la question n'en était pas vraiment une.

- Tu sais, le type qui t'a bousculée à l'aéroport, je suis à présent presque certaine que c'est lui qui m'a prêté l'argent hier. Je ne sais pas si Gabriel te l'a écrit en t'expédiant mes coordonnées, mais comme je n'avais plus rien, j'ai dû me résigner à accepter l'argent d'un compatriote inconnu. Et moi, j'ai été assez idiote pour lui laisser mon passeport en garantie. Il avait l'air tellement gentil.

Sophie se place les deux mains sur la bouche à présent.

- Tu le lui as laissé !

Mal à l'aise et se sentant coupable, Anouk ne répond pas. Sophie en remet.

- Le con !

- Je ne comprends pas plus que toi, Sophie. Pourquoi avoir remis nos passeports à la police si c'était pour reprendre le mien ?

Aigrie, Sophie répond sur un ton indigné :

- Qu'est-ce que cela va lui rapporter ?

Surpris de sa réaction, Anouk sent le besoin de tempérer les ardeurs de son amante.

- Aie ! Il ne s'agit pas de ton passeport, mais du mien. Tant que je suis libre de mes mouvements et avec toi, ce n'est pas si grave. Enfin, je le crois.

Sophie revient rapidement sur terre.

- Je comprends que je devrai faire attention au mien. Crois-moi, je ne laisserai personne me le prendre maintenant que je suis avertie.

Songeuse, Anouk pense à haute voix à présent.

- Il s'est offert pour m'accompagner à l'aéroport afin de m'aider à récupérer mes bagages. Nous nous sommes donné rendez-vous à midi dans le hall de l'hôtel. Maintenant que Gabriel m'a informée des nouvelles menaces, je ne me fais pas d'illusions. Nous devons faire très attention, Sophie.

Encore sous le choc, cette dernière répond à voix basse.

- Oui... Je voulais aussi récupérer les miens, mais maintenant, je n'en suis plus certaine.

Anouk se désole de la mine atterrée de son amie. Elle se rend compte qu'elle lui largue un flot de mauvaises nouvelles l'une après l'autre. Sophie semble plus affectée par le vol probable de son passeport qu'elle ne l'aurait cru.

- J'y pense, la meilleure façon de vérifier si mon passeport a bien été volé par ce type est de voir s'il vient au rendez-vous de midi. Si oui, il s'agit simplement d'une bonne personne. Si non...

Anouk laisse la fin de sa phrase sans direction pendant qu'elle décèle des traces d'incrédulité sur le visage de son amie.

Elle trouve que leurs retrouvailles sont inondées d'un peu trop de drames.

- Il y a autre chose qu'il faut que je t'avoue, Sophie.

Celle-ci essaie de sortir de sa stupeur et tend l'oreille.

- À cause du cauchemar dont tu m'as libérée en frappant à ma porte, je suis en lavette. Je dois prendre une douche.

Elle lui fait un clin d'œil et poursuit.

- Nous avons six jours à rattraper, mais avant, donne-moi cinq minutes.

Puis en se retournant, elle ajoute :

- Qui aurait dit qu'un jour, je me serais même ennuyé du tatouage que tu as, gravé à l'aine, Max ? Bien que je sois jalouse de cette Maxime, ton ancienne amoureuse, tu réalises dans quel état de dépendance tu m'as réduite !

* * *

Maxime a changé d'hôtel. Il ne veut pas que Julie le retrouve maintenant qu'elle sait qu'il a sapé ses chances en la prenant de vitesse. Il ne retournerait pas avec elle même si elle changeait d'avis et même si elle le suppliait. Il ne tolère ni sa trahison ni son avidité sans bornes.

Il se sent coupable de s'être fait influencer à ce point. L'appétit de Julie pour en avoir toujours plus lui fera faire des erreurs qui inévitablement le mettront en cause, un jour ou l'autre.

Récupérer le passeport d'Anouk Beauregard a été plus facile qu'il ne l'avait anticipé. Il n'a même pas eu à le lui demander, c'est elle qui le lui a offert sur un plateau d'argent. Il faut dire qu'il a beaucoup appris de Julie ces derniers mois en la voyant manœuvrer autour de ses victimes comme le ferait un vautour. Connaissant Anouk Beauregard, même de loin, il fut tout de même surpris de la facilité avec laquelle elle s'est laissée embarquer dans son jeu. Il sait qu'elle est une femme de tête qui ne se fait pas berner aisément. Comme quoi la fatigue extrême et le désarroi peuvent venir à bout des plus forts.

Pour que Julie sache bien que c'est lui qui lui a repris son passeport afin de lui faire rater son coup, il a décidé à la dernière minute de donner son prénom à sa victime. C'est pour ces mêmes motifs qu'il a rédigé le courriel pour l'aviser qu'il avait été plus rapide qu'elle.

Maxime ne fera rien avec le passeport d'Anouk Beauregard, mais Julie n'a plus ce levier avec lequel faire chanter son frère. Cela devrait calmer ses ardeurs, enfin, l'espère-t-il.

CHAPITRE 13

Montréal, lundi soir 28 août

Enfin, mon cellulaire s'active. Ces derniers jours, j'ai l'impression de perdre mon temps à attendre que l'on m'appelle. Je me sens tellement inutile.

En décrochant, j'entends finalement sa voix.

- Camille ! Je suis heureux que tu m'appelles. Il se passe tellement de choses…

Elle ne me laisse pas terminer.

- Gabriel, pour le moment, je désire seulement que tu me dises que tu vas bien et que tu t'ennuies de moi. Nous aborderons la suite après si tu le veux bien.

Je me calme instantanément. Sa voix est apaisante et son propos me trouble.

- Désolé, Camille, j'aurais dû commencer par le commencement. Je suis ravi de te parler. C'est tellement bon de t'entendre. J'espère que tu vas bien.

- Je vais bien, Gabriel, merci. Séoul est une ville splendide, il n'y manque que toi. Promets-moi que nous ferons un voyage ensemble avant longtemps.

Si elle ne se lasse pas de moi avant, j'irai au bout du monde avec cette fille.

- C'est promis. As-tu un endroit en tête ?

- N'importe où, pourvu que ce soit avec toi, par contre j'ai toujours rêvé de visiter La Havane. En m'y rendant avec toi, je ferais d'une pierre deux coups - elle pousse un petit rire.

- Je m'en occupe dès que nous aurons récupéré Anouk.

Elle ne répond pas. Je sens qu'elle est émue. Je lui laisse le temps de revenir à la réalité.

Ce doit être fait à présent puisqu'elle me sort abruptement de ma bulle.

- Bon ! Dis-moi ce qui se passe, je t'écoute. Anouk a-t-elle été libérée ? Quand me ramènes-tu à Montréal ?

Ce n'est pas le genre de discussion que j'aime entretenir avec Camille, mais je m'exécute et la mets au courant de ce qui est arrivé depuis notre dernier entretien. De la libération d'Anouk au nouveau vol par subterfuge de son passeport, en passant par la demande d'une rançon de 100 000 $ pour assurer sa sécurité et lui éviter de retrouver Marie.

Camille est à présent au même niveau de connaissance que moi.

Sa réaction est instantanée.

- Ne lui verse pas un sou à celui-là. Il a déjà ton 25 000 $, il ne te lâchera jamais, c'est évident.

- Je n'ai pas encore décidé, Camille, mais j'envisage toutes les possibilités.

- Écoute, Gabriel, peut-être devrais-je prolonger mon séjour d'une journée ou deux même si Anouk a été libérée. Comme tu le laissais entendre dans ta note d'hier, si elle et son amie sont toujours en danger, je peux possiblement essayer de les aider même si je n'ai aucune idée de ce que je pourrais faire.

Elle hésite un peu, puis elle rajoute ceci :

- À la condition que cela ne me tienne pas trop longtemps loin de ma recherche d'emploi ni loin de toi !

Elle m'enlève une épine du pied. Je ne savais pas comment lui demander une telle faveur.

Séoul, lundi 28 août

À 11 h 45, soit quinze minutes avant l'heure prévue pour retrouver l'homme qui s'était offert pour accompagner Anouk à l'aéroport, les deux femmes sont tapies dans un coin, près du corridor menant aux salles de conférence. De leur cachette, elles peuvent voir qui entre et sort de l'hôtel.

Sophie et Anouk sont demeurées là, comme deux acolytes, en se parlant à voix basse et même en ricanant tout en tressaillant chaque fois qu'un homme faisait son entrée. À 12 h 20, elles ont mis fin au guet et sont remontées à la chambre. Évidemment, celui qui a prêté l'argent à Anouk hier soir ne s'est pas présenté au rendez-vous. Sophie ne pourra confirmer si c'est bien le même qui l'a dérobée à l'aéroport.

Anouk est déçue, Sophie n'est pas surprise.

Le fameux Maxime, ce gentil et charmant Québécois qui se trouvait par hasard sur son chemin au moment où elle était dans le besoin et qui l'a si généreusement dépannée était certainement celui qui a dupé son frère. Son absence venait de le prouver hors de tous doutes. Il voulait sûrement lui montrer, à elle ou à son frère, qu'il pouvait facilement les atteindre.

Anouk devait changer ses plans. Sans passeport pour s'identifier et sans la preuve de l'enregistrement de ses bagages collée au dos, elle n'avait aucun espoir de se voir remettre ses affaires à l'aéroport. Pas la peine de s'y rendre. Elle se sent comme si on l'avait blessée une deuxième fois en la privant de ce qu'elle a de plus intime, ses vêtements et effets personnels.

- Je me suis vraiment fait prendre. Il a dû en être mort de rire, le salaud. Et moi la conne, je n'ai rien vu venir.

-Eh ! Du calme, Anouk. Nous te trouverons ce dont tu as besoin, ne t'inquiète pas. Le principal pour moi est que tu ailles bien, le reste nous pouvons l'acheter.

- Le principal est que nous soyons de nouveau ensemble, répond Anouk d'un air qui se veut taquin.

Sophie lui fait un sourire puis change de ton.

- Bon ! Quelles sont nos options ? Je crois que je devrai me résigner à me passer moi aussi de mes bagages. Il n'est pas question que je me retrouve à l'aéroport sachant que ce type est peut-être en train de nous épier. Au moins, nous serons deux à avoir l'air de ne posséder que ce que nous avons sur le dos en ce moment. Le plus urgent pour tout de suite est de nous acheter minimalement un modeste vêtement de rechange et des d'articles de toilette à bon prix. Ce que nous portons, nous le laverons puis nous alternerons.

Anouk écoute avec attention celle qui semble savoir où elle va.

- Moi j'ai mon passeport, mais pas plus de cartes de crédit ou de débit que toi, ça me fait une belle jambe !

Sophie s'arrête, songeuse. Sa détermination entraîne Anouk dans son sillage. Elle se met elle aussi en mode recherche de solutions.

- Bon, imaginons que nous avons toutes les deux une belle tenue de rechange, que se passe-t-il ensuite ? Nous poursuivons nos vacances de rêves. Si oui, avec quel argent ?

Sophie lui répond immédiatement comme si elle s'attendait à la question.

- Voici ce que je pense, Anouk. Il y a un homme ici, à Séoul, qui nous a volé tous nos biens. Il a escroqué je ne sais quelle somme à ton frère et il demande encore plus maintenant pour ta sécurité. Il sait où tu loges, il sait que tu n'as pas de passeport et que nous n'avons pas d'argent et peu de moyens de s'en procurer à brève échéance. Il a prévenu ton frère que tu étais en danger. Dieu sait de quoi il est capable. Par contre, tu as de quoi payer cette nuitée d'hôtel et probablement deux ou trois autres nuitées si nous choisissons en conséquence. Il en restera très peu pour s'offrir quelques articles de toilette et une tenue des plus simple. Nous nous achèterons des bananes ou du pain en guise de repas. Au pire, je laisserai mon passeport à la réception en garantie de paiement le temps que nous nous trouvions des fonds ou nous ferons la vaisselle. Maintenant, j'ai une question à te demander :

Sophie regarde Anouk droit dans les yeux. Son air devient soucieux.

- Ma question est la suivante, Anouk. Tenons-nous vraiment à rester ici, à Séoul, à la merci de ce malade ?

Montréal, lundi 28 août

Je n'ai pas encore posé le récepteur à mon oreille que j'entends sa grosse voix.

- Gabriel, je reprends les affaires en main.

- Je t'imagine très bien en train de piloter ce dossier en bermuda, dans le jacuzzi de l'hôtel avec un rhum à la main, pendant qu'Hélène te crème le dos. C'est ton super agent, avec ou sans heures supplémentaires, qui sera impressionné par l'attitude décontractée du patron.

- As-tu terminé ton verbiage ?

Que voulez-vous répondre à cela ? Rien, justement.

- Bon, tu m'écoutes maintenant.

- Oui, vas-y, confesse-toi, je suis tout ouïe.

- Je viens juste d'entrer au bureau. J'ai une rencontre avec l'équipe dans cinq minutes. Avant que tu me le demandes, oui, le détective Legendre sera des nôtres. Nous faisons le point et passerons en revue tout ce que nous avons. Il se peut que nous ayons besoin de toi, alors sois disponible, et je t'en prie, fais-nous grâce de tes introductions prétendument humoristiques si nous transférons l'appel sur le haut-parleur de la salle de conférence. Je ne veux pas avoir honte de toi.

C'est beaucoup à la fois. Mon ami m'envoie au tapis. J'ai un tremblement dans la gorge.

- Tu es revenu !

- Pour Anouk, oui. Toi tu ne le mérites pas.

- Hélène !

- Ne t'inquiète pas pour elle.

Je ne sais plus quoi dire.

Il le fait à ma place.

- Une question, Gabriel. As-tu l'intention de lui remettre encore le montant qu'il te réclame ?

La vraie réponse est que je ne le sais pas moi-même. Je fais une analyse succincte et conclus rapidement que si je lui dis non, ce serait difficile de revenir en arrière tandis que si je lui dis oui, je verrai bien quelle sera sa réaction et je pourrai toujours revenir sur ma décision.

- Oui.

- C'est ton choix. Je te rappelle dès…

Je l'interromps.

- Oui, oui, je connais le refrain, « dès que tu auras du nouveau ».

Je suis tout de même ambivalent face à sa réponse laconique.

* * *

Mat m'a mis dans tous mes états. Un ami comme celui-là c'est rare. Si quelqu'un avait besoin de vacances, c'est bien lui. Si un couple devait se retrouver pour se rappeler que l'un est fait pour vivre avec l'autre, c'est bien son couple. Malgré cela, Mat est revenu à Montréal pour tenter personnellement de tirer ma sœur d'embarras. Je lui dois une fière chandelle.

Je ne les ai pas entendus, peut-être me suis-je assoupi, mais je constate que j'ai deux courriels dans ma boîte de réception.

Le premier provient de la messagerie de Sophie.

Bonjour Gabriel,

C'est moi, Anouk. Je t'écris en utilisant l'adresse courriel de Sophie. Je sais, je dois m'ouvrir un nouveau compte de messagerie, mais pour l'instant nous avons autre chose à faire.

Nous sommes dans un café internet de la gare de Séoul.

Nous avons peur de ce que l'escroc peut nous faire, il nous en a donné un avant-goût. Alors avec une partie de l'argent qu'il m'a remis, nous prendrons le premier train pour n'importe où, pourvu que ce soit dans nos moyens et à l'intérieur du pays où je n'ai pas besoin de montrer mon passeport.

Sophie pense aussi que tu ne devrais pas payer ce malade. Je finirai bien par obtenir un nouveau passeport avant mon retour prévu, alors qu'il le garde, celui-là !

Anouk et Sophie

Après avoir relu le courriel, je me rends compte que la décision d'Anouk et de son amie est très appropriée. J'aurais dû leur proposer moi-même de quitter Séoul si j'avais été un peu plus malin. Au moins, elles seront loin de l'escroc. Il ne pourra jamais les retrouver puisqu'elles ne savent pas elles-mêmes où le prochain train les mènera.

Je me sens plus serein. Au prochain courriel à présent.

Il est d'Anouk. Mais je réalise presque au même moment que c'est l'en-tête de courriel de ma sœur, mais qu'il est toujours entre les mains du fraudeur. Ma tension artérielle monte en flèche.

Bonjour monsieur Beauregard,

J'espère que vous avez les 100 000 $ si vous tenez à votre sœur et sa petite amie. Je l'ai d'ailleurs dépannée hier, c'était touchant, mais cela, vous devez déjà le savoir.

Je suis très sérieux, monsieur Beauregard, vous risquez de ne jamais retrouver votre sœur, comme ce fut le cas pour votre chère Marie.

Ne me testez pas. Pas de police, pas de tours de passe-passe. Je sais tout sur vous. Dites à votre ami Damien de se rendre immédiatement à Séoul avec l'argent.

Ah oui ! Je suis à la gare. Elles viennent de sortir du café internet juste en face, je présume que votre sœur vous a écrit que tout allait bien.

Tiens ! Le prochain départ est celui en partance pour Busan.

Je vous aviserai sur la façon de procéder quand les filles se seront installées.

Je vous laisse, j'ai un train à prendre.

Anouk

J'écris immédiatement à Sophie pour la mettre en garde puis j'appelle Damien.

CHAPITRE 14

Montréal, lundi 28 août

- Damien, c'est moi.

Il devine immédiatement, par la couleur de ma voix sans doute, ce que je veux lui demander. Il me le confirme aussitôt.

- Tu as reçu les instructions du fraudeur. Quand dois-je partir ?

Même si son ton est incertain, la détermination de Damien qui n'est pas du genre à jouer les intrépides me rassure. Ouf ! Il n'a pas changé d'avis.

- Je viens de vérifier la disponibilité des vols, Damien, ce sera demain matin. Je confirme donc le tout avec la compagnie aérienne si tu es toujours d'accord. Tu partiras tôt demain pour arriver à Séoul après-demain. Je t'enverrai ton horaire de vol dès que j'en aurai reçu la confirmation. Es-tu à la maison ce soir ?

- Oui ! Pourquoi ?

- Tu ne vas pas faire du tourisme là-bas, j'aurai une enveloppe à te remettre.

- Ah oui ! C'est vrai.

Damien paraît réaliser tout à coup l'ampleur du service que j'exige de lui. Jusqu'à ce que je le rappelle, cette possibilité n'était qu'abstraite. Il vient de saisir toute la portée de la grande faveur que je lui demande. Son silence me donne l'impression désagréable que j'abuse de lui.

- Voici ce que nous allons faire, Damien. Je passe chez toi en début de soirée. Profites-en pour commencer à faire ta valise. Nous parlerons de tout ceci à tête reposée. Tu verras, ce n'est ni dangereux ni difficile. Camille a fait la même chose, elle s'en est bien tirée. En prime, je te l'assure, Séoul est une très belle ville que tu ne regretteras pas d'avoir découverte.

- Mat !

- Quoi ? Mat.

- Est-il au courant que tu as l'intention d'accepter cette deuxième demande du fraudeur ?

J'ai l'impression qu'il aimerait que sa question me fasse réfléchir pour que je me ravise.

- Oui et non. Pour répondre à ta question plus précisément, je lui ai dit sans conviction que je paierai, mais je crois qu'il préfère ne pas vraiment savoir.

Je viens d'anéantir sa subtile tentative de dissuasion. Il n'a plus de munitions.

- Je ne sais pas comment te remercier, Damien, à ce soir.

- Je le fais pour Anouk, tu n'as pas à me remercier.

Même la peur au ventre, mon ami Damien ne perd pas ses repères. L'amitié est facile quand les choses vont bien, c'est dans des moments pareils qu'on reconnaît la grandeur de la nôtre.

* * *

Comme je m'apprêtais à refermer la porte derrière moi pour retrouver Damien tel que convenu, mon cellulaire en décide autrement.

- As-tu le nom de famille de Sophie, la copine de ta sœur ?

- Est-ce ta nouvelle façon de dire bonjour, comment vas-tu ? Il faudrait que tu révises ton livre de bienséance, mon cher ; ou peut-être es-tu simplement de mauvaise humeur, comme tu as tendance à l'être ces derniers temps.

Un doute me traverse l'esprit. Je me sens soudainement dégueulasse.

- Ce n'est donc pas réglé avec Hélène ! Désolé, mon vieux. Tout ceci est de ma faute.

- Tu comprends, Gabriel, nous avions beaucoup misé sur notre semaine de vacances à Miami, seuls, sans les enfants, en amoureux, loin des tracas quotidiens. Tu le sais, les choses ne se sont pas déroulées ainsi. Nous avons dû laisser la mer chaude, nos soupers à la chandelle qui s'éternisaient et nos matinées au lit qui en faisaient autant. C'était la dernière chance que nous nous donnions, Hélène et moi. Mais cette vie paradisiaque sur laquelle nous comptions pour nous retrouver en tant que couple n'a pu se rendre à son dénouement. Elle a été interrompue abruptement par trop de coups de fil, trop de tracas, trop de quotidiens qui ont fini par me rattraper. Nous n'aurons probablement plus jamais une autre occasion pareille. La magie n'est plus, on n'a pas voulu nous donner la chance que nous méritions. Des amis se sont concertés pour boycotter notre bonheur, à Hélène et moi.

Je m'attendais à tout, mais pas à ceci. C'est vrai que j'ai gâché sa dernière chance avec Hélène. Je m'en veux infiniment. J'aurais dû respecter son désir de ne pas être dérangé et demander à son enquêteur d'en faire autant, étant donné la particularité de leur situation à lui et Hélène. Quel con je fais !

J'essaie de balbutier quelque chose, sans grande inspiration je l'avoue.

- Tu sais Mat, ce n'est pas ce que je voulais. Je suis atterré. Je...

Il me coupe la parole.

- Tu vois bien que je te fais marcher, idiot. Hélène était tout à fait d'accord pour revenir et si la tendance se maintient, nous serons encore en couple quand les enfants iront à l'université et nous verrons grandir ensemble nos petits-enfants.

Le salaud, il m'a bien eu.

- Ça, c'est à la condition que tu gardes ta queue là où elle est.

À son tour d'être dans les câbles.

Bon, partie nulle, il est temps que nous reprenions le sujet qui nous intéresse.

- Non, Mat, je ne connais toujours pas le nom de famille de la belle Sophie. Je ne l'ai jamais rencontrée. Anouk doit me la présenter à leur retour. Elle voulait passer au préalable le test de longévité avec sa nouvelle flamme. Après leur mésaventure, si elles nous reviennent saines et sauves, ce sera fait. En attendant, je peux le demander à Anouk dans ma prochaine correspondance.

- Pourquoi l'hypothèse « si elles reviennent saines et sauves » ?

Lui non plus ne voit pas l'utilité de revenir sur nos échanges précédents. C'est aussi bien ainsi. Alors je lui relate les derniers évènements, de cette façon il comprendra le sens de mon hypothèse.

- Cet après-midi, j'ai reçu un autre courriel du fraudeur. Tu sais qu'Anouk m'a écrit. Elle et Sophie vont vers le sud. Elles ont trop peur de demeurer une journée de plus à Séoul. Elles prennent le train pour Busan. Le pire, Mat, c'est que le fraudeur, Maxime, s'il a donné son vrai nom, le sait. Il prend le même train que les filles en ce moment. Elles ne s'en doutent pas, elles croient le semer. Je l'ai écrit à Sophie, mais je dois attendre qu'elle accède à ses courriels dans un café internet et je ne sais même pas si ce sera aujourd'hui ou demain, ou encore plus tard ! Dans sa dernière missive, l'escroc exige toujours 100 000 $. J'ai demandé à Damien de transporter la somme à Séoul, de là, j'attendrai les instructions. Tu sais que je ne peux me permettre de jouer au plus malin avec lui. Il semble connaître tout de moi, je devrais dire de nous, en t'incluant toi, Damien et Marie.

Il prend un certain temps avant de me répondre.

- Viens au poste demain.

- Pourquoi ?

- Entre autres, les douaniers de la Corée du Sud n'ont pas la trace d'une Sophie, quel que soit son nom de famille, pour les dates en cause.

- Ils doivent avoir de mauvais registres.

- Quand on leur demande la même chose à propos d'Anouk, ils nous sortent tout le dossier, les dates, les heures, les endroits. Tout est exact. Alors pourquoi n'ont-ils pas la même information en ce qui concerne Sophie ?

Comment veut-il que je le sache ?

- Est-ce si important ?

- Probablement pas ; mais nous ne pouvons pas négliger d'explorer quelque piste que ce soit. J'ai toutes les raisons de vouloir tirer ceci au clair, surtout avec ce que tu viens de me dire. Un individu qui suit Anouk et sa copine à la trace, qui lui vole le passeport de ta sœur à deux reprises et qui t'envoie des courriels de menaces et d'extorsion ; il faut mettre fin à tout ceci. Mon équipe et moi devons explorer toutes les avenues et dissiper le moindre doute.

Il s'arrête pour mieux repartir.

- Alors, viens-tu au poste demain matin, oui ou non ?

- Oui, oui, sois sans crainte. Comme je reconduirai Damien très tôt à l'aéroport, je serai devant ton bureau avant que tu n'arrives.

- Donc tu paies ce voleur !

Son ton m'indique qu'il ne s'attend pas nécessairement à une réponse. La preuve, il poursuit sur un autre sujet.

- Ah oui ! Si je ne t'avais pas téléphoné, m'aurais-tu parlé du voyage de ta sœur à Tusan et du nouveau courriel de l'escroc ou m'aurais-tu caché l'un et l'autre ?

- Busan. À la limite, Pusan, mais pas Tusan.

- Tu évites la question, Gabriel.

- À demain, Mat.

- Mijote ceci cette nuit. Si tu veux faire tes affaires de ton côté, alors tu joues seul. Moi, je commence à avoir d'excellentes relations avec mes amis douaniers sud-coréens et je n'aurai sûrement pas de difficulté à m'en faire au sein de la police locale de Séoul ou de ton Busan. Fais-moi parvenir les deux courriels au moins, j'en vérifierai la provenance. À demain.

* * *

Ma soirée avec Damien s'est déroulée comme prévu et comme le restant de ma journée d'ailleurs, pénible et laborieuse. J'ai dû revoir chaque détail de ce qui pourrait se produire, chaque éventualité et presque tous les scénarios catastrophes possibles. Pourtant les informations dont je disposais étaient bien minces. Damien devait se rendre à Séoul et attendre les instructions que j'aurai peut-être déjà reçues avant qu'il n'arrive là-bas. En attendant, tout ce qu'il a à faire est de s'y rendre et patienter pour la suite.

Malgré ma fatigue et mon stress, j'ai tout de même réussi à passer au travers la laborieuse séance de questions-réponses sans trop perdre le peu de calme que j'avais.

Montréal, mardi 29 août

Moi, qui croyais que ma soirée d'hier passée à colmater les appréhensions de Damien avait été éprouvante, je n'avais encore rien vu.

Durant le trajet de son appartement à l'aéroport, presque au milieu de la nuit puisque Damien devait y être pour 5 h 30, j'ai dû recommencer mes séances de réconfort depuis le début. Pas la peine de mentionner qu'il n'avait pas plus dormi de la nuit que je l'avais fait.

Heureusement, j'ai pu prétexter que j'avais un rendez-vous avec Mat à la première heure ce matin pour ne pas accéder à sa demande de l'accompagner jusqu'au comptoir d'enregistrement. Ce que la fatigue ne lui a pas permis de figurer est que vu l'heure matinale, j'avais presque trois heures devant moi avant que Mat n'arrive à son bureau.

J'ai donc eu le temps de prendre un petit déjeuner au restaurant attenant au poste, duquel j'ai pu voir transiter certains collègues de Mat, portant l'uniforme ou pas. Ce temps d'arrêt m'a permis d'écrire à Camille pour lui dire combien elle me manque et lui demander de m'appeler quand elle regagnera sa chambre ce soir, soit tout à l'heure pour elle.

Arrivé avant lui, j'ai eu le loisir de me rendre compte qu'il commence sa journée effectivement tôt. Mat est un homme de principe et de devoir. Il ne gère pas son équipe, il en est le leader qui prêche par l'exemple. Si je me fie à la sincérité des « bonjours » qu'il reçoit de l'un et de l'autre, il m'apparaît clair qu'il est respecté et estimé de ses collègues.

- Tu es déjà ici, toi !

- Chef, quand on me commande d'être au poste tôt le matin, je suis au poste tôt le matin.

- Un café ?

Dans la culture de Mat, offrir un café c'est proposer à son hôte de s'asseoir, de se mettre à l'aise et de lui signifier qu'il est le bienvenu. Bien que j'en aie déjà deux derrière la cravate, refuser ce café, même pour une bonne raison, risquerait de faire démarrer la rencontre sur un mauvais pied.

- Avec un peu de lait, comme à l'habitude.

Il s'agite bruyamment autour de la machine à expresso.

- Le dernier courriel, celui qui serait de Maxime, provient bien de Séoul.

Il me fait cette annonce, le dos tourné, comme s'il s'agissait d'une banalité. Il poursuit.

- Il y a un truc qui nous tourmente, Samuel et moi.

- Samuel !

- Tu le fais par exprès, ma foi ! Samuel Legendre, ton super agent. Il se joindra à nous dès qu'il arrivera.

Je me contente de sourire. Que puis-je y faire ? Son nom ne me rentre pas dans la tête.

- Je t'écoute, Mat.

- Dans les deux premiers courriels de l'escroc, ceux te réclamant 25 000 $, il débute par « Gabriel Beauregard ». Dans les deux suivants, te réclamant 100 000 $, il commence par « Bonjour, monsieur Beauregard ».

Jusqu'à présent, mon ami qui s'affaire toujours à doser lait et café ne m'impressionne pas outre mesure.

- Il s'est peut-être payé des cours de politesse avec mon 25 000 $!

Mat regarde précipitamment le plancher. Je soupçonne qu'il veut dissimuler un sourire.

- Idiot !

- Sérieusement, Mat, que peut-on déduire de ce fait que je trouve anodin ?

- Il ne s'agit peut-être pas de la même personne qui les a écrits. Je ne sais pas !

Son attention est attirée par un bruit de pas devant l'entrée de son bureau. Un homme pas tellement grand, l'air assuré franchi la porte.

- Gabriel, je te présente le détective Legendre.

CHAPITRE 15

Montréal, il y a un peu moins d'un an

Ce soir-là, celui où Maxime et Julie avaient scruté les réactions d'une femme seule près de la scène où les danseuses livraient leurs prestations, la vie du couple Julie-Maxime prit une nouvelle tangente.

Trop simple, se disait-elle !

Mais n'est-ce pas là le propre d'un trait de génie, la simplicité ?

Julie a attendu leur retour à l'appartement pour aborder le sujet. Elle tenait à s'assurer que les astres étaient bien alignés puisqu'elle n'aura pas de deuxième chance pour lui en parler. S'il n'acceptait pas sa proposition rapidement, il ne le fera jamais. Elle connaît assez le rêveur pour savoir qu'on ne lui fait pas changer d'idée s'il croit que ses beaux principes sont mis en cause.

Elle lui a offert un rhum. Fait rare puisque normalement la seule chose qu'elle souhaite au retour du travail, c'est d'aller sous la douche et se coucher.

Sentant que Julie avait une idée qui lui trottait dans la tête depuis qu'ils avaient quitté le bar, il a accepté le verre, plus pour lui faciliter la tâche que par envie.

Il dut prendre les devants, constatant que celle-ci se dandinait sur sa chaise sans s'avancer sur quelque sujet que ce soit.

- Tu me dis ce qui te tourmente ou non.

Il appréhendait ce qu'elle voulait lui annoncer. Elle lui répétait souvent qu'elle le trouvait trop bohème et pas assez audacieux. Il se doutait, surtout ces dernières semaines, qu'elle n'avait pas l'intention de finir ses jours avec lui, mais pas maintenant, pas ce soir, espérait-il. Il savait que ce moment arriverait un jour, mais il souhaitait que ce fût le plus tard possible. Il lui dit rarement, mais il aime cette fille par-dessus tout.

Julie contemplait son verre.

- As-tu aperçu la femme assise juste à côté de la scène ?

Maxime lâcha un soupir de soulagement. Pas de séparation aujourd'hui ! Le reste lui importait peu.

- Oui. J'ai réalisé que tu l'avais remarquée toi aussi. C'est drôle, je voulais justement t'en parler.

Trop heureux d'avoir cette discussion au lieu de négocier leur rupture, Maxime se faisait bon interlocuteur malgré l'heure avancée de la nuit. Il entra donc dans son jeu.

- J'ai vu que je n'étais pas le seul à la dévisager.

- C'est flatteur pour moi qui me trémoussais complètement nue pour attirer l'attention des clients.

Aucune réplique ne lui est venue en tête. Une gorgée de rhum lui évita de répondre à cette boutade en forme de piège.

Elle a poursuivi sous un autre angle. Elle ne cherchait pas l'affrontement ce soir-là, elle avait plutôt un projet à lui vendre.

- Comme je te sentais intrigué par elle, je l'ai bien observée moi aussi. Je crois même que nous nous posions les mêmes questions à son propos, n'est-ce pas ? Qu'est-ce qui pouvait amener une femme à se retrouver seule dans un bar de danseuses nues habituellement fréquenté par des hommes ? Il y en a peut-être une ou deux par semaine qui entrent prendre un verre. Quand elles sont en couple, c'est généralement pour faire plaisir à leur petit ami.

Il ne lui a pas dit, mais il préférait cent fois avoir cette discussion bizarre à propos d'une inconnue au bar où travaille Julie plutôt que d'avoir à la supplier de lui donner une autre chance. Bien que soulagé que le sujet ne fût pas la remise en question de leur union, il a joué au vexé, probablement pour cacher son contentement.

- C'est pour cela que tu me fais coucher aussi tard ! Madame se demande ce que l'autre madame faisait là-bas. Tu aurais dû le lui demander, elle aurait pu combler tes fantasmes. Je me suis aussi posé ces questions, crois-moi, mais je n'en fais pas tout un plat.

Il termina son verre.

- Tu n'y es pas, Maxime.

- Alors, dévoile-moi vite ce que je ne comprends pas dans ton histoire, moi je vais me coucher.

Elle poursuivit dans la même veine.

- Je me demandais si elle était en couple. Et si c'était le cas, avec un homme ou une femme.

- De mieux en mieux !

161

Elle lui mit la main sur la sienne, non pas avec tendresse, mais avec une certaine fermeté qui l'incitait à attendre la suite.

- Cette femme est notre carte maîtresse pour réaliser nos rêves, Maxime.

Elle venait de capter toute son attention.

- Si elle était mariée ou si elle n'était pas sortie du placard et si elle couchait avec moi en plus, combien crois-tu qu'elle serait prête à payer pour notre silence ?

Julie lui avait tout lancé. Elle regardait par terre, puis dans un soubresaut, elle se leva et alla remplir les deux verres. Elle était rouge et avait des sueurs dans le dos. *Qu'est-ce qu'il va penser de moi ?*

- Tu es perverse, Julie. Jamais je ne te suivrai sur cette voie. On ne fait pas chanter les gens, c'est malsain et criminel.

Son ton ne la rassurait pas. La soirée s'annonçait laborieuse.

Elle poursuivit, ignorant ses réserves.

- L'idée m'est venue en te voyant la regarder. En fait, mon plan est fort simple. Je t'explique.

Elle déposa le verre qu'elle venait de remplir devant lui et garda le sien à portée de main.

- Quand tu flaireras qu'une cliente, seule, est attirée par moi pendant mon numéro, tu me le fais savoir. J'irai lui parler amicalement après ma prestation pour vérifier sa réaction en face d'une femme à moitié nue presque collée sur elle. Si elle est troublée, ce serait parce qu'elle se sentirait hors de sa zone de confort. Donc, il y aurait de bonnes chances qu'elle soit exactement la personne qu'il nous faut.

Elle déballa son plan sans s'arrêter, de peur que Maxime l'interrompe.

- Alors, je lui proposerai discrètement de terminer la soirée chez elle si elle vit seule ou au motel dans l'autre cas. Après l'amour, quand les esprits seront encore en ébullition je prendrai une petite photo intime de nous deux.

Elle épiait la réaction de Maxime qui ne bronchait pas. Bon signe, se disait-elle. Elle continua donc à étaler son plan.

- Si j'apprends qu'elle est célibataire et s'affiche ouvertement comme étant lesbienne ou d'une orientation autre qu'hétérosexuelle, je laisse tomber et j'efface la photo. Tant pis, nous aurions mal évalué notre candidate. Si tel n'est pas le cas, je lui demanderai 5 000 $ pour ne pas publier l'égoportrait sur Facebook.

Elle s'est pris une honorable gorgée bien méritée.

- C'est ridicule !

- Poule mouillée !

Après la nuit d'argumentation et de rhum, elle était arrivée exactement là où elle le voulait. Elle en avait l'habitude. Maxime est une bien bonne personne, c'est d'ailleurs ce qui lui a plu en lui, mais il manque cruellement de panache. Julie doit lui arracher chaque pas vers l'avant. Elle a même pris la peine de lui aménager un petit rôle dans son scénario bien qu'elle aurait très bien pu, seule, évaluer si une cliente était attirée ou non par elle. Mais bon, il faut ce qu'il faut !

Elle avait élaboré un moyen de s'enrichir plus rapidement que par la danse en se servant de lui comme complice. Lui y voyait l'occasion de devenir un jour capitaine sur son propre voilier, tandis que pour elle, le simple plaisir de faire de l'argent facilement lui suffisait.

Même troublé par la détermination de son amante et son manque total de conscience morale, Maxime en était arrivé à la conclusion qu'il n'avait aucune autre idée lui permettant d'amasser assez d'argent pour faire une telle acquisition. En se couchant ce soir-là, il avait décidé d'accompagner Julie sur la pente de l'immoralité.

Le lendemain, docile, il s'est présenté à son bar vers la fin de la soirée. Aucune femme à l'horizon, enfin aucune cliente. Le surlendemain et les trois soirs suivants, même constat, aucune proie ne s'était montrée. Pour s'assurer qu'il ne se démoralise pas, Julie revenait fréquemment sur l'aménagement intérieur qu'aurait leur futur bateau. Elle ne devait pas le laisser se décourager avant que son scénario n'ait commencé à porter ses fruits.

La veille de sa journée de congé, eurêka ! Une dame d'une cinquantaine d'années, bien mise et discrète, s'était installée près de la scène. Quand Maxime arriva ce soir-là, il la vit immédiatement. Son cœur fit deux tours. Il s'assit de biais à elle, en position propice pour épier ses réactions, sans être repéré.

Quand ce fut à Julie d'être présentée par le maître de cérémonie, il ne l'a pas quitté des yeux. Difficile de l'affirmer, mais selon les indices qu'il pouvait observer, cela valait la peine de tenter le coup. Quand Julie a croisé son regard, tout en caressant sensuellement le poteau qui lui servait de faire valoir elle comprit.

Lorsqu'arriva son tour pour servir les clients, pendant que d'autres artistes s'exécutaient sur la scène, Maxime vit Julie dire trois mots à l'oreille de la dame qui s'est redressée comme une statue. Elle ne s'attendait vraisemblablement pas à une telle proposition.

Julie est revenue lui parler après sa dernière prestation. Maxime l'a vue lui faire timidement signe de la tête. Cinq minutes plus tard, il vit la dame se lever pour rejoindre Julie à sa voiture dans le stationnement adjacent au bar.

Comme entendu, Maxime ne les a pas suivies. Julie ne tenait pas à être chaperonnée, elle était assez stressée, sans en plus se sentir observée.

Au petit matin, il entendit la porte de l'appartement s'ouvrir. Il ne dormait pas.

Il a attendu qu'elle lui raconte d'elle-même, sans lui imposer les mille questions qui lui trottaient dans la tête.

- Elle paiera, Maxime. Cinq mille beaux dollars en petites coupures, d'ici demain soir dans la boîte postale que nous avons louée incognito.

Elle se laissa choir sur le divan.

- Elle va payer ! Bravo, Julie, nous sommes tombés sur la bonne personne.

- Ça a été plus facile que je ne l'aurais cru, elle se sentait tellement coupable la pauvre, je crois que c'était sa première fois. Elle s'en excusait presque.

- Raconte.

- Comment ? Raconte. Que veux-tu savoir ?

- Tout.

Elle le regarda d'un drôle d'air.

- Ah ! Tu n'es pas uniquement intéressé par l'argent. Petit vicieux !

Il a rougi.

- Juste pour te faire plaisir, car tu l'as bien mérité, je te raconte tout dans les moindres détails.

Maxime venait de se trouver un plaisir insoupçonné. Cette nuit-là, il lui fit l'amour comme jamais auparavant.

Montréal, aujourd'hui mardi 29 août

Pendant que je serre la main du détective Legendre qui vient d'arriver dans le bureau de Mat, il me regarde d'une façon amusée comme s'il voulait me dire « Eh bien ! C'est moi le super agent ». Évidemment, ce n'est qu'une déduction de ma part.

Il entre immédiatement dans le vif du sujet.

- Il est clair que ce type, Maxime, comme il prétend se nommer, vous connaît très bien tous les deux, ainsi que votre sœur et votre autre ami. À ce jour, nous devons présumer que celui qui a volé Sophie à l'aéroport est le même homme qui s'est présenté à votre sœur à son arrivée à l'hôtel dimanche dernier.

Le détective nous regarde tour à tour.

- Quant à Sophie, elle n'a jamais été importunée par la douane sud-coréenne ou - il se tourne vers moi à présent - Sophie n'est pas son vrai prénom.

Si Mat m'avait avancé cette hypothèse la semaine dernière, je n'y aurais pas cru. Pas tellement plus aujourd'hui d'ailleurs.

L'enquêteur décèle mon scepticisme.

- Vous n'y croyez pas !

- Anouk ne se serait jamais fait berner par une aventurière. Elle a les deux pieds sur terre, croyez-moi. On voit que vous ne la connaissez pas.

- Dites-moi alors. Comment le fraudeur aurait-il obtenu tous ces renseignements sur vous, le sergent Smith, votre autre ami Damien Lecourt, votre - il hésite - Marie, et là je ne parle pas de vos finances personnelles ? Je ne vois qu'une personne près de vous ou assez près de l'un de vous pour connaître les détails évoqués dans les missives.

Je viens pour répondre sèchement à ce petit blanc-bec qui place la disparition de Marie dans la catégorie des détails.

Il s'en aperçoit.

- Évidemment, en plus des détails sur vos proches, il est aussi au courant du drame que vous avez vécu avec votre amoureuse.

Il aurait dû faire carrière en diplomatie, mais toute sa belle rhétorique ne minimise pas le risque que court ma sœur. Il vient de m'ouvrir les yeux par contre.

Sophie serait de connivence avec le fameux Maxime !

- Si tel est le cas, si Sophie n'est pas ce qu'elle prétend être, Anouk est doublement en danger, elle couche avec son ennemie. C'est affreux ! Que pouvons-nous faire ?

L'enquêteur offre le peu qu'il a à offrir.

- Nous continuons à creuser ce filon avec l'aide des douaniers sud-coréens. Nous fouillons aussi de ce côté-ci pour repérer de possibles cas similaires et nous poursuivons nos recherches sur l'identité de Sophie.

Je regarde Mat pour voir s'il a quelque chose à ajouter. Son manque de réaction me confirme que non. J'y vais donc avec mes propositions.

- Dès qu'Anouk m'appellera, je lui ferai part de cette possibilité, même si j'en doute. Elle doit savoir au plus vite.

Mat laisse le détective me répondre.

- Nous avons considéré un moment pendre cette avenue, monsieur Beauregard. Nous ne vous la recommandons pas. Si votre sœur savait que nous soupçonnions son amie, elle agirait subitement différemment et inévitablement, Sophie ou quel que soit son nom, s'en apercevrait. Allez savoir, elle pourrait être juste derrière elle au moment où vous le lui annonceriez. Nous pensons que ce serait dangereux pour elle si cette usurpatrice se sentait découverte. Dieu sait ce qu'elle ferait dans un tel cas. Naturellement, toutes ces précautions ne tiennent que dans l'hypothèse où Sophie serait effectivement mêlée aux extorsions.

Sa logique se tient.

- Que me suggérez-vous alors ?

- Le sergent Smith m'a dit que vous avez envoyé votre ami Damien Lecourt à Séoul avec la somme d'argent exigée par l'escroc.

Mon silence lui confirme la véracité de son énoncé.

- Votre amie de cœur, Camille - je sens qu'il pèse ses mots - est demeurée à Séoul après avoir remis les premiers 25 000 $.

Même silence de ma part, même conclusion du policier.

Il poursuit sans s'en priver, il n'y a rien de compromettant à énoncer des faits. J'ai hâte qu'il aborde le volet solution, celui-là.

- D'un autre côté, votre sœur et ladite Sophie ont pris le train pour se rendre à Busan. Puis, dans le dernier courriel de l'escroc, il est indiqué que le présumé fraudeur ou complice de Sophie, Maxime, est à leur trousse.

Bravo, tu as tout compris !

- Alors, voici ce que je propose…

CHAPITRE 16

Montréal, samedi 22 juillet, il y a cinq semaines

Anouk fut la dernière victime du tandem Julie-Maxime.

Tout se déroulait relativement bien. Julie et son complice s'estimaient satisfaits de leur taux de réussite. Avec le temps et l'expérience, ils étaient parvenus à cibler efficacement les proies prometteuses. Au début, Julie devait trop souvent se résoudre à jeter des égoportraits pris pour rien puisque sa partenaire d'un soir n'avait rien à cacher. Ils ont appris à maîtriser l'art de mieux détecter les sujets à haut potentiel, comme ils se plaisaient à les désigner entre eux. La femme seule devait sembler légèrement nerveuse avec une tendance à dissimuler son visage ou à se faire toute discrète en plus de s'asseoir dans un des coins les plus sombres de la place. Le reste devenait une question de flair. Après quelques mois, ils avaient réussi à atteindre une moyenne enviable de deux proies sur trois qui tenaient à garder leur petit secret, donc qui payaient les 5 000 $ en échange de leur silence.

Mais, au fil du temps, Julie commençait à se lasser du comportement de Maxime qui exigeait encore et toujours un compte rendu détaillé des ébats amoureux entre elle et sa proie du jour. Ces descriptions ne faisaient pas partie du plan. Il se permettait même de lui suggérer des scénarios érotiques qu'elle devait mettre en œuvre avec la prochaine victime, suivis évidemment d'une rétroaction à son retour. Pour elle, tout ceci était devenu un deuxième travail. Le désir homosexuel ne s'invente pas ; pas plus que le désir hétérosexuel d'ailleurs.

En plus de rapporter de l'argent, elle devait assouvir ses fantasmes de voyeur par procuration. Mais cela n'était pas ce qui l'ennuyait le plus. Détenir deux emplois, danseuse le soir et amante certaines nuits, lui demandait beaucoup.

En conséquence, quelques mois après le début de leur manigance, Julie démissionna du bar de danseuses pour se concentrer uniquement à son nouveau gagne-pain, l'escroquerie.

Un autre terrain de chasse s'imposa. Elle s'était donc rabattue sur les bars fréquentés majoritairement par les lesbiennes. Beaucoup plus payant. Elle n'avait plus à attendre qu'une ou deux fois par semaine, une femme seule se présente à son bar. Chaque soir, ces boîtes regorgent de proies faciles. Il lui suffisait à présent d'identifier les bonnes candidates, celles qui passaient par là par curiosité, juste pour voir, juste pour essayer, juste pour risquer de tomber dans son filet…

À ce jeu, elle n'avait plus besoin de Maxime, qui de toute manière n'était pas le bienvenu dans ce type de boîtes.

En travaillant un ou deux soirs par semaine, les affaires allaient bon train avec une moyenne d'un paiement aux deux semaines, ce qui n'était pas si mal pour le temps investi. Dans deux cas, la personne dupée s'est ravisée et n'a pas déposé l'argent dans leur boîte postale. Tant pis pour elles, les belles photos sur Facebook, avec son propre visage trafiqué, ont dû leur faire regretter leurs économies.

Il y a cinq semaines donc, tout se déroulait normalement quand Julie a eu un autre coup de génie.

Ce soir-là, elle a fait la connaissance de cette femme dans son bar de prédilection. Elles ont discuté toute la soirée, plus longtemps qu'elle ne se le permettait habituellement, question d'optimiser son rendement. Mais cette femme semblait tellement envoûtée par la magie de leur rencontre qu'elle lui a laissé toute la place. Il faut dire qu'il n'y avait pas tellement d'autres candidates en vue ce soir-là.

Anouk était en manque. En manque d'amour et en manque d'attention. Julie l'a écoutée patiemment raconter les moments marquants de sa vie, parler des qualités et défauts de ses précieux amis, de ses rapports avec son frère riche, mais laissé seul depuis la disparition de sa bien-aimée, etc. Même ses défis professionnels à son bureau d'ingénieurs-conseils y sont passés. Tous ces détails donnaient libre cours à Julie pour déterminer quelles affinités elle s'inventera pour qu'Anouk ait l'impression qu'elles ont absolument tout en commun.

Son scénario habituel lui était devenu facile, presque routinier. Julie avait réussi à maîtriser l'art du mimétisme au point où elle déclarait systématiquement avoir effectué deux années d'étude dans la discipline de sa proie, quelle que fût cette discipline ; avoir eu une enfance heureuse ou malheureuse selon ce qui cadrait le mieux avec le cheminement de sa victime et riait ou pleurait en fonction de ce qui collait à la personnalité de l'autre. Elle était devenue une véritable pro de la séduction, rien de moins.

Son problème, ce soir-là, était de figurer si la femme devant elle, avec qui elle avait déjà investi beaucoup de temps, était ou non une bonne candidate pour la suite des choses. Anouk lui semblait ouvertement lesbienne, mais Julie entretenait un petit doute. Est-ce que cela valait la peine de vérifier ? Devait-elle s'astreindre à poursuivre son manège vers les autres étapes : invitation, amour, égoportrait et demande d'argent si elle s'avérait la bonne cible ?

Bon, s'était dit Julie, il était rendu trop tard pour reprendre son scénario depuis le début avec quelqu'un d'autre, la soirée était trop avancée. Aussi bien risquer d'aller jusqu'au bout avec Anouk. En plus, cette dernière détenait un poste important dans une firme réputée. Donc dans le cas où elle aurait des choses à cacher, elle paierait à coup sûr.

Pour donner du piquant à son scénario bien rodé, Julie modifiait son prénom au gré des rencontres.

Ce soir du 22 juillet, Julie s'était métamorphosée en Sophie.

Après l'amour, elle a exécuté sa routine habituelle de prise de l'égoportrait. Elle a vite compris, haut et fort, que sa proie ne mordra pas à l'hameçon, son statut était connu, clair et sans équivoque.

Frustrée de s'être investie toute une soirée pour n'en arriver à rien, elle a détruit la photo sous les yeux d'Anouk puis a quitté son appartement sous son regard déçu et devenu froid. Anouk s'était recouverte jusqu'aux épaules en la regardant sortir. Son merveilleux coup de foudre tombait à plat.

Une fois Julie rentrée chez elle, bredouille, alors qu'elle racontait sa nuit à Maxime, un détail s'est imposé à elle : son fameux frère ; celui qui a de l'agent et qui, ce qui ne gâte rien, aime sa sœur par-dessus tout. Elle venait de flairer une occasion incroyable qui ne l'avait pas frappée sur le coup. Elle a compris ce soir-là qu'il était temps pour elle de se donner plus d'envergure. Elle se devait d'exploiter le filon plus lucratif du frère riche.

Opportuniste, Julie ne pouvait laisser une chance pareille lui filer entre les doigts.

Elle mesurait l'effet foudroyant qu'elle a eu sur Anouk, le comportement de cette dernière ne la trompait pas. Anouk ne pouvait prendre l'initiative de la relancer puisqu'elle ne lui avait pas fourni ses coordonnées, ce qui faisait partie de son modus operandi habituel. C'est elle qui distribuait les cartes. Pour mettre son nouveau plan à exécution, il lui fallait stratégiquement patienter quelques jours, attendre qu'Anouk n'en puisse plus, qu'elle désespère, qu'elle soit prête et là, la surprendre juste à ce moment crucial. Elle savait qu'elle serait pardonnée, l'hypothèse contraire n'était même pas envisageable.

Julie a pensé à tout. Elle a élaboré des scénarios plus fous les uns des autres et s'est mise dans la peau des différents intervenants afin de prédire leurs réactions. Pour ce coup-ci, il lui faudrait plusieurs jours de préparation et d'exécution.

Elles se sont donc revues. Comme prévu, Anouk a acquiescé immédiatement à sa demande. Julie, devenue Sophie, l'a relancée au bon moment, Anouk était juste à point. Elle a offert une explication pour la photo prise sans sa permission, Anouk a compris puis oublié. Tout pouvait recommencer là où le lien s'était brisé.

Anouk s'entendait à merveille avec sa nouvelle amoureuse. L'intérêt que Sophie portait à ses amis, son travail, ses ambitions, ses loisirs et à sa vie en général la flattait. Enfin, une femme qui va au-delà de la surface des choses, se disait Anouk. Sophie, elle, se métamorphosait en amante exceptionnelle doublée d'une personne sensible, curieuse, intéressante avec qui Anouk partageait déjà tant d'affinités.

Sophie devait à présent semer le germe de ce voyage, première étape de son audacieux plan. Il devait avoir lieu le plus loin possible, mais dans un pays où l'on n'a pas besoin de visa et où Anouk n'aurait pas de repères. Deux semaines après leurs retrouvailles, elle aborda l'idée folle et plaça les autres jalons de son projet. Elle n'eut aucune difficulté à trouver une raison, la célébration de leur premier mois de rencontre serait un prétexte gagnant. Pour ce qui est de la destination, Sophie a suggéré que ce soit un endroit sécuritaire, où la température à ce temps-ci de l'année est acceptable, qui se réserve à la dernière minute et qui est dépaysant.

Mission accomplie, c'est Anouk elle-même qui a proposé la Corée du Sud, l'endroit rêvé pour faire son coup.

Julie maintenant Sophie a cette capacité de dégager un charme capable de placer une personne aussi intelligente et autonome qu'Anouk sous son joug. Comme elle voulait éviter que sa nouvelle proie lui propose d'attendre plus longtemps pour faire ce voyage, il fallait faire vite. Presque un mois d'investissement dans une seule affaire lui semblait bien assez d'autant plus que le risque de faire une fausse manœuvre augmentait avec le temps.

De son côté, rarement Anouk s'était sentie aussi bien avec quelqu'un. Accrochée à cette fille, elle vivait un coup de foudre démesuré, inespéré et tellement agréable.

Julie a dicté le rôle de Maxime : entre autres, venir cueillir les documents à l'aéroport de Séoul, que celle-ci lui a évidemment remis sans heurts, et écrire les courriels d'extorsions pendant qu'elle sera occupée à exécuter d'autres facettes du plan.

Elle avouera plus tard que Maxime a tout de même bien réalisé sa partie.

Montréal, aujourd'hui mardi 29 août

Le détective Legendre consulte Mat du regard avant d'aborder le chapitre suivant.

- Je vous propose de demander à votre sœur, la prochaine fois qu'elle vous contactera, de se créer un nouveau compte de messagerie aussi rapidement que possible.

Je m'attendais à tellement mieux !

- Figurez-vous que je lui ai déjà fait la demande, détective. Elle a été passablement occupée et éprouvée ces derniers temps. Elle devrait le créer à son arrivée à Busan.

Je dévisage Mat en lui faisant comprendre du regard que je ne suis pas impressionné par cette trouvaille de son enquêteur.

- Bien, reprit celui-ci sans se soucier de ma réaction. Puisque vous en êtes si certain, lorsque ce sera fait, nous vous suggérons de lui écrire pour lui demander de fuir immédiatement cette femme et de se rendre au consul du Canada à Busan pour se placer sous sa protection, jusqu'à ce qu'elle reçoive un nouveau passeport lui permettant de revenir. Nous les contacterons pour les aviser et nous laisserons le soin aux autorités sud-coréennes d'arrêter Sophie et de nous la retourner, si évidemment nous avons toujours des raisons de croire qu'elle n'est pas celle qu'elle prétend être !

Bravo ! Le doute maintenant.

- Qu'en dites-vous, monsieur Beauregard ?

Mat, qui me connaît assez pour avoir peur de ma réaction devant son subalterne, ne me laisse pas répondre.

- Gabriel, je crois que c'est ce qu'il y a de mieux à faire. Anouk doit se mettre à l'abri de qui que ce soit qui la menace, que ce soit Sophie ou non, et elle doit revenir ici au plus vite.

Bon, il a répondu pour moi !

* * *

Rentré à mon appartement, je n'y trouve que le silence angoissant qui me rappelle mon inutilité à aider Anouk efficacement. Après m'être levé tôt ce matin pour reconduire Damien et à la suite de cet entretien frustrant avec Mat et son enquêteur, je me sens pesant et maussade. La proposition du détective Legendre, bien qu'élémentaire, a le mérite d'être simple d'autant plus que c'est la seule qui est sur la table. Si je réussis à parler avec Anouk et m'assurer qu'elle se crée finalement un nouveau compte de messagerie pour que je la mette en garde contre Sophie, je pourrai demander à Damien de revenir de Séoul, avec mon argent ! Tout finirait bien, enfin, si...

Le téléphone me sort de ma torpeur. Les paris sont ouverts entre Anouk, Damien qui ne devrait pourtant pas être encore arrivé à Séoul et Camille qui me manque beaucoup. J'ai vraiment besoin de communiquer avec Anouk. J'ai hâte de savoir si Damien s'est bien rendu même si je n'ai pas encore reçu d'instruction pour remettre l'argent. Mais égoïstement, la personne à qui je souhaite le plus parler à ce moment-ci, c'est Camille.

C'est la voix de cette dernière qui me fait le bonheur d'ensoleiller ma soirée.

Nous nous chuchotons des mots doux, taquins et réconfortants pour l'un comme pour l'autre. Je ne suis aucunement pressé de changer de sujet. Je laisse la poésie du moment exercer son apaisement et sa magie.

Pas tout à fait rassasié, je ne le serai jamais, je dois me résigner à lui raconter ma discussion avec Mat et son enquêteur.

Camille est sidérée. Elle demeure un instant sans voix, pour mieux bondir.

- Ce n'est pas possible, Gabriel ! Comment une chose pareille pourrait-elle arriver ? Sophie ne serait pas celle que l'on pense ! On dirait un mauvais film. Je n'en reviens pas. Pauvre Anouk !

Elle semble soupeser les conséquences de ce qu'elle vient d'apprendre.

- Si tel est le cas, Gabriel, Anouk doit s'enfuir immédiatement. Dis-moi où elle est, j'irai à sa rencontre, nous ne serons pas trop de deux.

- C'est là que le bât blesse, Camille. Anouk et Sophie ont quitté Séoul pour Busan, à environ deux heures trente de train vers le sud. Je ne sais pas à quel hôtel elles logeront. Probablement, elles non plus. Elles n'ont toujours pas retrouvé leurs cartes de crédit et n'ont plus beaucoup d'argent. Ah oui ! Anouk s'est fait reprendre son passeport, vraisemblablement par le complice de Sophie, donc elle ne peut sortir du pays avant qu'un autre lui soit remis.

- C'est incroyable ! Je suis consternée d'apprendre ceci, pour elle et pour toi, Gabriel.

Les modulations de sa voix trahissent son émotion.

- Attends, j'y pense ! Si Sophie est effectivement dans le coup, elle ferait donc semblant, elle, de ne pas avoir d'argent ni de cartes de crédit ! Mon Dieu ! Je ne sais plus qu'en penser.

- Que puis-je faire ?

- Tu en as déjà assez fait, Camille. Anouk doit se créer un nouveau compte de messagerie. La police me suggère de ne pas lui dire au téléphone ce que nous savons, si un jour elle m'appelle. Je devrai lui écrire pour qu'elle soit à l'abri des regards de Sophie quand elle apprendra la vérité sur cette dernière, si toutefois c'est la vérité bien que tout converge dans cette direction. Je le ferai dès que je recevrai sa nouvelle adresse courriel, si elle se décide enfin à s'en créer une autre.

- Si la fameuse Sophie se doute que vous avez des soupçons sur elle, que peut-il se passer ? Elle semble tout connaître à propos de toi et de tes amis. Elle a des antennes cette fille.

Elle touche un bon point.

Elle en rajoute.

- Et puis, si Anouk et Sophie sont rendues à...

- Busan.

- Busan, d'accord. Donc, si Sophie est celle que vous supposez qu'elle est, ton ami Damien devra probablement remettre l'argent là où elle se trouve, c'est-à-dire à Busan. À moins qu'elle ait un complice à Séoul pour ramasser la cagnotte.

Je n'avais pas vu les choses sous cet angle.

- Si je comprends bien ton raisonnement, Camille, tu suggères que si Sophie est bien l'escroc, elle demandera à ce que l'argent lui soit livré à Busan. Sinon, je ne sais pas ce que nous pourrions en déduire sauf évidemment qu'elle aurait un complice à Séoul.

- Tu me comprends mieux que moi-même, Gabriel. Ce dont je suis certaine à présent c'est qu'Anouk est encore plus en danger que nous le pensions, si Sophie est bien celle que tu crois, bien entendu.

Elle prend une pause pour rassembler ses idées.

- Si tu ne réussis pas à lui écrire le plus rapidement possible à propos de vos doutes, elle court certainement un danger dont l'ampleur est difficile à prédire.

La belle voix de Camille, celle qui me réconforte si bien, sait aussi m'inquiéter.

- Pourquoi ne m'écrit-elle pas ? Je lui ai pourtant dit je ne sais combien de fois de se créer un compte !

Camille ne me propose aucune réponse, faute d'en avoir à offrir.

- J'hésite à te demander cela, Camille.

- Ne le fais pas, Gabriel. Je prends le prochain train pour Busan. D'ici à ce que j'arrive, tu devrais avoir eu des nouvelles de ta sœur et connaître l'endroit où elle et Sophie logeront.

Elle est formidable cette fille. Que j'ai hâte de l'avoir dans mes bras !

CHAPITRE 17

Séoul, mercredi 30 août

Quand Damien sort de l'aéroport d'Incheon après avoir récupéré ses bagages, il suit la recommandation de Gabriel et prend le taxi pour se rendre à son hôtel. Il sait que son ami le connaît assez pour ne pas lui imposer de comprendre le fonctionnement d'un réseau de transport en commun étranger. Comme il a peu ou pas dormi dans l'avion le menant de Vancouver à Séoul, Damien assume très bien son manque d'audace.

C'est la première fois qu'il fait un si long voyage. Il a entendu parler de ceux de Gabriel, mais expérimenter de si près le décalage horaire, le dépaysement, l'isolement et le choc culturel le rend nerveux. Alors, lorsqu'il arrive finalement à sa chambre d'hôtel, il éprouve davantage le besoin d'entendre la voix familière de Gabriel que la nécessité de se coucher. N'est-ce pas ce que celui-ci lui avait demandé de toute manière ?

La réaction de son interlocuteur le décevra pourtant.

- Ah, c'est toi ! Damien.

- Tu me reprendras à parcourir la moitié de la planète pour te rendre service. J'ai l'impression que je dérange monsieur !

- Désolé, Damien, je croyais que c'était Anouk.

- Ce n'est que moi. Comme tu m'as sommé de le faire, je t'appelle juste pour te dire que je suis bien arrivé. Maintenant, si mon appel défait ton petit programme, je peux très bien aller me coucher d'autant plus que moi je suis rendu au mercredi tandis que toi tu as toute une belle nuit devant toi avant de me rattraper. C'est d'ailleurs ce que je devrais faire, retrouver mon lit plutôt que de t'imposer ma personne.

En examinant la figure déconfite de Damien, transmise par FaceTime, je n'ai aucune difficulté à me mettre à sa place. *Par contre, je trouve qu'il lance des réparties qui commencent à ressembler étrangement à celles de Mat ! Contamination peut-être !*

- Encore une fois désolé, Damien, tu dois être à bout après ce fastidieux voyage.

Mes excuses semblent le satisfaire. Il se calme et vient aux nouvelles.

- As-tu reçu les instructions pour la remise de l'argent ?

- Non, pas encore. Je n'aime pas ce long délai. J'espère que rien ne cloche. De ton côté, tu n'as pas eu de difficultés avec la douane.

- Non, ils n'ont pas fouillé mes bagages. J'avais tellement peur qu'ils le fassent et qu'ils trouvent l'argent liquide que je n'ai pas déclaré. - Puis il rajoute ceci sur un ton de défiance - Ne me demande plus jamais de mentir en passant aux douanes !

J'enregistre, mais je ne réagis pas. J'évite de le mettre au courant des doutes que la police émet sur le rôle de Sophie. Je crois que sa cour est pleine.

De toute façon, il m'amène sur un autre sujet.

- Est-ce que ta nouvelle petite amie est rentrée à Montréal ?

Bon, qu'est-ce que je lui réponds ?

- Non, pas encore.

Il ne rajoute rien. C'est aussi bien ainsi, car j'aurais dû lui faire part des derniers évènements.

- Où est-elle, Gabriel ? Je sens que tu me caches quelque chose.

C'est reparti. Damien, que j'ai tendance à sous-estimer, me pousse encore une fois dans les câbles.

Je le mets donc au courant de tout ce que je sais et ne lui ménage pas les doutes qui sont sur la table à propos de Sophie. Je lui avoue aussi que Camille est en route pour Busan, cela ne servirait à rien de le lui cacher, il finirait par me faire cracher le morceau.

Même fatigué, il arrive à deviner les petits secrets de gens aussi facilement que moi je lis un état financier.

Une fois mon exposé terminé, il prend une pause pour assimiler ce que je viens de lui annoncer. Ou peut-être s'est-il endormi.

- Damien !

- Qu'est-ce que je fais maintenant ?

Il ne dort pas.

- La situation évolue trop rapidement à mon goût. Je ne sais pas encore s'il sera nécessaire de remettre l'argent que tu as apporté. Si oui, serait-ce à Séoul ou te faudra-t-il aller à Busan ? L'escroc, ou Sophie, ou les deux doivent savoir que tu es arrivé à Séoul. Ils vont certainement prendre contact avec toi ou moi, sous peu. Pour l'instant, va te coucher.

Il ne réagit pas à la possibilité de devoir se rendre à Busan ni à l'éventualité que le ou les escrocs le contactent directement. *Vive la fatigue provoquée par le décalage horaire !*

- Merci pour le grand service que tu nous rends, Damien. Sans toi, je ne sais pas ce que je ferais.

- Avant que tu me fasses pleurer, je te laisse.

Il raccroche. Je ne crois pas qu'il faisait vraiment une plaisanterie !

Montréal, mercredi 30 août

Je vérifie si souvent mes nouveaux courriels que je laisse mon cellulaire branché en permanence pour qu'il demeure chargé.

Tout d'un coup, j'entends le son distinctif d'un appel entrant, je cours vers le comptoir de la cuisine sur lequel repose mon appareil.

- Gabriel Beau…

Elle ne me laisse pas terminer.

- Gabriel, c'est moi !

La voilà enfin !

Au même moment, j'entends la téléphoniste qui me demande si j'accepte les frais de l'appel interurbain. Je lui réponds oui immédiatement, Anouk n'a toujours pas de cellulaire. Elle doit m'appeler d'une cabine téléphonique ou de son hôtel.

- Anouk, enfin je peux te parler.

- Et moi, donc. Jamais je n'aurais imaginé une telle aventure pour célébrer notre premier mois de rencontre.

Sa voix est bonne. Elle ne se doute évidemment de rien.

- Est-ce que Sophie est près de toi en ce moment ?

« Gabriel veut savoir si tu es près de moi ! Qu'est-ce que tu en penses ? »

Je l'entends parler de toute évidence à Sophie. J'ai ma réponse.

- Nous sommes maintenant devenues inséparables. Nous avons considérablement de temps à rattraper !

- Je vois.

Mon ton n'était possiblement pas des plus convaincant. Elle poursuit.

- En fin de compte, nous avons pris un train pour Busan, tu connais peut-être. C'est à deux ou trois heures de Séoul. Ici, je suis certaine que le salaud qui m'a repris mon passeport ne nous trouvera pas.

Je sais qu'elle est à Busan, je sais que le salaud comme elle le dit y est probablement aussi. Que j'aimerais tout lui dévoiler maintenant !

- Je me sens à nouveau en vacances, Gabriel. Notre première impression de Busan est très bonne. Je vais entamer les démarches auprès du consulat canadien à Busan pour qu'on me délivre un nouveau passeport. D'ici à ce que ce soit réglé, j'utiliserai ce temps pour faire du rattrapage touristique. J'aviserai mon employeur si les formalités devaient s'étirer.

Elle ne s'arrête pas. Je l'écoute, sans l'interrompre. Elle a droit à son moment de bonheur avant que je lui crève cruellement sa bulle. Tout y passe, son plaisir d'être dans cette belle et grande ville qu'elle a bien hâte de découvrir avec son amoureuse, son besoin de se refaire des forces et son amour pour Sophie.

Le seul bémol est leur manque d'argent. Comme elle n'a plus son passeport pour prouver son identité, elle me demande si je peux transférer un petit montant au nom de son amie parce que Sophie, elle, a le sien pour s'identifier. Évidemment, elle ajoute qu'elle me le rendra à son retour.

Je n'ai pas le temps de réagir, j'entends quelqu'un lui parler. Je discerne mal la voix lointaine, certainement celle de Sophie.

« Non, Anouk, je ne veux pas l'argent de ton frère. J'aurais peur de donner l'impression que nous ne pouvons pas nous tirer d'affaire sans lui. Laisse tomber ton idée, nous trouverons autre chose. »

- Changement de programme, grand frère. Sophie, la pure, ne veut pas de ton argent.

Je les entends ricaner de complicité. *Pas folle, la belle Sophie qui préfère garder son identité pour elle, enfin, c'est ce que je présume !*

- Anouk, écoute-moi un instant.

- Je suis toute à toi, grand frère rabat-joie.

Je choisis mes mots, Sophie écoute tout ce que l'on se dit.

- Ouvre-toi au plus vite une adresse courriel. Je te ferai parvenir une copie de ton certificat de naissance, si tu me fais savoir où il est caché, pour faciliter tes démarches d'émission d'un nouveau passeport. Ce ne sera peut-être pas assez, mais ce sera un début.

- Très bonne idée. En sortant de la chambre, si Sophie me laisse partir - je l'entends encore rire - je trouverai un café internet dans le coin et exécuterai tes ordres à la lettre.

- C'est très important, Anouk, les démarches peuvent être longues, il vaut mieux commencer tout de suite.

Elle me donne l'endroit inusité où est rangé son certificat de naissance que je n'avais pas trouvé. Je retournerai à son appartement plus tard pour le prendre.

Je crois que je l'ai convaincue cette fois. J'espère qu'elle sera libre de ses mouvements.

* * *

J'ai la désagréable impression de n'être qu'un spectateur qui observe les joueurs à distance sans prendre activement part à la joute. Mat et son détective Legendre font du travail d'enquête tandis que Camille puis Damien à présent sont sur le terrain. Moi, je me contente de transmettre les messages de l'un ou de l'autre vers l'un ou l'autre. Ce rôle de second plan me frustre.

* * *

Il entra finalement à 3 heures du matin. Il y a longtemps que j'ai désactivé le mode nuit de mon cellulaire pour qu'il me signale l'arrivée d'un message, quelle que soit l'heure.

Debout, penché sur le comptoir de cuisine faiblement éclairé par la seule lueur de mon appareil, je m'empresse d'entrer mon code.

Elle a réussi !

Coucou, Gabriel,

Je peux enfin t'écrire !

Voilà, je t'ai tout dit tout à l'heure. Tu n'as qu'à m'acheminer la copie numérisée de mon certificat de naissance à ma nouvelle adresse : anoukseoul@hotmail.ca.

J'espère que cela suffira. Maintenant que tout semble maîtrisé, je te laisse tranquille. Ne t'inquiète pas. Sophie a des idées pour trouver de l'argent. Je suis officiellement en vacances.

On se voit à mon retour le 4.

Anouk

Même s'il fait nuit ici, je lui réponds immédiatement, qui sait, elle sera peut-être encore devant son écran. Incidemment, je ne comprends pas où elle est allée chercher son « Coucou, Gabriel », ce n'est pas son genre. Moi je préfère faire plus modéré vu les circonstances.

Anouk,

Sophie n'est peut-être pas celle que tu crois être ! Mat et son équipe se doutent qu'elle est impliquée dans le vol de tes cartes et de ton passeport sans parler de la demande d'argent pour ta sécurité.

Mat veut que tu ailles immédiatement au consulat canadien à Busan et que tu te places sous leur protection.

Nous aviserons à partir de là. Fais-moi savoir quand tu y arriveras. Je m'inquiète pour toi.

Gabriel

Mon interminable attente débuta.

CHAPITRE 18

Busan, jeudi 31 août

- Tu en as mis du temps, Sophie !

- Il semble que nous soyons les seules dans cette ville à ajouter du lait dans nos cafés. D'abord, j'ai dû commencer par me faire comprendre de la préposée à la réception. Quand ce fut fait, elle m'a prise pour une extra-terrestre. Finalement, elle a pris une éternité pour dénicher ces deux malheureux godets de lait. Demain, ce sera à ton tour ou nous nous passerons de café comme nous l'avons fait ces trois derniers jours.

Sophie se compose une mimique qu'Anouk décode comme une étant une invitation à ne pas prendre ses paroles trop au sérieux.

En retour, Anouk lui sourit tendrement.

- Demain, je te trouverai du lait ainsi qu'à tous les autres matins jusqu'à notre départ si tu le veux, pourvu que tu sois là pour boire ton café avec moi.

Elle est à des années-lumière des tourments des derniers jours. Si dénicher du lait pour le café qu'elles se préparent dans leur chambre est à présent leur plus grand souci, quel contraste ! La suite de leurs vacances sera merveilleuse.

- Alors, Sophie, quel est notre programme de la journée ?

Cette dernière qui vient de finaliser le savant dosage de café et de lait dépose une des deux tasses sur la table de chevet à côté d'Anouk puis fait le tour du lit pour la retrouver sous les couvertures, après avoir placé l'autre café sur la sienne.

- Je pensais justement à cela cette nuit.

- Ce n'est pourtant pas l'impression que tu m'as donnée la nuit dernière !

- Très drôle, Anouk !

- Ah ! Que veux-tu ? C'est plus fort que moi, je suis tellement comique, tu le constateras quand tu me connaîtras mieux.

Sophie prend un air plus circonspect.

- Pour te dire la vérité, j'ai pensé à ma tante Yvonne. Elle est veuve et vit bien avec sa pension et celle de son défunt mari. En plus, elle m'aime beaucoup. Elle pourra certainement nous prêter le montant qu'il faut pour terminer notre voyage. Avec 5 000 $, nous en aurons plus qu'assez pour payer la note d'hôtel et manger autre chose que des bananes et du pain. Je préfère lui en demander plus que pas assez. Elle ne sera pas du genre à faire des histoires. Il nous en restera assurément et bien sûr, je lui remettrai son prêt dès que je rentrerai à Montréal. Qu'en dis-tu ?

- Je trouve cela étrange. Tu ne voulais pas que mon frère nous passe de l'agent, mais tu es prête à en accepter de ta tante à présent.

Sophie se concentre sur sa tasse.

- Je suis plus à l'aise d'en demander à ma famille, ton frère nous a assez aidées. Que veux-tu ? Moi aussi j'ai droit à mes petits caprices.

- Comment ? Moi aussi.

- Tu ne me prendras pas à m'aventurer sur ce terrain, surtout avant mon petit déjeuner.

Anouk n'insiste pas, elle voulait seulement la taquiner.

- En sortant d'ici, je me trouve un café internet et je lui écris. Si la chance nous sourit, elle me transférera le montant aujourd'hui même et nous aurons l'argent à la fin de la journée, à temps pour se payer un méga souper ce soir.

- Amène ton passeport avec toi, Sophie, nous vérifierons avant de revenir à l'hôtel si l'agence de transfert de fonds a reçu l'argent.

- Tu as raison, comme toujours. Bon, nous avons donc un début de programme. Commençons comme d'habitude par notre petit déjeuner ici à l'hôtel, au moins lui il est inclus avec la chambre. Ensuite, nous passerons par un café internet pour accomplir ma mission avant d'explorer de nouveaux quartiers de la ville. Finalement si tout va bien, nous récupérerons l'argent à l'agence et nous nous paierons un souper gargantuesque.

- Je prends ma douche la première !

* * *

Ce matin, lorsqu'enfin Julie a répondu aux nombreux messages laissés par Maxime, il avait bien des choses à lui dire.

Il a essayé en vain de la contacter sur son cellulaire depuis les trois derniers jours. Faute de réponses, il s'est résigné à lui laisser des messages vocaux basés sur le même thème : « rappelle-moi dès que possible, c'est important ». Il savait qu'Anouk ne logeait plus à l'hôtel qu'il lui avait trouvé à

Séoul. Julie et Anouk auraient donc changé d'hôtel pour qu'il ne les retrouve pas.

Alors quand Maxime entend la voix de Julie, il ne lui donne pas la chance de placer un mot.

- Où es-tu ? Anouk Beauregard est-elle toujours avec toi ? Tu es devenue complètement folle. Tu vas finir par te faire arrêter. Tu sais ce que je pense de ton plan. Il est beaucoup trop risqué, tu vas te faire prendre et je tomberai avec toi. Nous avons l'argent, partons, Julie. Allons réaliser notre rêve, c'est encore possible. Je te laisserai la moitié du 25 000 $. Julie…

Il prend enfin une pause, surpris lui-même par l'émotion qui s'empare de lui

- Je m'ennuie de toi.

Elle profite de ce moment de tendresse pour finalement placer un mot.

- Tu as 20 000 $. Part, va réaliser ton rêve à toi. Le mien est plus ambitieux, tu n'as pas ce qu'il faut pour comprendre. Ne me recherche plus, de toute manière tu ne me trouveras jamais à Séoul ou à Montréal.

- Es-tu encore en Corée du Sud ?

- Cela ne te regarde pas. Fais ta vie, je ferai la mienne de mon côté. Ah oui ! Je n'ai pas de félicitations à te faire pour avoir volé le passeport d'Anouk Beauregard. Ce n'était pas très malin de ta part ! Je n'en ai même pas besoin pour convaincre son frère de me payer et je sens qu'il a de plus en plus envie de le faire. Tu lui as donné ton prénom pour rien, j'aurais compris de toute manière que c'était toi qui essayais de me couper l'herbe sous les pieds. Pour qui me prends-tu ? Tu as fait cette mise en scène inutilement.

Maxime constate un changement dans la voix de son ancienne amie qu'il a du mal à reconnaître.

Elle poursuit.

- Par contre, je dois avouer que ton intervention avec Anouk me sert très bien. Il est toujours pratique de donner l'impression qu'il y a un homme vicieux caché dans l'ombre.

Elle hausse le ton à présent.

- Si tu ne veux pas m'aider, au moins, n'essaie pas de me nuire.

- Où es-tu ?

- Ce n'est plus de tes affaires, Maxime. Retourne à Montréal ou dans les îles du sud, mais ne te retrouve plus sur ma route.

Après un court silence, Maxime se risque sur un autre front.

- Je ne te laisserai pas faire, Julie. Il n'est pas question que tu fasses encore plus de mal à cette fille ou à son frère.

- Tu ne peux rien faire, même pas me dénoncer sans t'incriminer toi-même.

Il se tait, déchiré à la fois par la colère, la peur, la pitié et à sa surprise, par la peine qu'il s'étonne de ressentir en entendant sa voix.

- Rentre à Montréal, Maxime. C'est ce que tu as de mieux à faire. Oublie-moi. Tu as la mise de fonds requise. Va acheter ton bateau et trouve-toi quelqu'un avec qui vivre ton rêve. Nous deux, c'est terminé.

Il encaisse puis émet un commentaire qui ressemble à une question.

- Tu ne feras pas de mal à la fille !

- Pas si tout se déroule comme prévu.

* * *

Après le petit déjeuner à l'hôtel, situé à proximité de la station de métro Seomyeon, les filles se sont mises à la recherche d'un café internet.

Sous la douce chaleur du matin, avec leurs mains qui se frôlent à chaque pas, leurs yeux qui épient les vitrines des échoppes et leurs nez qui devinent les odeurs orientales des petits restaurants de grillades ; elles ont trouvé ce qu'elles cherchaient avant même d'être rendues à la station de métro.

- C'est mon frère qui va être fier de moi, depuis le temps qu'il veut que je me crée un nouveau compte.

Sophie ne réagit pas et la suit à l'intérieur.

Il n'y a qu'une personne, afféré à un écran.

- Vas-y, Sophie, fais comme tu m'as dit que tu le faisais quand tu écrivais à mon frère alors que vous cherchiez à me retrouver. Demande au type là-bas s'il veut céder cinq minutes de son temps à deux pauvres femmes sans argent. Je te regarde manœuvrer d'ici.

Sophie hésite un moment puis se dirige lentement vers la personne devant le seul écran actif. Anouk la voit s'arrêter et revenir vers elle.

- Toi, tu me déconcentres. Attends-moi dehors. Tiens, va voir les robes à côté même si tu n'as pas encore les moyens de t'en acheter une. Je fais la manœuvre, j'écris à ma tante puis je te rejoins.

Anouk ne bouge pas.

- Allez, va. Je t'y retrouve à l'instant.

Anouk lui fait une mimique résignée puis laisse son amie intimidée par elle accomplir sa mission en toute quiétude.

Elle a à peine le temps de lorgner une ou deux robes qu'elle ne peut s'offrir. Sophie, l'air triomphant arrive.

- Déjà !

- Il a été plutôt coopératif, je n'ai pas eu à utiliser mon plan B.

Offusquée, Anouk n'a pas écouté ce que son amie venait de lui dire ou peut-être a-t-elle simplement décidé de l'ignorer.

- Tu devais me prévenir avant de terminer pour que j'ouvre mon compte de messagerie !

- Bien que coopératif, le type avait ses limites, Anouk. Il se dandinait derrière moi. Je n'ai pas osé lui quémander une minute de plus pour venir te chercher, alors j'ai pris l'initiative d'écrire moi-même à ton frère. Il me fera parvenir des documents qui pourront t'aider à compléter ta demande de passeport.

- J'y retourne.

- Non !

- Comment, non ?

- Je veux dire que tu ne devrais pas y aller.

Le visage d'Anouk se transforme.

- Et pourquoi donc ? Tu ne me crois pas capable de réussir aussi bien que toi avec ton type.

- Je trouve que ton frère te talonne de très près. Heureusement que je ne suis pas jalouse ! Je comprends l'affection qui vous relie tous les deux, mais c'est avec moi que tu passes tes vacances, pas avec lui. Je ne sais pas comment tes autres amies réagissaient, mais moi je considère qu'il est passablement envahissant.

Anouk est surprise par cette confidence. Elle commence à se demander si Sophie n'a pas raison après tout. Elle lui présente son frère sous un autre angle.

Cette dernière profite de la brèche mise en évidence par la physionomie incertaine d'Anouk.

- Il a été d'une grande utilité et très présent pour nous sortir de notre mauvaise position. De plus, tu m'as dit qu'il a même versé un gros montant pour que nous retrouvions nos passeports. Je suis reconnaissante de ce qu'il a fait pour nous et crois-moi, je le remercierai dès que tu me le présenteras à notre retour. Mais je voudrais être avec toi, uniquement avec toi, de corps et d'esprit pour les quatre jours qui nous restent à passer ensemble. Lundi prochain sera vite arrivé. Me trouves-tu trop égoïste ?

Anouk accepte sa main, mais demeure perplexe. Son ton devient moins aigu.

- Tu lui as écrit !

- Je te connais assez pour savoir que tu n'aimerais pas mon ingérence dans tes affaires, mais dans les circonstances je n'avais pas vraiment le choix. Il te reste peu de temps pour te faire délivrer un nouveau passeport et je ne veux pas te partager avec ton frère. Alors, j'ai choisi le scénario égoïste.

Le regard d'Anouk s'attendrit. Elle serre encore plus fort la main de son amoureuse.

- Ne me fait plus jamais le coup.

Puis d'un ton complice, elle ajoute :

- Tu me le diras quand tu recevras les documents.

- Compte sur moi.

Sophie lui fait face à présent.

- Incidemment, tu as devant toi une fille riche.

- Ne vend pas la peau de l'ours avant d'avoir vu la couleur de ton 5 000 $, Sophie.

- Ma tante acceptera, tu verras.

* * *

Au même moment, je reçois un courriel d'Anouk.

> *De : Anoukseoul@hotmail.ca*
>
> *Bonjour Gabriel,*
>
> *Je ne sais pas quel est votre problème à toi et à Mat, je ne cours aucun danger avec Sophie. Merci de nous avoir fait libérer, mais nous sommes présentement loin de celui qui m'a volé mon passeport et qui t'a escroqué. Il ne faudrait pas en devenir paranoïaque.*
>
> *J'attends le document dont nous avons parlé.*
>
> *S'il te plaît, n'essaie plus de me contacter, j'aimerais passer les 4 derniers jours de mes vacances paisiblement avec Sophie.*

Anouk

La prochaine fois que Damien prendra contact avec moi, je lui demanderai de se préparer à remettre l'argent qu'il transporte, que ce soit à Séoul, à Busan ou ailleurs. Anouk refuse de croire qu'elle est en danger avec cette fille.

Je transmets à Mat le dernier courriel d'Anouk ainsi que les deux précédents. Après lui avoir laissé une demi-heure pour en tirer une conclusion quelconque, je l'appelle.

Il répond immédiatement.

- Sergent Mathieu Smith à l'appareil.

Pour une rare fois, je n'ai aucun mot d'esprit qui me vient en tête.

- Mat, c'est moi. Anouk ne veut plus que je l'importune. Sophie l'a complètement envoûtée.

- Je sais, nous analysons les courriels que tu viens de nous faire parvenir. Samuel m'a fait part de sa théorie.

- En plus, il développe des théories, le super agent. Ne le laisse jamais partir celui-là.

- Veux-tu la connaître ou non ?

- Certainement, monsieur, je veux la connaître, sa théorie.

- Le ou les courriels d'Anouk ne seraient pas d'elle, mais de Sophie qui se fait passer pour elle.

J'encaisse.

- Alors, Anouk ?

Il ne répond pas.

- Je te parle, Mat !

- Nous n'avons pas de raisons de croire que quelque chose de grave lui serait arrivé.

Il n'en est pas certain, je le sens.

- Que puis-je faire ?

- Attendre qu'elle t'appelle d'elle-même et lorsqu'elle le fera, si elle le fait, t'assurer que Sophie n'est pas près d'elle. Si elle l'est, trouve un prétexte pour qu'elle s'en éloigne afin que tu puisses lui parler librement.

- Attendre ! Il semble que je ne fais que cela, attendre. N'as-tu rien d'autre à me proposer ?

- Non. Attends.

CHAPITRE 19

Montréal, vendredi matin 1er septembre

Comme elle le fait tous les soirs depuis son arrivée à Séoul et maintenant Busan, Camille me téléphone, à frais virés ou par FaceTime en fonction de l'endroit où elle se trouve. Quelle belle façon de commencer ma journée de ce côté-ci du globe ; évidemment, je fais allusion à son appel, non pas au fait qu'il soit parfois à mes frais ! C'est, encore une fois, un bonheur de l'écouter me faire un résumé de ses plus récentes découvertes touristiques et une peine partagée qu'elle vive seule ce moment. Elle me décrit avec plaisir l'ambiance des petits restaurants-grillades qu'elle a fréquentés, les magnifiques gratte-ciel qui se disputent le paysage avec les montagnes omniprésentes, les plages semées çà et là dans certains quartiers de la ville, la jeunesse branchée toujours tirée à quatre épingles et la gentillesse des gens.

Camille est une fille qui, comme moi, adore faire des découvertes même si elle n'a pas eu la chance de beaucoup voyager.

Lors de ses longues marches, elle toise assidûment les rares visages occidentaux qu'elle croise en les comparant à la photo de ma sœur que je lui ai fait parvenir. Comme à chacun de ses appels, elle se résigne à m'annoncer qu'elle ne l'a pas aperçue, mais que peut-être demain...

Non, elle ne réside pas au même hôtel qu'Anouk, car nous ne savons pas où elle et Sophie sont descendues.

Après quelques minutes, je la devine plus évasive.

- Y a-t-il quelque chose qui ne va pas, Camille ?

- Oui, me répond-elle instantanément d'une voix effacée.

Ma tension monte d'un coup. Je me sens tellement impuissant si loin d'elle.

- Un jour, je devrai m'occuper de trouver des contrats de traduction ou un emploi permanent. J'ai postulé pour quelques postes à partir d'ici, mais je devrai être présente pour la suite. Et puis, je m'ennuie de toi. Quand est-ce que je rentre ?

Ouf ! Rien de grave.

- Je te donne raison, Camille, je t'en demande beaucoup, mais comme tu le constates, les choses ne se passent pas comme elles devraient. Nous sommes de plus en plus certains que Sophie, l'amie d'Anouk, est dans le coup. Nous soupçonnons qu'elle a écrit les derniers courriels soi-disant expédiés par Anouk. Nous n'avons plus aucune façon de communiquer avec elle. J'ai peur que Sophie contrôle les faits et gestes de ma sœur. Elle l'a envoûtée et maintenant elle la piège. Et moi, je me sens tellement con dans tout ceci !

Ma dernière phrase est partie toute seule, avec trop d'émotion. Je m'en suis voulu au moment même où elle sortait de ma bouche.

- Gabriel, mes contrats peuvent attendre encore un peu, ne t'en fais pas. Quant à mon ennui, bien, j'avoue que tu me manques. Mais bon, nous rattraperons le temps perdu compte sur moi.

Je ne sais pas quoi lui répondre.

Elle règle mon problème en poursuivant.

- Dis-moi ce que tu veux que je fasse. En attendant, si tu trouves à quel hôtel ta sœur se loge, je pourrais m'y rendre demain matin.

- Nous n'avons aucune façon de savoir où les deux femmes résident. Même Mat n'a pu les localiser. Elles doivent être inscrites sous le nom de Sophie qui n'est possiblement pas son vrai prénom, sans parler de son nom de famille qu'Anouk semble être la seule à connaître. Nous n'avons aucun moyen d'effectuer une recherche dans les registres hôteliers.

- Le fraudeur s'est-il manifesté ?

- Pas encore. Je n'aime pas cela non plus. Il y a quelque chose qui cloche.

- Que comptes-tu faire alors ?

- Je vais payer, évidemment. Damien ne demande qu'à régler l'affaire pour revenir ici au plus vite.

- Ce n'est naturellement pas mon cas ! N'est-ce pas ?

- Camille, je suis navré, je ne voulais pas t'offusquer. Tu as mal interprété mes paroles.

- Tu vois bien que je te fais marcher. J'admets par contre que je comprends ton ami qui a hâte, comme moi, de revenir à Montréal.

Elle a le don de me tendre des pièges dans lesquels je me jette, tête première.

- Je t'aime, Gabriel. Tu es tellement facile à taquiner, pourquoi m'en priverais-je ?

J'aime de plus en plus cette fille.

- Je t'appelle demain soir, probablement à tes frais - je l'entends ricaner - entre-temps, écris-moi s'il y a du nouveau et, ah oui, ne t'en fais pas avec mon humour, tu t'y habitueras.

Vancouver, vendredi matin 1er septembre

- D'où venez-vous, monsieur ?

- De la Corée du Sud.

- Je vois que vous n'avez rien à déclarer. Pas de souvenirs, pas de cigarettes, pas de boisson ?

- Non, rien.

Le douanier canadien lui jette un regard puis estampille sa carte de déclaration.

- Vous pouvez passer.

- Merci.

Soulagé, Maxime Legrand se dirige vers le carrousel pour prendre possession de ses bagages. Vancouver étant sa porte d'entrée au Canada, il doit passer la douane, récupérer sa valise, présenter sa carte de déclaration à l'agent à la sortie de la salle de réception des bagages, puis consigner à nouveau sa valise pour son prochain segment de vol vers Montréal.

Il pensait que tout se déroulerait dans cette séquence jusqu'à ce qu'il remette à un agent sa carte estampillée par le douanier, à la sortie de l'aire de réception des bagages.

- Veuillez vous diriger par ici, monsieur.

L'agent lui indique l'entrée d'une petite salle attenante.

Maxime réalise immédiatement que quelque chose ne va pas puisque la sortie se trouve devant lui et non pas dans cette salle.

- J'ai un autre avion à prendre pour Montréal, monsieur l'agent, je suis un peu serré dans le temps.

- Par ici, monsieur. Ce ne sera pas long.

Tout s'accélère dans sa tête. Aurait-il dû déclarer quelques articles fictifs pour ne pas attirer de soupçons ? Est-il simplement victime d'un système de fouilles aléatoires ? Vont-ils découvrir l'argent comptant qu'il a sur lui, mais qu'il n'a pas déclaré ?

L'air austère du policier ne lui laisse aucune autre alternative. Rien ne sert d'argumenter. Il bifurque donc vers la gauche, résigné, en direction de la salle de fouille.

Montréal, vendredi matin 1er septembre

- Gabriel, c'est moi.

- Mat, à force de me morfondre ici, j'ai peur de devenir fou. Annonce-moi une bonne nouvelle, j'en ai vraiment besoin.

- D'accord.

- D'accord quoi ?

- D'accord pour t'annoncer une bonne nouvelle.

La discussion devient un peu complexe à suivre, je me tais, je sens qu'il a quelque chose à m'apprendre.

- Nous avons arrêté le complice de Sophie, Maxime Legrand.

Il me coupe le souffle.

- Il a été épinglé à Vancouver lors d'une vérification de routine. Maxime, qui est incidemment son vrai prénom, avait 19 500 $ en liquide sur lui qu'il n'avait pas cru utile de déclarer. Ils ont donc procédé à une fouille plus poussée et tu ne devineras pas ce qu'ils ont trouvé.

- « Ils », comme ton détective et son équipe ou comme les douaniers efficaces de Vancouver ?

Je me demande pourquoi je me fais languir moi-même. Cette affaire a fini par m'atteindre plus que je veux l'admettre.

Heureusement, Mat me connaît assez pour le percevoir. Il ne relève donc pas ma petite question inopportune.

- Les douaniers ont trouvé sur lui la carte de crédit d'Anouk Beauregard ainsi que son passeport. La gendarmerie royale l'escortera jusqu'à Montréal.

* * *

Pourquoi, depuis l'appel de détresse d'Anouk mardi de la semaine dernière, une bonne nouvelle est-elle toujours suivie d'une mauvaise ? Je commençais à peine à savourer l'annonce de Mat que je reçois ceci :

Bonjour, monsieur Beauregard,

Le temps presse pour votre sœur.
Personne sauf moi ne sait où elle se trouve.
Sans argent ni passeport, elle n'a que moi
pour s'assurer qu'il ne lui arrive rien.
Demandez à votre ami Damien de se
rendre à Busan. Demain, samedi, il devra
déposer l'enveloppe contenant les
100 000 $ à 15 h derrière le présentoir de
cartes postales du bureau d'information
touristique à l'entrée du village culturel
Gamcheon de Busan. Il devra être seul et
quitter les lieux immédiatement.

N'oubliez pas, je sais tout ce que vous
faites. Si vous en parlez à votre ami policier,
Anouk ira rejoindre Marie, je ne vous le dirai
pas deux fois.

Anouk

Je réponds immédiatement à l'expéditeur, probablement Sophie, mais en évitant de la nommer, que Damien y sera et que je me plierai à ses exigences. Je ne veux créer aucun doute.

Dans un deuxième temps, je réachemine la note à Damien en lui stipulant que je l'appelle à l'instant par FaceTime. Une fois cette note expédiée, j'ai dû réprimer mon envie de contacter Mat. Le risque est trop grand. Sophie et son ou ses complices semblent avoir des yeux partout.

Je m'organiserai seul, avec l'aide de Damien, sans qui je serais pris au dépourvu. Je l'appelle sur-le-champ.

D'entrée de jeu, je lui mentionne que l'on a arrêté un des escrocs qui avait en sa possession une partie de la somme que j'ai payée ainsi que le passeport d'Anouk. Puis, j'en arrive au courriel qu'il venait tout juste de recevoir.

- Te sens-tu capable de faire ce qu'il ou elle demande ?

Ce n'est tellement pas le genre de Damien, l'artiste, qui n'est heureux que lorsqu'il capte à grands traits des impressions qu'il dépose avec ses pinceaux sur une toile. Il est hors de son élément, comme par ailleurs le seraient la plupart des gens dans sa situation, je l'avoue.

- Je ne dors pas très bien et la nourriture n'est pas celle à laquelle je suis habitué. De plus, je ne sors pas beaucoup de mon hôtel. Je ne me sens pas vraiment à l'aise aussi loin de Montréal. Alors plus vite nous en finirons, mieux ce sera pour moi. Ce que j'aime encore moins, c'est ce voyage à Busan maintenant.

Je le comprends.

- Pourrais-tu demander à l'escroc s'il pouvait consentir à faire la transaction ici, à Séoul ?

Je ne sais pas s'il se rend compte de ce qu'il est en train de me demander.

- Damien, réalises-tu ce que tu dis ?

Son silence me sert de réponse. J'entame immédiatement le volet opérationnel pour qu'il se concentre sur la mission plutôt que sur ses peurs.

- Voilà ce que je vais faire, Damien. Il est trop tard de ton côté pour aller à Busan ce soir, alors ce sera demain matin. Je consulte l'horaire des trains et te prends un billet aller-retour. Il serait préférable que tu arrives à Busan assez tôt pour ne pas risquer d'être en retard. Comme tu n'aimes pas être bousculé, je te réserve un hôtel sur place pour que tu n'aies pas à revenir à Séoul la journée même. Je vais vérifier s'il reste des chambres de libres dans l'hôtel de Camille, de cette façon vous ne serez pas seuls. Je serai rassuré de te savoir auprès d'elle. Est-ce que ces arrangements te conviennent ?

Il hésite un moment. Je crois que tout va trop vite pour lui.

- Comment trouverai-je cet endroit bizarre, Gamcheon, si je le prononce correctement ?

- Bravo, mon ami. Je n'aurais pas été capable de prononcer le nom de ce quartier aussi bien que toi. Tu as de l'oreille.

Il ricane maladroitement.

Je m'en veux de le placer dans une telle situation. Je suis peut-être celui qui tire les ficelles, à part l'escroc évidemment, mais Damien lui, sur le terrain, malgré ses peurs, joue un rôle indispensable.

- Je te consigne tout ceci dans un beau courriel, en anglais. Tu t'assureras que le chauffeur de taxi comprend l'anglais. En attendant, il est tard pour toi, va te coucher. Moi je m'occupe immédiatement de la réservation du train et de ton hôtel.

- Merci, Gabriel.

C'est lui qui me remercie !

- Damien, je t'en prie, ne me remercie pas. Tu en fais beaucoup. C'est nous qui devons te remercier.

CHAPITRE 20

Busan, vendredi soir 1er septembre

- Attends-moi ici. J'en ai pour une minute.

Elles se sont arrêtées devant l'agence de transfert de fonds à l'enseigne de laquelle la tante de Sophie doit faire parvenir l'argent. Au cours de leur promenade dans les quartiers de la ville, Sophie a vérifié ses messages dans un café internet croisé au hasard, toujours en employant la tactique de l'emprunt d'un cinq minutes à un internaute volontaire afin de ménager leurs derniers sous.

- Aurais-tu honte de moi, Sophie ?

- Ne dis pas de bêtises, tu sais que c'est tout à fait le contraire, ma belle Anouk. Lorsque tu es à mes côtés, il n'y a plus un homme qui me regarde, ils n'ont d'yeux que pour toi. Quant aux femmes, je sais dans quelle direction vont les regards de celles qui ne sont pas hétéros.

- Ce n'est pas la réaction des autres qui me préoccupe. Même si c'était le cas, ce serait uniquement parce qu'ils n'ont pas la chance de connaître la personne extraordinaire qui est avec moi.

Sophie lui jette un regard complice.

- Va plutôt nous commander chacun un cornet de crème glacée chez McDonald en face. Je t'y rejoins tout de suite.

Donne-moi juste le temps de ramasser les 5 000 beaux dollars qui me permettront entre autres de te les rembourser.

Anouk acquiesce, abandonne la main de son amie et traverse la rue. En se retournant, une fois rendue de l'autre côté, elle voit Sophie dans la fenêtre de l'établissement en train de sortir quelque chose de son sac. Certainement son passeport, pour prouver son identité au préposé. Elle se concentre alors sur sa tâche, commander les cornets.

À peine les avait-elle entre les mains qu'elle sent la présence de son amoureuse derrière elle.

- J'arrive juste à temps pour commencer à dépenser l'agent de ma tante.

- Tu as réussi ! Dis donc, ils n'ont pas mis de temps à effectuer la transaction.

- J'ai insisté pour que l'on procède rapidement parce que l'adorable Anouk Beauregard m'attendait de l'autre côté de la rue avec deux magnifiques cornets. Ils ont compris.

Anouk s'assoit sur le premier tabouret près du comptoir. Sans surprise Sophie s'installe devant elle.

Anouk, qui affiche un air dérobé, dévisage son amie entre deux léchées.

- Ce n'est pas la première fois que tu me tiens à l'écart, Sophie. L'autre jour, au café internet et puis là, maintenant. Je sais que tu n'as rien à cacher, mais cela me donne cette désagréable impression.

Sophie lui sourit tendrement.

- Tu as raison, je n'ai rien à te cacher. Puis tiens ! Pour te le prouver, à partir d'aujourd'hui, non, à partir de cet instant précis, nous ne nous séparerons plus jamais. Même riches, nous ne remplacerons pas nos cellulaires pour éviter toutes distractions.

Après une autre léchée, elle ajoute cette boutade.

- Si tu vois un policier dans les parages, demande-lui une paire de menottes, je veux être attachée à toi pour de bon.

Le silence est venu sceller l'armistice pendant que les langues se sont acharnées sur les pauvres cornets qui auront une durée de vie bien éphémère.

Montréal, vendredi midi 1er septembre

- Gabriel, c'est moi. Je t'arrête tout de suite. Si tu as seulement l'ombre de l'idée de placer un de tes petits sarcasmes bas de gamme, je raccroche sur-le-champ.

- Je t'écoute, sergent.

Je sais quand une cause est perdue.

- Sophie n'existe pas, c'est confirmé. La belle Sophie se nomme en réalité Julie Lebel. Elle était danseuse dans un bar à Montréal avant de faire carrière dans l'escroquerie à temps plein. C'est elle qui a monté le coup selon son ancien complice Maxime Legrand. Ce dernier est extrêmement coopératif. Le pauvre se présente comme une victime, tu t'imagines ! Il met tout sur le dos de Julie Lebel la méchante manipulatrice.

- Bravo, Mat ! Finalement, nous commençons à y voir clair. Sait-il où Sophie enfin, Julie, et Anouk logent à Busan ?

- Non, il ne savait même pas, à ses dires, qu'elles étaient rendues à Busan. Selon ce qu'il nous a raconté, Julie l'a quitté parce qu'il ne voulait pas participer à ce nouveau coup contre toi et Anouk. Il le trouvait trop risqué et ne se sentait pas capable de poursuivre sur cette voie plus longtemps. Appelons cela des remords si tu le veux. Il ne peut confirmer si elle agit seule de son côté ou avec un autre que lui. C'est donc elle et non pas lui, qui t'a écrit les récents courriels, en particulier celui où elle se faisait passer pour lui à la gare de Séoul. Il n'a évidemment jamais pris de train pour Busan.

- Ouf, pas facile à suivre cette Julie ! Crois-tu qu'elle pourrait lui faire du mal ?

Mat ne répond pas immédiatement comme s'il essayait de trouver une parade qui ne viendra pas puisque sa réplique sera directe et claire.

- Oui, Maxime la pense capable du pire pour arriver à ses fins. C'est une fille brillante, instruite et manipulatrice qui vénère trop l'argent. Il nous a dit comment Julie faisait chanter ses victimes sans en éprouver de remords, je te raconterai plus tard. Il nous a surtout révélé pourquoi elle a voulu se rapprocher de ta sœur.

Mat hésite.

- Vas-y, je t'écoute.

- Bien involontairement, tu en as été la cause, Gabriel. Julie a fait parler Anouk. Celle-ci a eu la malchance de s'être livrée à la mauvaise personne. Sophie, enfin, Julie a su que tu avais les moyens de payer une telle somme. Comme tu ne leur as pas fait de difficultés en leur versant les premiers 25 000 $, elle a eu l'idée de presser le citron davantage, si tu excuses mon expression. Elle a alors largué son complice qui ne voulait plus la suivre.

Mat vient de m'asséner un coup de poing à l'estomac.

- Tu veux insinuer que cette fille a harponné ma sœur à cause de moi et qu'elle élève le niveau de menace parce que j'ai payé la première fois, donc, encore à cause de moi.

Il demeure muet, moi aussi, mais malheureusement pas pour longtemps.

* * *

Je ne sais pas si j'ai bien fait. Je l'ai regretté au moment même où j'ai commencé à lui en parler. Mat venait de me scier les deux jambes en insinuant, à demi-mot, que j'étais responsable des nouvelles menaces qui pèsent sur Anouk. Je me sentais lamentable. J'avais l'impression que je sabotais le travail des policiers et mettais la vie de ma sœur en jeu. J'ai pris ma décision sur le coup et l'ai mis au courant des détails de la remise de la rançon à Gamcheon.

Après avoir raccroché, j'ai compris que c'est mon sentiment de culpabilité qui m'a poussé à lui révéler le contenu de la dernière missive de l'escroc. Mat connaît à présent le moment et le lieu où la remise doit être faite. Je ne lui ai pas demandé ce qu'il fera de cette information. Le connaissant, cela ne m'étonnerait pas qu'il soit en contact en ce moment même avec la police sud-coréenne.

J'ai peut-être pris cette décision un peu trop rapidement, mais je ne peux effacer ce qui a été dit. Je m'en mords déjà les doigts. Je n'aurais pas dû lui communiquer les détails de la remise de la rançon. Je vérifierai auprès de Damien ou de Camille si selon eux j'ai bien fait. De toute manière, il est trop tard à présent, je n'ai pas suivi les directives de l'escroc. J'espère que je n'aurai pas à le regretter.

La bonne nouvelle est que j'ai réussi à tout mettre en branle pour le voyage de Damien prévu pour demain. Il y a de la place à l'hôtel de Camille à Busan. J'aurais préféré la présenter moi-même à mes amis, mais bon, elle fera la connaissance de Damien sans moi.

Busan, vendredi soir 1er septembre

Dans les restaurants coréens, les serveurs ont tendance à vous apporter une multitude de plats de telle sorte que la table se retrouve joyeusement encombrée de mets colorés, odorants et plus ou moins épicés. Ensuite, ils s'activent à régler le réchaud qui trône au centre de la table avant que l'on y dépose viandes et légumes.

Assises en position inconfortable du lotus, de part et d'autre de la table basse, elles en sont à leur deuxième bière. Sophie est particulièrement volubile. Anouk ne s'en plaint pas, elle aime sa bonne humeur.

Pour la première fois depuis son arrivée en sol sud-coréen, Anouk se sent véritablement en vacances. L'ambiance est détendue, la compagnie excellente et enfin, elles ont l'argent pour se payer un bon souper et profiter de la dernière fin de semaine qui leur reste avant de regagner Montréal.

Sophie, moins mince qu'Anouk, doit se lever de temps à autre pour étirer ses pauvres jambes qui n'en peuvent plus d'être repliées sur elles-mêmes.

- Tu m'abandonnes !

- Ne craint rien, je ne bouge pas d'ici. Assez de mélodrames pour cette semaine. Je te l'ai dit, je ne me sépare plus de toi et ne te quitte pas des yeux une seconde. Je suis ta maîtresse, tu es à moi.

Anouk qui trouve l'expression un peu forte, met le tout sur le compte de la bière et n'en fait pas de cas.

Sophie se penche pour saisir son verre.

- Ce n'est pas parce qu'on est debout qu'on ne peut pas boire.

- J'aime tes profondes réflexions, Sophie.

- Si nous parlions de notre journée de demain.

- Nous pouvons parler de notre prochaine nuit aussi.

- Tu ne penses qu'à cela, ma foi !

- Je suis en mode rattrapage, Sophie, ne l'oublie pas.

Cette dernière se rassoit et recherche la position la moins inconfortable.

- D'accord, mais comme nous ne pouvons nous épancher ici, au beau milieu du restaurant, je propose que nous nous concentrions sur la planification notre journée de demain, pour l'instant.

- Pour l'instant comme tu le dis, je suis d'accord.

Sophie sort le petit guide qu'elles ont acheté, consacrant ainsi leur nouveau statut de riches, dans le 7-Eleven juste à côté du restaurant.

- Je remarque que l'on parle en grand bien du village culturel du quartier Gamcheon. Regarde cette photo.

Elle lui montre une magnifique image représentant un village composé de mille petites maisons multicolores à flanc de montagne.

- C'est réglé, demain nous nous y rendrons à la première heure.

- Pas si vite, ma belle Anouk. Il y a aussi cette jolie plage qui apparemment fait le bonheur des touristes.

- Moi, c'est toi qui fais mon bonheur.

- Alors voici le programme, demain matin ce sera la plage puis, en après-midi, le village culturel. Qu'en dis-tu ?

Anouk se moque de tous les plans de son amie. La ville est belle et les gens sont accueillants, elles sont libres, la météo est parfaite. De plus, elle suivrait cette fille n'importe où.

C'est la première fois qu'Anouk ressent un envoûtement aussi instantané et aussi durable pour une femme.

Elle a eu des coups de foudre qui se consumaient comme un feu de paille. Elle a connu des amours qui se développaient au fil des mois. Avec Sophie, elle vit un coup de foudre sans fin. Elle s'est tellement attachée à elle qu'elle l'accompagnerait partout ; la preuve, ne se trouve-t-elle pas au bout du monde avec cette fille ?

Anouk ne doute pas un instant de l'affection que lui porte Sophie. Elle a hâte de la présenter à son frère qui, elle en est certaine, lui plaira instantanément. En fait, elle est impatiente de partager son bonheur avec tous ses amis tellement elle est bien avec Sophie. Exceptionnellement, elle le fera avant même d'avoir laissé passer les quelques mois de réserve qu'elle s'accorde généralement avant de présenter une nouvelle bien-aimée à son entourage.

Elle ne téléphonera pas à Gabriel et ne lui écrira pas non plus. Sophie a raison, elle doit vivre son voyage pour elle-même et ne pas le partager avec qui que ce soit d'autre.

Anouk se rend compte que ses amis prennent beaucoup de place, trop peut-être. Avec Sophie, elle a l'impression que la situation évoluera.

- Alors, est-ce oui ou est-ce non ?

- Vendu, déclare Anouk en levant son verre. Plage le matin, culture en après-midi.

CHAPITRE 21

Busan, samedi midi 2 septembre

Damien n'a jamais fait de voyages très exotiques. Il préfère éviter les grandes chaleurs, une nourriture trop inhabituelle, les gens aux traits différents ou une langue qu'il ne comprend pas. Il aurait volontiers esquivé celui-ci qui en plus du reste, le rend malade de peur face à la mission insolite qu'il est en train d'exécuter.

Le chauffeur de taxi l'a suffisamment bien compris pour le conduire à la gare de Séoul ce matin. Arrivé sur place, il a maîtrisé son stress mieux qu'il ne l'aurait cru. Il a trouvé le bon guichet et a même été surpris par l'anglais très correct du préposé, bien qu'il ne soit pas une référence en ce domaine. Il avait effectivement une réservation à son nom. Départ à 10 h 50, retour prévu le lendemain dimanche à 14 h 10.

Le trajet s'est effectué sans encombre, admit-il, une fois rendu à Busan, malgré les tourments qui l'habitaient. Il n'est pas passé par son hôtel de peur de manquer de temps. Il a donc pris un taxi directement de la gare de Busan à destination de l'entrée du village culturel Gamcheon, merci à la note écrite par Gabriel.

Quand il sort de la voiture, il n'est que 14 h. Il n'a pu demander au chauffeur de lui indiquer la direction pour se rendre au kiosque d'information, faute de se comprendre dans une langue commune.

Le voici donc, sa grosse valise à ses pieds et son enveloppe brune sous le bras, devant un arrêt d'autobus par une chaleur écrasante.

Il voit des gens, sans doute des touristes, se diriger vers sa droite. Il les suit pour réaliser qu'ils allaient tous vers un petit rempart en face duquel s'exhibait dans toute sa splendeur une partie du fameux village. Ceux qui n'ont pas la bouche bée devant ce spectacle singulier sont en train de l'immortaliser avec leur appareil numérique. Damien, en sueur, dépose sa valise encombrante et essaie de figurer la suite des évènements. Il n'est pas dans un état propice qui l'inciterait à admirer la vue, comme le font tous les autres. Il relit le courriel de son ami, mais n'y décèle pas d'autres indications que celles qui lui demandent de se diriger vers le kiosque d'information à l'entrée du village. Pourtant, il est censé s'y trouver, aux portes du village. *Kiosque d'information, mon œil !*

Découragé, il reste sur place quelques minutes. Il est le seul à ignorer le paysage à couper le souffle juste là, à côté de lui. Certains touristes descendent la longue pente devant d'eux, d'autres la remontent, épuisés. Enfin, certains reviennent en direction de l'arrêt d'autobus, en face duquel il se trouvait en sortant du taxi, pour le dépasser et aller de l'autre côté.

Comme il ne veut pas courir le risque de descendre l'interminable côte qu'il devra immanquablement remonter si cette direction était la mauvaise, il prend la prudente décision de suivre les touristes qui marchent vers l'arrêt d'autobus. Comme eux, il passe devant l'arrêt pour aboutir à une intersection non loin de là.

C'est de cet endroit qu'il voit finalement le fameux kiosque.

Il dépose sa valise, essuie son front et consulte sa montre, 14 h 15. Il lui reste 45 minutes avant de laisser le colis derrière le présentoir.

Comme il a horreur de l'inconnu, il décide d'aller inspecter les lieux au préalable. Il reprend son fardeau et entre. L'endroit ressemble à n'importe quel kiosque d'information touristique. Espace pas très grand, un comptoir installé en face de la porte d'entrée, des dépliants étalés un peu partout et surtout l'air conditionné. Deux préposées se trouvent derrière le comptoir. L'une d'elles est occupée avec un client, carte touristique à la main. L'autre le salue aimablement et attend qu'il se dirige vers elle. Flairant l'évolution probable de la situation, il dépose, encore une fois, sa valise et fait semblant de consulter des cartes et diverses babioles accrochées sur le mur adjacent au comptoir. La préposée profite de ce temps inespéré pour se mettre à jour sur son Facebook. Damien sent la menace s'estomper, il respire mieux.

Bonne nouvelle, il y a effectivement un présentoir dans le recoin. C'est donc à cet endroit qu'il devra laisser son enveloppe lorsqu'il reviendra à 15 h.

* * *

Quand Anouk a vu sortir Sophie de la douche ce matin, celle-ci paraissait contrariée. Anouk a préféré s'abstenir de tous commentaires. Elle sait trop bien que lorsqu'elle est elle-même dans cet état, toute remarque ne ferait que nuire à son émetteur. Elle a bien fait puisque depuis qu'elles sont à la plage, son amie semble nerveuse et tendue. Elle ne voudrait pas envenimer les choses. Avec ce qu'elles ont vécu ces derniers jours et peut-être aussi à cause du souper bien arrosé d'hier, il ne se trouvera personne pour reprocher à l'une ou à l'autre certaines sautes d'humeur.

Le sable et le soleil ont un effet apaisant sur Anouk qui savoure un moment de calme unique. Pour elle, le temps s'est arrêté, enfin, jusqu'à ce qu'elle réalise qu'il est passé trop vite.

Anouk qui croyait Sophie endormie, la tire de sa bulle.

- Il faudrait commencer à se préparer si nous voulons avoir le temps de visiter le village culturel avant le souper.

Sophie ne dormait pas, elle est complètement éveillée et donne l'impression qu'on la dérange.

- Nous restons ici !

- Pas de culture pour nous cet après-midi !

- Le village attendra à demain.

- Tu as raison, la culture sera encore là demain alors que nous ne savons pas si le soleil sera toujours au rendez-vous lui.

Elle ne s'éternise pas sur le sujet et prend acte que l'humeur de Sophie ne s'améliore pas.

Le restant de la journée elle l'a consacrée à la baignade, loin, très loin de ce que vivait Damien.

* * *

Il fait encore plus chaud, comme si cela était possible. Les touristes se font moins denses. Depuis près de trois quarts d'heure, Damien est assis sur sa valise, ici, de biais au kiosque d'information, sous un peu d'ombre, gracieusement offert par ce muret. Il a l'air d'un marchand ambulant avec sa malle ventrue qui gêne sa mobilité. Au début, il regardait l'heure toutes les dix minutes. Depuis les cinq dernières minutes, il le fait aux quinze ou vingt secondes.

Le temps s'écoule trop lentement, la journée est très chaude et l'endroit est trop encombré pour lui. Le village culturel qui normalement devrait enthousiasmer l'artiste s'avère être un calvaire pour celui qui a pour mission de livrer une enveloppe, dont il veut se débarrasser désespérément.

À 14 h 59 pile, il se redresse, ramasse son fardeau et retourne au kiosque juste à côté, toujours en serrant l'enveloppe sous son bras.

En entrant, il compte quatre préposés dont deux s'affairent à mettre de l'ordre dans les dépliants derrière le comptoir. Trois clients sont plantés devant le mur placardé d'information de tout acabit.

Cette fois-ci, personne n'essaie d'attirer son attention. Il se sent déjà mieux. Il préfère qu'on le laisse tranquille pendant l'accomplissement de sa tâche. Il joue au touriste, regarde à gauche puis à droite comme s'il y avait des splendeurs étalées sur tous les murs de cette pièce. Profitant du fait que personne ne semble faire attention à lui, il se dirige vers le présentoir, celui qu'il a remarqué plus tôt. Il en fait le tour, feignant s'intéresser à tout le matériel qu'il contient. Il se penche vers les niveaux inférieurs, prend une carte postale et la scrute comme si sa vie en dépendait.

Avec le plus de discrétion possible, pendant que son regard ne quitte pas la carte, il dépose l'enveloppe à l'arrière du présentoir. Comme elle se rapproche de la couleur du plancher, Damien espère qu'elle ne se remarquera pas. Il essaie maintenant de se donner l'attitude de celui qui est au-dessus de ses affaires, dépose la carte là où il l'a prise, se redresse, jette un œil discret sur l'endroit puis reprend sa valise et sort aussitôt du petit édifice.

Dehors, il ne se retourne surtout pas. Il se dirige à l'intersection adjacente au kiosque, près de l'endroit d'où il est arrivé plus tôt et hèle le premier taxi qui passe devant lui. Il lui montre l'écran de son iPhone où sont affichés le nom et l'adresse de son hôtel.

En route, malgré l'air conditionné baignant l'intérieur véhicule, il sue à grosses gouttes. La chaleur et le stress sont venus à bout des nerfs de l'artiste qui se retrouve à des années-lumière de ses pinceaux.

Le préposé à la réception de l'hôtel trouve effectivement sa réservation dans ses dossiers et sa chambre est au moins aussi bien que celle qu'il occupait à Séoul. En y entrant, il se jette aussitôt sur le fauteuil, dégaine son cellulaire, syntonise le réseau internet de l'hôtel et écrit à son ami pour ne pas le réveiller, soulagé et fier de lui.

Gabriel,

C'est fait, comme prévu.

J'espère avoir le plaisir de souper avec Camille ce soir.

Vérifie si tu peux trouver un vol demain pour mon retour à Montréal.

À plus.

Damien

Montréal, samedi matin très tôt 2 septembre

Comme l'opération de remise de la rançon a lieu samedi 15 h, heure de Busan, c'est-à-dire 2 h du matin de mon heure, je ne suis pas dans mon lit, cela ne me servirait à rien. Je me trouve dans le salon, le cellulaire à mes côtés, transi d'inquiétude, en attente d'informations qui tardent à arriver.

Dès que le courriel de Damien entre, à 2 h 50, je me jette dessus. *Il a réussi, bravo, bravo, bravo !*

Évidemment, je n'appelle pas Mat qui a un sens de l'humour comparable à celui d'un bonnet de bain. Il risque de mal prendre un appel à 3 heures du matin. J'ai aussi une autre bonne raison. Je ne sais pas ce qu'il a fait avec l'information que je lui ai transmise. L'a-t-il reléguée à ses collègues de la Corée et si oui, sont-ils intervenus ? Pour le moment, je préfère patienter, j'y suis habitué de toute manière. Comme la rançon a été livrée, je m'attends à recevoir un signe m'indiquant que tout est terminé et qu'Anouk est hors de danger.

La suite la plus probable est qu'elle me contacte en pleurs pour m'annoncer que son amante l'a abandonnée. Pour elle, ce sera la pire des nouvelles, pour moi, la fin du calvaire.

Demain, je m'occuperai de faire revenir tout le monde. Pour le moment, je suis trop préoccupé pour entreprendre quoi que ce soit. Tout ce que mes nerfs me permettent c'est d'attendre un appel ou un courriel. Attendre encore !

Plus tard, je contacterai Camille pour lui annoncer que le déroulement de la remise de la rançon dont je lui avais parlé est terminé et que Damien essaiera de la rejoindre pour souper. *Le chanceux !*

* * *

Je ne sais pas si je dors ou si je suis éveillé, mais le moment est trop merveilleux pour le soumettre à une inutile analyse. Marie est à mes côtés, à l'abri d'une petite pluie qui vient de s'immiscer dans la chaleur estivale de la canicule. Nous ne nous regardons pas, pourtant nous percevons la présence de l'autre sans que notre conscient ait à statuer. À ce moment et à cet endroit, la vie est extraordinaire. L'arbre sous lequel nous sommes blottis nous protège de l'averse. Rien ne peut nous arriver. Marie et moi sommes invincibles lorsqu'ensemble. Elle n'a pas besoin de me toucher ou de me parler ; sa seule présence me comble. J'ai le sentiment profond qu'elle est la source de ma vie et que sans elle je n'existe plus.

Sans prévenir et sans raison particulière, le vent se lève soudainement. Il crée une brèche dans le feuillage, ce qui permet à l'averse d'atteindre notre nid que nous croyions à toute épreuve. À présent, des nuages noirs transforment le vent en bourrasques. Notre peau mouillée frissonne sous ses rafales qui balaient sans pitié notre bonheur à coup de froid et de chaos. La présence de Marie va et vient. Je n'ose me tourner de peur de ne pas la voir, de peur de ne plus jamais la voir. Mon doute fait naître en moi une terrible sensation qui se transforme inexorablement en certitude, Marie ne sera plus jamais là, avec moi, sous cet arbre. Mon cœur cesse de battre, sans elle il n'en ressent plus l'utilité. J'ai mal au cœur, malade de scotch, malade de la vie.

Les cauchemars sont florissants depuis sa disparition il y a deux ans à Amman.

* * *

Je ne pourrais dire si j'étais assoupi lorsque mon cellulaire m'a ramené à la conscience. Mes réflexes ont sauvé les apparences puisque je me suis retrouvé avec l'appareil collé à l'oreille avant que ma tête ne le réalise. Je suis en nage sans savoir pourquoi.

- Gabriel, est-ce bien toi ?

La grosse voix de Mat, encore plus rauque qu'à l'habitude à cette heure-ci de la nuit, m'assomme.

- Ne parle pas si fort. Qui veux-tu que ce soit ?

Busan, samedi après-midi 2 septembre

Après avoir écrit à Gabriel et cogné quelques clous dans le fauteuil trop confortable de sa chambre, Damien se mit à la recherche de Camille. Pour l'appeler, il aurait fallu qu'il puisse lire les instructions rédigées en coréen sur son téléphone. Même s'il connaissait son numéro de chambre, il ne se voyait pas non plus aller frapper à sa porte en lui annonçant que c'était lui, l'ami de Gabriel ; sa mère l'avait mieux élevé. Il lui restait la réception, en souhaitant que son anglais et celui de la réceptionniste soient compatibles.

Aux prix de grands gestes assortis de beaucoup de bonne volonté, Damien s'est finalement fait comprendre. La réceptionniste s'est exécutée, sans succès. Camille n'est pas à sa chambre. Il a fait toute cette performance théâtrale pour rien. Il s'essaiera plus tard sinon, comme à l'habitude depuis le début de ce voyage fou, il soupera seul et attendra pour les présentations.

CHAPITRE 22

Montréal, samedi matin très tôt 2 septembre

Je prends le temps de consulter l'heure sur mon cellulaire, 5 h du matin. Il fait encore noir. Mes pauvres esprits peinent à se rassembler. Même la voix de Mat n'y parvient pas complètement.

- Personne n'a pris l'argent, Gabriel.

J'ai entendu ce que Mat vient de me dire. Je me répète intérieurement sa phrase : « Personne n'a pris l'argent ».

Je viens de comprendre.

- Quoi ? En es-tu bien certain ?

- Je viens tout juste de recevoir l'appel d'un collègue de Busan. La police était sur place. Elle a vu un homme transportant une valise déposer une enveloppe derrière un présentoir et quitter les lieux.

- Damien !

- Évidemment.

- Et puis ?

- Il ne s'est rien passé d'autre, Gabriel. L'enveloppe est restée là pendant presque deux heures. Personne n'a semblé s'y intéresser. Finalement, les policiers l'ont ramassée. Rien de plus.

- Quand tu dis que la police était sur place, que veux-tu dire exactement ?

- Je ne comprends pas ta question.

- Ils étaient une douzaine, en uniforme, avec des armes à la main peut-être !

Il est tôt pour entreprendre ce genre de discussion qui serait, même à une heure raisonnable, assez difficile vu les circonstances.

- Pour qui prends-tu ces gens ? Je ne vois pas pourquoi tu perds ton temps avec moi au téléphone avant même que le soleil ne se lève, si tu as une si mauvaise opinion de la profession.

Je le laisse se calmer faute de riposte. Il en arrive aux faits :

- Ils s'étaient évidemment fondus dans le paysage, se mêlant aux touristes ou aux préposées à l'information. Que crois-tu ?

Mat ne me laisse pas répondre et change de ton.

- Là n'est pas la question, Gabriel. J'ai toute confiance dans les méthodes utilisées. Ce qui me tracasse c'est le pourquoi. Pourquoi il ou elle, ou Julie alias Sophie n'est pas venu chercher l'argent ?

- Cela m'apparaît très clair, Mat. Julie ou Sophie ou un complice savait que vous étiez sur place, enfin, que la police se trouvait là à épier la scène.

Mat jongle avec l'idée pourtant bien évidente.

- Oui, c'est probablement le cas, je ne vois pas d'autres explications. La possibilité qu'il ou elle ait eu un empêchement ne m'est même pas venue à l'esprit. Les 100 000 $ étaient à leur portée.

- Qui leur a dit ?

- Bonne question.

Il est très tôt et en plus je crois que je sors d'un mauvais rêve. Je me sens exténué.

- Je comprends que Sophie ait pu obtenir de l'information sur moi, toi, Damien ou même Marie, en faisant parler ma sœur.

Tiens ! Des bribes de mon cauchemar font surface.

- Mais comme Anouk n'avait aucune idée de ce qui se tramait concernant la remise de l'argent, encore moins que je t'ai fait parvenir le courriel en spécifiant les modalités, il est impossible que ce soit elle qui ait vendu la mèche sans le savoir.

Mat ne répond pas.

- Me suis-tu ?

- Oui, oui, continue.

- Il y a peut-être quelqu'un dans ton entourage qui parle trop, Mat. Je regrette énormément de te le dire, mais je suis certain que c'est cela qui a fait échouer la transaction.

- Je ne suis pas surpris de ta réaction. Je m'attendais à ce que tu me mettes l'échec de l'opération sur le dos. Du grand Gabriel Beauregard.

- Ce n'est pas ce que j'ai voulu dire.

- Alors qu'est-ce que tu as voulu dire ? Explique-moi, ce n'est pas très clair.

En fait, je crois que c'est précisément ce que j'ai voulu dire. Si je ne lui avais pas transmis les détails concernant la transaction, serions-nous arrivés au même résultat ?

- Laisse tomber, Mat.

Comme il ne répond pas, je présume qu'il veut en finir lui aussi avec cette discussion qui ne nous mènera nulle part. Je prends une grande respiration, puis tiens, je me ravise et en remets une couche en reposant la question.

- Ce que je voulais dire, Mat, c'est ceci : comment Sophie ou qui que ce soit d'autre a su qu'il y avait des policiers sur place ?

- L'équipe se réunit tout à l'heure, même si nous sommes samedi, pour essayer de comprendre ce qui a bien pu arriver.

Je ne sais pas s'il s'attend à ce que je le félicite de travailler un samedi, mais je ne peux m'empêcher de penser qu'il leur revient de corriger leurs erreurs.

- Tu ne dis rien.

- Mat, il vient de me passer une idée par la tête.

- C'est tout nouveau, quelle impression cela te fait-il ?

Je ne relève pas sa petite remarque qui se voulait probablement drôle.

- Ton enquêteur, machin chouette Legendre.

- Samuel Legendre.

- Oui, lui. Es-tu certain qu'il ne couche pas avec la surprenante Julie, alias Sophie ?

Il me raccroche au nez.

Busan, samedi après-midi 2 septembre

Les deux filles sont en manque de sujets de discussion, rien n'intéresse Sophie aujourd'hui. Le soleil brûle moins, mais manifeste toujours sa présence. Anouk, qui s'apprête à répéter sa séance de crémage même si elle se tient à l'ombre quand elle n'est pas dans l'eau, se décide à lui faire part de son malaise.

- Je te sens nerveuse depuis ce matin, particulièrement depuis que tu es sortie de la douche. En milieu d'après-midi, tu ne cessais de demander l'heure à tous ceux qui passaient près de toi comme si tu étais lasse d'être avec moi. Y a-t-il quelque chose qui te tracasse ?

- Je ne comprends pas ta question.

Anouk trouve son ton un peu sec. Elle ne voulait surtout pas ajouter à ses tourments, quels qu'ils soient.

Sophie poursuit, même si elle prétend ne pas comprendre la question.

- Je suis lasse de tout ceci.

Ce n'est pas une réponse à laquelle Anouk s'attendait. Elle lui fait savoir.

- Tu vois ce que je veux dire, tu es à pic. Ai-je dit ou fait quelque chose qui t'aurait déplu ?

- Laisse tomber, retournons à l'hôtel.

Anouk ne comprend pas le soudain comportement agressif de son amie. Affectée, elle ne trouve rien de mieux que d'obtempérer et ramasse ses affaires sans ajouter un mot.

Ce n'est pas elle. Anouk peine à se reconnaître elle-même. Femme de tête et femme de carrière, connue pour sa forte personnalité et ses prises de position bien campées, elle a de plus en plus l'impression qu'une force obscure s'est emparée d'elle. Elle est amoureuse, oui, mais un sentiment plus insidieux s'est faufilé en même temps que l'amour. Un effet secondaire qu'elle n'a jamais ressenti auparavant. Elle se sent comme si son amoureuse libérait une toxine qui, tant qu'elle était captive, demeurait inactive. Mais depuis ce matin, elle ressent une drôle de sensation qui la fait pressentir une réalité dont elle se méfie.

En retournant vers leur hôtel, Anouk n'est pas revenue sur la discussion, trop émotive pour s'y aventurer. Elles se sont contentées d'échanger le strict minimum requis afin de s'assurer qu'elles prenaient le bon métro et qu'elles correspondaient aux bons endroits.

Les choses se sont gâtées une fois rendues à leur chambre.

Montréal, samedi matin 2 septembre

Je ne sais plus quoi faire, encore une fois. Toute l'opération est tombée à l'eau. J'ai vraiment peur de la réaction de l'escroc, que ce soit Sophie, Julie ou un autre.

Juste à ce moment, mon cellulaire sonne.

- Gabriel, écoute-moi bien.

C'est Mat.

- Tu dois demander immédiatement à Damien d'aller au siège de la police de Busan pour qu'on lui remette ton argent. Dis-toi que tu me dois une fière chandelle, car la justice sud-coréenne voulait saisir tes 100 000 $ parce que

Damien ne les avait pas déclarés aux douanes à son arrivée à Séoul. Je commence à avoir de bons contacts là-bas. Les responsables m'ont écouté quand j'ai insisté sur le danger qu'ils feraient courir à Anouk si tu n'avais pas l'argent pour une très probable autre demande de rançon, puisque tu as accepté de payer. Pour ce qui est des conséquences pour Damien, je ne voudrais pas être à sa place. Il a fait une fausse déclaration en ne faisant pas état de cet argent liquide en sa possession. Mais chaque chose en son temps. Commence par récupérer ton argent. À plus tard.

Il a raccroché. Ça devient une habitude !

Je ne me suis pas encore décidé à annoncer la mauvaise nouvelle à Camille. Il faudra pourtant que je le fasse avant que sa nuit ne débute. Mais le plus urgent pour l'instant est de contacter Damien.

Il répond instantanément à son FaceTime.

- Damien, il y a un imprévu. L'enveloppe n'a pas été récupérée. Il faut que tu ailles la chercher immédiatement au siège de la police. J'attends des nouvelles de l'escroc pour la suite.

Silence de mort à l'autre bout de la ligne.

- Damien, es-tu là ?

Il balbutie.

- Je commence en avoir assez de ces histoires de fous !

- Moi aussi, Damien.

Il n'a personne avec qui s'argumenter faute de désaccords.

- Je veux rentrer. Toute cette affaire c'est trop pour moi. Je ne dors pratiquement pas, je me contente de grignoter et je passe presque tout mon temps dans ma chambre d'hôtel. Je n'en peux plus. Je ne me sens pas en sécurité, Gabriel.

C'est à mon tour de balbutier.

- C'est peut-être le cas d'Anouk.

Les vingt minutes suivantes ont servi à nous encourager l'un l'autre sur le sort d'Anouk, à convaincre Damien de récupérer mon argent avant que les autorités ne changent d'idée, et à m'apitoyer sur moi.

Je suis rassuré, Damien fera ce que je lui ai demandé, un peu pour moi, beaucoup pour Anouk.

Plus calme à la suite de cette discussion, je me sens maintenant prêt à parler à Camille. Je ne l'ai pas rejointe tout de suite, je n'en suis pas surpris, elle doit se trouver dans une zone hors d'atteinte d'un réseau. C'est exactement pour cette raison que nous avons convenu que c'était elle qui devait m'appeler à la fin de ses journées. Comme je ne peux attendre à demain, j'essaie à nouveau après avoir laissé filer quelques minutes.

La chance m'a souri à cette deuxième tentative. Nous avons passé un beau moment à nous dire ce qu'un couple normal en amour se dit. Puis, j'ai dû lui annoncer l'échec de la remise de la rançon que Damien doit être en train de récupérer en ce moment. Elle était furieuse. Sa réaction n'était pas très différente de celle que j'ai eue.

- Quels connards, ces policiers ! Ils ont certainement dû se faire remarquer à des kilomètres à la ronde. Arrête tout, Gabriel. Laisse-les se débrouiller. Tu ne peux faire à ta façon et à celle de la police en même temps. L'un l'autre, vous vous coupez l'herbe sous les pieds. Je t'ai dit que tu n'avais pas eu une bonne idée d'accepter de payer et en plus tu en as parlé à ton ami policier. Vois où cela te mène. Laisse la police régler la situation qui est plus de leur ressort que du tien. Récupère ton argent. Arrête de jouer au grand frère protecteur. La police est mieux outillée que toi pour élucider une prise d'otage, même si ta sœur n'en est pas consciente. Elle va trouver un moyen de te retourner Anouk un jour, ne t'inquiète pas. Je suis persuadée que ta sœur comprendra que tu aies décidé de demeurer à l'écart.

Involontairement, elle me fait réaliser qu'effectivement, Anouk est prise en otage, elle n'est pas uniquement menacée. On la contrôle, on l'empêche de communiquer avec qui que ce soit et on la menace, par personne interposée, d'aller retrouver Marie.

- Tu as raison, Camille, nous nous nuisons en suivant deux avenues contradictoires, chacun de notre côté.

- Je reviens chez moi, alors ?

Sa demande, formulée d'une voix presque suppliante, est empreinte d'une émotion qui vient chercher la mienne

- Oui, Camille, rentre à Montréal. Damien est sur place maintenant. Tu en as déjà tant fait, je ne te remercierai jamais assez.

- N'en met pas trop, je n'ai fait que transporter ton argent et essayer vainement de trouver ta sœur au hasard des personnes que je croisais. Ce n'était pas tellement sorcier et puis, en prime, j'ai effectué un curieux voyage dans deux villes que je n'aurais probablement jamais visitées sans ce drame.

Elle se racle la gorge.

- J'y pense, si tu insistes pour me remercier, n'avons-nous pas parlé de Cuba l'autre jour ? Mes recherches de clients pour du travail de traduction, au point où j'en suis, peuvent peut-être patienter encore un peu.

- Dès qu'Anouk est hors de danger, nous célébrerons l'évènement à La Havane. Qu'en dis-tu ?

- Tu es génial, Gabriel.

- J'ai tellement hâte de te serrer dans mes bras ! Je suis vraiment heureux que ce soit ma dernière nuit loin de toi.

- Et moi, donc ! Tiens, dès que je rentre à l'hôtel, je tenterai d'y trouver ton ami, nous pourrions souper ensemble, s'il n'est pas trop fatigué.

- Pas si vite, Camille. Damien ne sera pas à sa chambre avant un bout de temps, il doit récupérer l'argent au bureau de la police.

- Ah oui, c'est vrai ! J'oubliais, c'est le dernier service qu'il doit te rendre. Je peux y aller avec lui si tu le souhaites.

- Merci, Camille, mais il est trop tard, il doit être en chemin déjà. Je te le présenterai à Montréal. Pour le moment, il devra attendre avant de faire la connaissance de la merveilleuse femme que tu es. Je fais les réservations pour ton retour. Les vols de Séoul sont en milieu d'après-midi, alors je te laisse choisir le train que tu voudras pour y retourner, ce n'est pas le choix qui manque. Je te prends en charge à partir de là.

- Comme je ne peux rencontrer Damien, je plierais peut-être mes bagages immédiatement pour remonter à Séoul en soirée. De cette façon, je pourrais faire la grasse matinée demain, sans devoir courir pour prendre un train. Au bout du compte, je verrai plus tard si je me sens en air pour prendre un train ce soir, sinon, bien, ce sera demain. Vive ma nouvelle liberté.

Je sens que son moral s'améliore.

- Que tu sois à Busan ou à Séoul, dans les deux cas, tu seras toujours beaucoup trop loin de moi, Camille.

Elle marque une pause, puis elle me ramène les deux pieds sur terre.

- Je te le dis encore, Gabriel, reprends ton argent et laisse les autres régler la prise d'otage de ta sœur.

* * *

En raccrochant, mes idées deviennent instantanément plus claires. C'est ce que j'aurais dû faire, procéder comme pour la première demande. J'avais alors gardé pour moi les détails de la remise de l'argent et les passeports ont été retrouvés promptement. Il est peut-être temps de me reprendre. Je ne ferai pas ce que me propose Camille, ce sera exactement l'inverse. Terminées, mes lamentations à la police. Dorénavant, j'agirai seul. De cette manière, je pourrai en finir plus rapidement avec l'escroc ou Sophie ou Julie, ou qui que ce soit. Rien ne peut remplacer ma sœur. Que l'escroc parte avec mon argent si c'est la seule façon d'en découdre avec lui ou elle !

Je dois écrire à Sophie ou son alias tout de suite avant qu'il ne soit trop tard. À la suite à la remise ratée de cet après-midi, Anouk se trouve plus en danger que jamais.

Je retourne à l'expéditeur le dernier courriel de l'escroc, quelle qu'en soit son origine, pour essayer de réparer les pots cassés.

Bonjour,

Ce qui est arrivé n'aurait pas dû se passer ainsi. Il faut que nous trouvions rapidement une autre façon de procéder et cette fois-ci, il n'y aura aucune intervention, je vous le promets.

Gabriel Beauregard

CHAPITRE 23

Busan, samedi soir 2 septembre

- J'arrive ! Arrête de t'énerver de la sorte.

- Je ne m'énerve pas, comme tu l'insinues. Je trouve étrange que tu sois enfermée depuis une éternité. Il y a quelque chose qui ne va vraiment pas avec toi depuis ce matin.

Sophie ne lui répond pas. Anouk se prend à coller son oreille sur la porte de la salle de bain. Elle n'est pas fière d'elle, mais la curiosité l'emporte. Sophie y est barricadée depuis plus de vingt minutes, il y a quelque chose d'anormal.

Elle entend un timbre semblable à celui que fait un message entrant sur un cellulaire. *Ce n'est pas possible, me voilà qui hallucine à présent !*

- Qu'est-ce que tu fais ? As-tu besoin d'aide ?

Pas de réponse.

Sophie est de mauvaise humeur. Cet après-midi, alors que le soleil de 15 h se faisait des plus chaud, elle était nerveuse, tourmentée par quelque chose dont elle était tenue à l'écart. En fait, depuis sa sortie de détention, Anouk trouve que Sophie n'est plus la même. Par période, elle regarde l'heure à répétition, à d'autres occasions elle s'enferme pour une éternité dans la salle de bain de la chambre en faisant couler l'eau bruyamment, comme c'est le cas en ce moment.

Anouk se sent étrange. Elle commence juste à le réaliser. Il y a toutes ces autres fois où elle l'a simplement mise à l'écart en lui demandant un service qui l'amenait à l'extérieur de la chambre.

Elle n'aime pas l'endroit où ses pensées la conduisent. Tiens ! Il lui vient à la mémoire ces autres occasions où Sophie l'a court-circuitée en prenant les devants pour écrire à Gabriel à sa place ou pour encaisser seule l'argent de sa tante.

Elle déteste les situations ambiguës. À son travail, Anouk gère des projets qui requièrent une transparence totale entre les membres de l'équipe de gestion, attitude indispensable, croit-elle, pour atteindre le succès. Avec Sophie, plus elle apprend à la connaître, plus elle a l'impression que cette transparence est hypothéquée par son curieux comportement, qu'elle trouve bien secret. Autant cette fille a su l'ensorceler, autant, à mesure que son côté rationnel reprend sa place, elle lui découvre certains traits qui lui font peur.

Enfin, la voici qui fait son apparition.

Elle a l'air sûre d'elle. Anouk croirait même qu'elle esquisse un sourire de contentement. Elle ne s'attendait pas à cette attitude et ne sait plus comment l'aborder à présent. Il est l'heure de se préparer pour aller souper, alors peut-être serait-il préférable de laisser tomber. Il sera toujours temps d'avoir cette discussion en revenant ou à un autre jour !

- Qu'est-ce que tu me voulais ?

Alors qu'elle s'était résignée à abdiquer pour le moment, voici qu'elle doit faire face à ses hésitations. *Bon, nous sommes des adultes après tout.*

- Sophie, tu sais à quel point tu m'es précieuse et comme je me sens bien avec toi.

- Où veux-tu en venir ?

Son ton la surprend. Anouk se raidit.

- Je ne veux pas t'espionner, mais j'ai cru entendre une tonalité, comme celle que fait un message entrant sur un cellulaire. Tu vois ce que je veux dire !

- Tu veux dire comme ceci.

Sophie sort un téléphone de son sac et le tend au bout de son bras, juste devant le visage d'Anouk. Cette dernière le fixe comme si elle avait une hallucination.

- Je ne comprends pas, Sophie. Je croyais que nous avions décidé de nous passer de cellulaire malgré l'argent de ta tante. Nous voulions être seulement nous deux, sans distraction extérieure pour le restant de nos vacances. Tu en as acheté un !

Sophie ne suit pas Anouk sur sa pente mélodramatique.

- Eh bien ! J'ai changé d'idée. En fait, je n'ai même pas eu besoin de m'en acheter un, mais cela serait trop long à t'expliquer. Cela te cause-t-il un problème ?

Anouk tombe assise sur le rebord du lit, ses jambes ne lui permettant plus de la soutenir. L'émotivité qui s'est emparée d'elle l'exaspère. Ce n'est pas dans ses gènes de perdre ses moyens, elle qui sait être des plus combative en temps normal. Mais voilà, elle ne vit pas une situation normale. Elle est tombée sous le charme de cette fille au point de ne pas voir certains comportements qu'elle n'aurait pas laissés passer autrement.

- Tu ne m'en as pas parlé !

- Pourquoi ? Ai-je besoin de ta permission maintenant ?

- Ce n'est pas ce que je voulais dire.

- Alors que veux-tu dire au juste ?

Reçue comme si c'était un coup de massue, la réponse de Sophie lui coupe le souffle. Elle fait ce qu'elle voulait éviter à tout prix, pleurer. Anouk, la tête froide, l'ingénieure, la gestionnaire maître de ses moyens est mise hors combat.

- Qu'est-ce qui se passe avec toi, Sophie ?

- Cela ne te regarde pas.

Démolie, Anouk encaisse une autre fois. Elle vient pour lui demander si elle était la cause de l'humeur de son amoureuse, mais un relent de fierté l'en empêche. Sophie n'est pas digne de cette déférence en ce moment.

- Tu as l'argent de ta tante à présent, je croyais que nous profiterions du restant de notre voyage qui, je te le rappelle, se veut une célébration de notre premier mois de fréquentation.

- Quelle tante ?

Sournoisement, Anouk sent la colère l'envahir. Elle n'a aucun secret pour son amoureuse et voici que tout à coup, elle se prend à se demander si la réciproque est aussi vraie. Curieusement, le voile qui filtrait sa relation avec Sophie s'amenuise comme le ferait la buée qui s'évapore de la surface d'un miroir, en laissant deviner plus clairement les formes qui auparavant demeuraient floues.

- Celle de qui tu as emprunté l'argent, évidemment.

Elle s'en est voulu immédiatement d'avoir répondu trop rapidement à sa question qui avait plus les allures d'un piège que d'une simple interrogation.

- Tu crois que j'ai une tante assez riche et bête pour me prêter 5 000 $. Je n'ai pas la chance d'avoir une parenté comme la tienne, ma chère, avec un frère qui ne sait pas où jeter son argent. J'ai les 5 000 $ en ma possession depuis la semaine dernière, figure-toi ! J'ai même fait un cadeau de 20 000 $ à un ami. Tu pourras en remercier ton frère.

Anouk ne comprend pas le sens du discours soudainement biscornu de son amie. Elle entend prononcer des montants d'argent, mais son cerveau se refuse à absorber ce flot d'informations déroutantes.

La confiance bat de l'aile. Anouk commence à entrevoir l'impossible, la résiliation d'un amour qu'elle souhaitait éternel.

Peut-être, se dit-elle en désespoir de cause que tout ceci n'est qu'un malentendu.

- Avec qui communiques-tu en cachette ? Et ne me dis pas que cela n'est pas de mes affaires.

- Justement, c'est ce que j'avais l'intention de te répondre.

Il n'y a pas de malentendu possible. Sophie n'est plus la même ou c'est Anouk qui la voit autrement. Elle n'est plus la femme avec qui elle a entamé ce voyage. Peut-être est-ce dû au faux départ de leur aventure. Peut-être pas.

- Je ne te reconnais plus, Sophie.

Cette dernière vient pour répondre, mais s'en abstient.

Montréal, samedi matin 2 septembre

L'escroc ou alias Sophie n'a pas mis de temps à me répondre. J'ouvre immédiatement le courriel dès que sa présence m'est signalée par son timbre. Il ou elle doit être aussi désireux que moi d'en finir, tant mieux pour nous deux.

Bonjour, monsieur Beauregard,

Voici votre dernière chance. Demandez à votre ami de déposer les 100 000 $ sous le grand escalier de la sortie extérieure numéro 6 de la station de métro Seomyeon à 19 h ce soir. Pas une minute de plus, pas une minute de moins. Surtout, pas de police et pas de flâneurs qui se trouveraient là par hasard.

Pour vous convaincre de mon sérieux, voir la petite photo ci-jointe.

p. j.

Anouk

Je m'empresse d'ouvrir la pièce attachée.

Mon cœur s'arrête !

Montréal, samedi matin 2 septembre

La réunion d'équipe convoquée à la demande du sergent Smith s'est conclue en dedans de trente minutes. Sa courte durée avait plus à voir avec le manque d'évidences matérielles qu'avec le fait qu'elle se tienne un samedi ensoleillé de début septembre, en heures supplémentaires ou pas.

Évidemment, Mat n'a pas confronté le détective Legendre sur les soupçons de Gabriel en regard de sa présomption d'un lien sexuel avec Julie. Trop farfelue comme hypothèse ! Par contre, il s'est pris à sous-peser les propos de son enquêteur par le filtre de cette possibilité.

Ridicule, se disait-il tout au long de la rencontre. En revanche, il trouvait curieux que Samuel avance tel ou tel argument, ou telle ou telle hypothèse.

Assurément, Mat n'a rien conclu à propos de son employé, il n'y avait rien à conclure de toute manière.

Pour ce qui est du résultat de leur réunion, il n'y a rien à signaler. L'équipe se doute que l'ami du sergent fera à sa tête et remettra la rançon, sans témoins cette fois, si une nouvelle demande lui était faite. Le détective Legendre se contentera de démêler les dépositions des différents intervenants une fois l'affaire terminée, quand Anouk Beauregard sera revenue saine et sauve au Canada. À ce chapitre, il y aura du travail à faire. Les policiers devront entre autres confronter la déposition de Julie Lebel alias Sophie Gagné avec celle de son ancien amoureux Maxime Legrand, dès qu'elle aura été interceptée. Le problème étant évidemment la capture de cette dernière. Elle pourrait aussi bien ne plus revenir au Canada et forcer les autorités à produire une demande d'extradition qui risque de prendre un temps énorme. À tout hasard, l'équipe recommande de mettre promptement le contentieux sur l'affaire, ce que fera Mat dès lundi en arrivant au bureau.

Par la même occasion, Mat demandera aux avocats de préparer un dossier qui serait de nature à influencer les Sud-Coréens pour qu'ils déclarent un non-lieu face aux accusations qui pèsent sur Damien Lecourt.

Une fois l'équipe dispersée, Mat préfère rester au bureau, comme si sa présence pouvait changer quelque chose. Il se doute que Julie ou un complice entrera en contact avec Gabriel pour une ultime tentative de mettre la main sur son argent. Il ne pourra blâmer ce dernier si cette fois, il décidait de le tenir à l'écart. Lui-même en aurait peut-être fait autant. *Mais de là à supposer que Samuel couche avec la fille !*

Busan, samedi soir 2 septembre

Seul dans sa chambre, Damien tremble de peur. Il a réussi à récupérer l'argent, mais il a dû s'engager à demeurer au pays en remettant son passeport jusqu'à ce qu'une décision soit prise à son sujet. Le gouvernement n'aime pas qu'un étranger fasse de fausses déclarations à son arrivée au pays.

Il serre nerveusement l'enveloppe contenant l'argent de son ami contre lui. Il n'a jamais possédé une telle somme, encore moins en liquide. Il n'a plus de contrôle sur sa destinée qui se trouve placée entre les mains de Gabriel, d'un escroc et à présent, de la police. Il attend, sans rien faire, qu'on communique avec lui pour lui dire quoi faire.

Désorienté, il a horreur d'être loin de la maison et de ses pinceaux. Il s'étonne de se l'avouer, mais il s'ennuie de sa boutique d'art, Le Zèbre. Même s'il n'est qu'assistant gérant du petit commerce qui peine à faire ses frais, là au moins, il est dans son élément. Entouré de tableaux et de beaux objets, il est en terrain connu. Ici, à l'autre bout de la planète, il ne maîtrise rien, ni son temps ni sa destinée, même pas ce qu'il mange ou boit. Ici, il attend avec la crainte qu'on lui demande d'apporter la rançon dans un endroit incongru de la ville ou pire, dans une autre ville. En ce moment, il paierait cher pour peindre ou à la limite, vendre des toiles.

Quand son cellulaire le convie bruyamment sur FaceTime, il reconnaît instantanément la photo de Gabriel qui s'affiche sur son écran. Il ne sait pas encore si cet appel se terminera par une délivrance ou par une autre corvée insurmontable.

Malheureusement pour lui, ce sera le deuxième scénario.

Celui-ci l'amènera dans une station de métro, pas très loin de son hôtel, mais dans laquelle il n'est pas facile de s'y retrouver. Gabriel n'a pas besoin d'insister, la résistance de Damien n'est plus ce qu'elle était, il a abdiqué depuis un moment.

CHAPITRE 24

Busan, samedi soir 2 septembre, il y a 30 minutes

- En ce moment, je suis devant une femme que je ne reconnais plus et qui me fait des cachettes. Je me suis fait beaucoup de mauvais sang pour toi lorsque j'étais en détention, tu ne peux savoir à quel point.

Anouk s'arrête un court instant, ses traits se tirent.

- Sais-tu, je commence à avoir un doute !

Elle fait une drôle de mine, comme si elle ne croyait pas elle-même qu'elle est en train d'avoir cette discussion.

- Avec tous les secrets que je découvre à ton sujet, je me demande si tu étais vraiment au centre de détention, malgré ce que tu m'as affirmé.

Anouk lui fait face, elle est à quelques centimètres de son visage. Elle sent monter en elle une forme d'aplomb que l'on ressent habituellement lorsque l'on n'a plus rien à perdre.

- Tiens ! Puisque je ne peux plus te faire confiance, montre-moi donc ton attestation de libération.

Puis, sur un ton triste à mourir elle ajoute ceci :

- Tu vois, nous en sommes rendues là !

Sophie cherche une réponse. Elle n'en a pas. Il lui passe brièvement par la tête l'idée de feindre la perte du document. À quoi bon continuer à mentir, conclut-elle au bout du compte, puisqu'elle était arrivée à l'aboutissement de sa machination.

- Que tu es naïve ! Je suis vraiment désolée. Me crois-tu assez conne pour me faire arrêter ? Cela n'a jamais fait partie de mes plans.

Elle prend un air emphatique, mais sans ménager sa victime.

- Tu es une femme sympathique, Anouk, mais tu as trois défauts. Tu racontes ta vie facilement, tu utilises ta date de naissance comme mot de passe sur ton cellulaire et tu as un frère riche qui tient à toi.

Anouk n'y comprend rien. C'est comme si Sophie parlait soudainement une langue étrangère. Elle entend, son cerveau enregistre, mais tout son corps tremble d'horreur.

- Sophie !

Elle se remet à pleurer.

- Bon, il ne manquait plus que cela !

Le visage de Sophie ne ment pas. Elle pense tout ce qu'elle dit.

- La bonne nouvelle tu vois, c'est que tu n'auras plus à me supporter. Je te dis bonjour pour de bon. J'ai ce que je voulais, enfin je l'aurai dans une petite heure. Toi, tu fais ce que tu veux de ton côté. Tu es une bonne personne, navrée pour toi.

Sur ce, Sophie prend son sac ne contenant qu'un vêtement de rechange et se dirige vers la porte de leur chambre en contournant celle qu'elle quitte. Dans un élan qui la surprend elle-même, Anouk se précipite pour s'intercaler entre elle et la sortie.

- J'ai droit à une explication, Sophie. Tu ne peux me quitter ainsi. Nous avons fait l'amour je ne sais combien de fois, tu semblais aimer ces moments autant que moi. Rien de ceci ne comptait pour toi !

Sophie consulte l'heure sur son cellulaire. Elle ne peut se permettre de perdre du temps en discussion, elle a des choses à faire immédiatement. Il lui faut écrire au frère d'Anouk et être sur place avant l'heure pour s'assurer que tout se passe bien. Elle sait exactement où elle veut que l'argent soit déposé. Ensuite, elle devra ramasser l'enveloppe tout de suite avant qu'un quidam ne la trouve par hasard avant elle. Elle connaît bien l'escalier extérieur de la sortie numéro 6 pour l'avoir gravi à quelques reprises en transitant par cette station de métro avec Anouk. Une enveloppe abandonnée finirait par attirer la curiosité des badauds. Mais, avant, elle doit expédier la note coûte que coûte !

La discussion est trop longue, ce n'est pas ce qu'elle avait prévu. Elle, elle voulait partir en douce, sous un prétexte quelconque, justement pour éviter ce mélodrame qui ne lui sert à rien.

- Je n'ai pas le temps, Anouk. Désolée.

- Non ! Tu ne peux pas partir en me laissant sans réponse. Pas après tout ce que nous avons vécu.

Le visage de Sophie se durcit davantage.

- Laisse-moi passer, je suis pressée, je n'ai plus le temps.

Anouk ne bronche pas. Son intelligence se rebiffe. Cette séparation est insensée. Impossible pour elle de la laisser aller avant d'avoir obtenu des clarifications, Sophie lui doit au moins cela.

- Il n'en est pas question, tu dois m'expliquer ce qui t'arrive avant de te sauver.

Le corps de Sophie se raidit. Les traits de son visage expriment l'exaspération. Elle doit partir à l'instant, tout retard risque de lui faire perdre un mois de travail et 100 000 $.

- Enlève-toi de mon chemin, Anouk, sinon je ne réponds plus de rien.

Cette dernière ne bouge pas. Elle en serait incapable de toute manière. Ses muscles sont raides, paralysés d'anxiété. La seule pensée qui l'habite en ce moment est celle de ne pas laisser fuir son amoureuse. Elle sait intuitivement que si elle la laissait filer, elle ne la reverrait jamais plus.

Sophie avance d'un pas. Son corps touche presque celui d'Anouk, plus délicate qu'elle.

Celle-ci la repousse avec une vigueur qui a dépassé sa volonté. Sophie s'est retrouvée sur le dos.

Elle se relève en s'appuyant sur le meuble à sa gauche. Une fois debout, elle empoigne impulsivement la lampe de lecture qui s'y trouve, dont la base est en métal afin de supporter son poids décentré.

Consciemment ou non, Sophie ne voit plus qu'une avenue possible, se frayer un chemin à tout prix, peu importe le moyen. Elle allait rater le rendez-vous avec la chance de sa vie, elle doit envoyer le courriel à l'instant, tout retard jouera contre elle.

Elle s'avance vers Anouk qui ne bronche toujours pas. Cette dernière reste là, immobile, avec l'air plus déterminé que jamais. Paniquée, Sophie s'élance vers elle en levant le bras qui empoigne la lampe qui se débranche d'elle-même. Dans son élan, elle lui assène un coup sur la tempe gauche.

Anouk s'écroule sur le tapis. Elle ne saigne pas, mais ne bouge pas non plus.

Sophie ne voulait pas se rendre aussi loin. Elle n'a pas eu le choix. Il fallait agir rapidement. Ses réflexes ont pris le dessus, elle a fait ce qu'il fallait. Bien que peinée pour Anouk qui ne méritait pas un tel sort, elle se justifie en se disant que c'est tout de même elle qui l'a cherché. Trop tard pour revenir en arrière. Il lui faut se concentrer sur ce qu'elle a à faire.

Elle écrit immédiatement au frère de celle qu'elle abandonne. Il faut qu'il ait le temps de prévenir son ami Damien tout en ne lui laissant pas la chance de lui tendre un piège si l'idée lui passait par la tête. Instinctivement, tant qu'à avoir le cellulaire à la main, elle prend une photo d'Anouk qui gît par terre et l'insère dans son courriel. *Une photo vaut mille mots !*

Busan, samedi soir 2 septembre (maintenant)

Damien n'ose pas se retourner. Il veut fuir ce lieu aussi rapidement que possible. Il s'est débarrassé de son fardeau, discrètement, en le déposant sous le grand escalier de la sortie extérieure numéro 6 de la station de métro désignée par l'escroc. Il espère qu'il ne s'est pas trompé d'endroit, mais il est hors de question qu'il s'aventure à revenir sur ses pas pour s'en assurer.

Il ne prend pas cette sortie numéro 6 pour émerger à l'extérieur de la station. Il préfère aller vers celle ayant un escalier mécanique. Son souffle court ne lui permettrait pas d'effectuer à pied une aussi longue remontée.

Rendu à l'extérieur, il renaît. Il est venu à l'autre bout du globe pour accomplir la mission que Gabriel lui a confiée. C'est fait, deux fois plutôt qu'une. Damien peut à présent anticiper le long chemin du retour.

Son cellulaire le fait sursauter alors qu'il mettait le pied dans le hall d'entrée de son hôtel.

Je ne lui laisse même pas la chance de dire bonjour et je ne prends pas le temps de lui demander comment s'était déroulée la transaction. Je savais que l'opération avait été bien exécutée. J'ai le courriel de l'escroc devant moi qui en témoigne et qui me divulgue l'endroit où se trouve Anouk.

- Damien, il faut que tu te rendes immédiatement au Home Hotel, chambre numéro 701, Anouk s'y trouve. Elle est en mauvais point, il faut faire vite.

Lui qui se croyait à l'abri d'autres bouleversements, il est mal servi. Par contre, il a compris l'urgence de la situation et ne pose aucune question sauf celles concernant la direction à prendre. La bonne nouvelle est que cet hôtel est situé non loin du sien, donc pas de métro ou de taxi qui viendrait tout compliquer.

Après avoir brièvement hésité entre deux chemins, il aboutit sur une ruelle semée de restaurants sympathiques et de petits commerces qu'il trouverait fort agréables en temps normal.

Il vient de l'apercevoir, juste devant lui. Le nom de l'hôtel est inscrit en grosses lettres à la verticale sur le côté, pas d'erreur possible.

À la réception, on le salue poliment et on lui demande en anglais, presque convenable, à quel nom est la réservation.

- Il faut absolument que j'aille à la chambre 701, Anouk est en danger.

Le réceptionniste le regarde d'un drôle d'air. Damien répète de peur de ne pas avoir été compris.

- Chambre 701, Anouk Beauregard. Je dois m'y rendre immédiatement.

- Il y a un problème, monsieur !

- Oui, oui. J'ai eu un appel, il y a urgence.

Bon, le réceptionniste aurait préféré le cas plus simple d'un client qui aurait voulu tout bonnement s'inscrire, mais il comprend à la physionomie de son interlocuteur que quelque chose ne va vraiment pas à la chambre 701. Il demande à la personne dans l'autre pièce derrière lui de prendre la relève, fait le tour du comptoir et se dirige vers l'ascenseur avec une carte magnétique en main.

Une fois rendu au septième, il tourne à sa droite vers la chambre 701. Sur place, il frappe une fois. Aucune réponse ni aucun signe de vie. Il interroge Damien des yeux. Celui-ci ne répond pas, mais redirige son regard vers la porte. Le réceptionniste comprend et frappe à nouveau avec une vigueur qui aura le mérite de dissiper toute ambiguïté sur la présence ou non d'une personne consciente à l'intérieur.

Deux secondes plus tard, il appuie sa carte magnétique sur le mécanisme d'ouverture de la porte. Un clic se fait entendre, il la pousse. Damien le coupe et passe devant lui.

Il se met une main sur la bouche, les larmes lui montent aux yeux.

Montréal, samedi matin 2 septembre

Mat, toujours seul à son bureau, rumine les mêmes idées depuis plus d'une heure. Il y a des choses qui le tourmentent incontestablement, mais ce qu'il trouve le plus angoissant, c'est l'horrible sentiment d'avoir abandonné Gabriel à son sort. Il lui a plus ou moins laissé entendre qu'il devait se débrouiller seul avec les demandes de l'escroc et regrette d'avoir implicitement acquiescé à sa stratégie.

Il aurait dû comprendre la détresse dans laquelle son ami se trouvait et essayer de dissiper ses doutes concernant l'intégrité du détective Legendre plutôt que de lui raccrocher la ligne au nez.

Mat n'aime pas ces samedis matin noirs quand un dossier l'amène au bureau le privant ainsi de temps qu'il devrait passer avec les jumeaux et Hélène. Aujourd'hui, c'est pire. Le dossier qui le hante n'est pas n'importe lequel. C'est celui impliquant deux de ses meilleurs amis, Anouk et Gabriel, pour ne pas parler de Damien qui s'y trouve mêlé lui aussi. *Un dossier ! Je travaille sur un dossier, celui de mes meilleurs amis ! Merde.*

Il sort son cellulaire, sélectionne Gabriel Beauregard dans ses contacts et l'appelle sur-le-champ.

Aussitôt que le timbre de mon téléphone entame sa ritournelle que je trouve aujourd'hui un peu trop créative, je décroche et je crie.

- Damien, comment va-t-elle ?

- Gabriel, c'est moi.

Mat s'arrête là.

Mes réactions s'entremêlent. Je ne peux concevoir un raisonnement cohérent. Je suis paralysé. Rien ne sort de ma bouche.

- Gabriel, nous sommes peut-être allés un peu trop vite en affaire.

Le ton de Mat est à la conciliation, je le sens, mais ce n'est pas le bon moment pour amorcer la grande réconciliation.

- Mat, j'attends un appel de Damien, il est allé retrouver Anouk qui est blessée. Je t'expliquerai plus tard.

Il hésite. Il ne s'attendait certes pas à une telle réponse. Je me résigne à lui en dire plus.

- Merci pour ton appel, Mat. Tu as raison, nous devons parler. Donne-moi seulement le temps de m'assurer de l'état d'Anouk. Je te rappelle dès que j'en ai des nouvelles.

- Merci. J'attends ton appel.

Mat a vite saisi l'urgence de la situation.

Busan, samedi soir 2 septembre

Après avoir frappé en vain à la porte de la chambre de Damien, Camille lui écrit une note et la glisse sous celle-ci avant de partir pour Séoul. En gros, elle lui exprime son regret de ne pouvoir lui dire bonjour de vive voix avant de prendre la direction de la gare. Elle ajoute qu'elle espère que tout ceci se réglera très prochainement et qu'elle a hâte de le voir à Montréal.

Damien ne lira ce message que tard ce soir.

* * *

Elle gît sur le sol. Sa tête bouge légèrement. Elle émet de faibles sons incompréhensibles. Damien et le réceptionniste sont penchés sur elle. Tous les deux savent qu'il ne faut pas déplacer une personne dans cet état avant de connaître sa condition.

- Anouk ! C'est moi.

Elle ne répond pas, mais sa main et sa bouche essaient d'exprimer quelque chose.

- Anouk, tout est terminé, tu es hors de danger à présent.

Elle ouvre laborieusement les yeux. Elle ne trouve pas le visage repentant de Sophie qu'elle espérait apercevoir malgré tout.

La réalité la rattrape lentement. Elle reconnaît Damien, sa voix d'abord puis sa physionomie ensuite. *Qu'est-ce qu'il fait ici ?*

- Anouk, comment te sens-tu ?

Elle est dans un monde irréel. Elle réussit tout de même à parler, ce qui la surprend elle-même.

- Que fais-tu ici, Damien ?

Ouf ! se dit-il, elle est consciente et retrouve peu à peu ses esprits.

- Je suis là, Anouk. Je reste avec toi. Elle ne te fera plus de mal à présent.

Anouk se redresse la tête et fait des efforts pour se relever.

- Où est Sophie ?

- Je ne le sais pas, mais elle ne perd rien pour attendre, crois-moi !

Les souvenirs de son altercation avec son amoureuse lui reviennent lentement en mémoire. Elle pleure. Elle ne comprend pas tout, mais elle sait que leur enivrante relation s'est terminée brutalement. Son mal de tête lui fait moins mal que son mal à l'âme qui, elle l'anticipe déjà, sera long à guérir.

Elle a finalement réussi à se relever avec l'aide des deux hommes. Son corps est debout, mais elle, elle est demeurée par terre.

- Il faut que tu voies un médecin.

Elle ne répond pas à haute voix, mais lui fait non de la main. Puis elle remarque l'autre personne à ses côtés. Damien s'en aperçoit.

- C'est le réceptionniste de l'hôtel, il m'a ouvert la porte.

Damien change de ton.

- Qu'est-ce qu'elle t'a fait ?

Ce que Sophie lui a fait à la tête est peu en comparaison du reste. Des sanglots refont surface. On l'aide à s'asseoir sur le fauteuil. Elle regarde Damien dans les yeux, sans encore comprendre ce qu'il fait dans sa chambre.

- Elle ne reviendra pas, n'est-ce pas ?

- Je l'espère bien !

Ce soir-là, Damien a amené à son hôtel une femme brisée, qui tenait à la main ses rares affaires enfouies dans un petit sac de plastique.

Il n'a pas eu de réactions en lisant la note de Camille laissée sous sa porte. Toute son attention est pour Anouk.

CHAPITRE 25

Montréal, samedi midi 2 septembre

Je viens de raccrocher. Damien m'a fait un compte rendu puis il m'a passé Anouk pour que je m'entretienne avec elle quelques minutes. Sa voix n'était pas au sommet de sa forme, mais j'ai pu finalement m'assurer par moi-même qu'elle était saine et sauve. Elle a aussi donné sa déposition à la police de Busan que le réceptionniste de l'hôtel a fait venir avant qu'elle ne quitte sa chambre avec Damien.

Comme promis, j'appelle Mat pour lui faire part des dernières nouvelles.

- Sergent Mathieu Smith à l'appareil.

- Tu fais ton petit caporal même le samedi !

Les nerfs de Mat doivent être à vif, comme les miens l'étaient avant que Damien me rassure. Je sais qu'en ironisant dès le départ, il comprendra immédiatement qu'Anouk est hors de danger.

- Ton sarcasme me rassure. Je crois même que c'est la première fois que je savoure une de tes tentatives pour essayer d'être drôle.

- Je peux « sarcasmer » encore un moment, si tu insistes.

- Je conclus que vous avez retrouvé Anouk.

- Ta perspicacité m'a toujours impressionné, Mat.

- Ce n'est rien, tu devrais me voir quand je suis en forme. Maintenant, vas-tu me dire ce qui en est ?

Je pense que je l'ai assez fait languir pour aujourd'hui.

- À la suite de la remise de la rançon par Damien, on m'a communiqué les coordonnées d'Anouk. Il l'a retrouvée par terre dans sa chambre d'hôtel. Elle a reçu un coup, mais ne semble pas en subir des effets importants pour le moment. Évidemment, Sophie n'était pas là.

- Où est-elle ?

- Ça, c'est à toi de me le dire, Mat.

- Idiot, je veux dire où se trouve Anouk, pas Sophie.

Que j'aime le faire parler pour rien, quand j'ai la forme. Il est un sujet en or.

- À l'heure actuelle, elle est à l'hôtel de Damien avec lui.

Mat est soulagé, il peut se permettre à présent d'exprimer avec rage un sentiment qui se trouvait tapi juste derrière son anxiété.

- Crois-moi, elle paiera pour le mal qu'elle lui a fait.

Je ne le suis pas encore sur ce thème. Mes pensées sont pour Anouk et la dure réalité qu'elle devra affronter.

- Je lui ai parlé autant que ses forces le lui autorisaient. Elle a un gros deuil à faire, Mat. Tu t'imagines, elle avait mis toute sa confiance en cette fille puis brusquement, elle réalise que leur magnifique passion amoureuse n'avait qu'un but : m'escroquer. Elle est démolie. Son histoire me crève le cœur.

- Nous l'entourerons du mieux que nous pourrons, Gabriel, elle ne sera pas seule.

Après une courte pause, Mat réaffirme sa frustration sur un ton encore plus agressif.

- Nous mettrons la main au collet de cette fille, compte sur moi.

- Compter sur toi et sur l'un de tes meilleurs enquêteurs évidemment !

Mat ravale sa salive.

- Sur moi ainsi que sur le détective Samuel Legendre et toute l'équipe, évidemment, comme tu le dis !

Je décide de ne pas pousser plus loin. Mat est malin, il considérera toutes les pistes possibles, même s'il ne m'en parle pas ouvertement. Je n'ajouterai pas de l'huile sur le feu. *À moins que... non, ne va pas là, Gabriel !*

Une fois l'appel terminé, mon devoir étant fait, j'écris la bonne nouvelle à Camille qui se trouve dans le milieu de sa nuit, à Busan ou à Séoul. Elle ouvrira mon courriel au petit matin.

Busan, dimanche matin 3 septembre

Le lit de Damien est assez grand pour que deux personnes mortes de fatigue et écorchées par des évènements singuliers puissent y dormir sans sentir la présence de l'autre. Malgré tout, quand Damien s'est réveillé à quelques reprises, il a vérifié si la respiration d'Anouk était normale. Il avait lu quelque part qu'à la suite d'une commotion, une personne pouvait avoir des convulsions inquiétantes. Il n'a constaté rien de tout ceci, seulement une femme frêle, qui dort d'un sommeil agité.

Anouk est belle, vraiment belle, mais il ne lui passerait jamais par la tête de la voir autrement qu'en amie. Aucune ambiguïté de son côté à lui, ni du sien d'ailleurs.

Au levé, elle avait mal au crâne et ressentait de légères nausées ; normal, après avoir reçu un tel coup. Malheureusement, là n'était pas sa principale souffrance.

Ils ont peu parlé, verbalisant uniquement l'essentiel afin de se partager légitimement la salle de bain. L'un et l'autre, sans s'être consultés, préféraient attendre d'être devant un bon café avant d'aborder le sujet évident. Une tasse de café pour certains ou un verre de scotch pour d'autres, lorsque tenu par des mains tristes, permet une liberté d'expression difficilement envisageable autrement.

La salle où est servi le petit déjeuner est moche, mais ni l'un ni l'autre ne s'en soucie. À la limite, ce qu'ils vont manger les indiffère aussi. Le café est au rendez-vous, c'est tout ce qui compte.

Les minutes passent. Le silence est lourd. Anouk joue depuis un moment avec sa tasse.

Damien considère qu'il est temps de faire face à la cruelle réalité de ce que vit son amie.

- Tu veux en parler, Anouk.

- Je reconnais bien la sensibilité et le tact de mon ami - elle lui touche la main. Merci, mais je crois que j'ai tout compris. Elle s'est moquée de moi. Je sais maintenant que tout ce qu'elle voulait c'est l'argent de Gabriel. Il n'y a rien à ajouter. Elle était pourtant tellement…

Elle se tait. C'est là que le café intervient. Elle s'en prend une gorgée comme on ingérerait un antidote, mais qui restera sans effet.

Elle se force pour lui faire un beau sourire néanmoins assombri par ses grands yeux embués.

Surpris par sa lucidité, il en profite pour la mettre au courant de tout ce qui s'est passé, à sa connaissance, depuis qu'elle est arrivée à Séoul. Elle ne l'interrompt pas et encaisse avec dignité.

Une fois la triste narration terminée, elle porte toute son attention vers Damien qui a pris de gros risques pour elle.

- Revenons à Montréal. Je te connais, tu dois avoir hâte de retrouver tes pinceaux et tes toiles.

Il enlève sa main de sous la sienne et prend un air plus sombre.

- Il y a un volet de l'histoire que je ne t'ai pas encore exposé, Anouk, puisque tu n'étais pas directement concernée. La somme que j'ai remise à...

Il s'arrête ne sachant plus comment nommer l'escroc.

- À Sophie, dis-le ! À Sophie la fraudeuse qui n'a pas hésité à se jouer de mes sentiments pour voler Gabriel. Ou, aurais-je dû dire Julie ?

Damien se redresse. Il trouve l'amertume de son amie tout à fait normale.

- Donc, j'ai dû apporter une somme considérable en liquide que je n'ai évidemment pas déclarée à mon passage au poste frontalier. On m'aurait posé des questions qui auraient pu faire déraper l'opération. Les autorités savent à présent que j'ai transporté l'argent depuis Montréal. Plus tard, lorsque j'ai voulu le récupérer à la suite de la première remise ratée, je viens de t'en parler, ils se sont montrés pointilleux sur la chose. Pour faire au plus court, je ne peux quitter le pays avant que l'on statue sur mon cas.

Anouk replace sa main sur la sienne. Damien sent toute l'émotion dans son expression. Elle n'hésite même pas une seconde.

- Je reste avec toi, Damien. Il n'est pas question que je te laisse seul ici après tout ce que tu as risqué pour moi. Je décalerai mon vol prévu pour demain et je préviendrai le bureau.

Il trouve que l'air d'Anouk redevient normal, celui d'une femme qui fonce et qui ne recule pas devant une embûche. Il sait que rien ne lui fera changer d'idée. Il ne s'essaie même pas.

Damien lui dira plus tard, il se sent soulagé de ne pas affronter seul ses démêlés avec la justice.

- J'apprécie beaucoup, Anouk.

Les cafés reprennent du service.

Montréal, dimanche fin après-midi 3 septembre

Le problème, lorsque je viens prendre quelqu'un à l'aéroport Montréal-Trudeau, comme c'est le cas partout d'ailleurs, est qu'il est très difficile de prévoir l'heure exacte à laquelle la personne que l'on vient chercher sortira de l'aéroport. La météo, les douanes et les bagages offrent de belles occasions d'engendrer des retards. Une ou plusieurs causes se sont associées aujourd'hui pour me faire languir. Heureusement que Camille a déjà passé les douanes canadiennes à son arrivée à Vancouver, avant d'entreprendre ce dernier segment vers Montréal.

La voici. Enfin, je crois que c'est elle, perdue dans une foule pressée d'arriver. Oui, c'est bien Camille ! Elle traverse les portes transparentes. Elle me cherche du regard ou plus pragmatiquement peut-être, elle espère que je suis venu à sa rencontre. Évidemment, j'y suis. Je ne pouvais plus me priver d'elle une minute de plus.

Elle me voit maintenant, sa physionomie s'anime. Elle court vers moi, j'en fais autant.

Nous nous sautons dans les bras. Les miens ne sont pas assez forts pour l'étreindre à satiété.

Enfin, je reprends ma vie normale.

- J'ai beaucoup de choses à te raconter, Camille.

- Je sais, j'en ai eu un aperçu en lisant ton courriel ce matin avant d'aller prendre mon avion. Méchant garnement, j'ai compris que tu avais payé l'escroc une fois de plus et que ton ami, qui n'a pas déclaré l'argent liquide à la douane, marche sur des charbons ardents.

Même quand elle n'est pas d'accord avec moi, Camille le fait d'une façon si exquise qu'on ne peut s'en offusquer.

- J'ai pris la bonne décision. La remise de la rançon s'est bien déroulée cette fois. Nous avons retrouvé Anouk. Elle a été légèrement blessée, mais il semble que ce ne soit pas grave. À présent, nous nous occuperons de Damien.

- Enfin ! crie-t-elle, pendant que les quelques personnes dans notre voisinage se retournent, attirées par son soupir un peu bruyant. J'espère qu'elle s'en remettra rapidement. Je ne veux pas uniquement parler de sa blessure, mais également de la grande peine qu'elle doit ressentir. C'est quand même une histoire incroyable !

Je dois me résigner à lui laisser la main pour prendre ses bagages afin de me rendre au stationnement de courte durée tout en ne la quittant pas des yeux, j'ai aussi du rattrapage visuel à faire.

Camille vient seulement d'y penser, je ne la blâme pas, elle a beaucoup d'information à digérer.

- Anouk n'était pas dans l'avion avec moi. Je suis rendue habituée à épier tous les visages maintenant, je crois même que cela me prendra quelques jours avant de me défaire de cette habitude.

J'avais presque oublié ce sourire qui me fait sentir tellement bien.

- Je m'imagine que j'aurai finalement le plaisir de la rencontrer demain, peut-être.

- C'est un peu plus compliqué, Camille. Elle ne veut pas laisser Damien se démêler seul avec la douane sud-coréenne. Elle a le sentiment qu'elle lui doit cette faveur et puis, entre toi et moi, je pense qu'elle a un grand besoin de se concentrer sur quelque chose qui l'aidera à faire son deuil. Moi, dans ces circonstances, j'ai tendance à y aller un peu fort sur le scotch, la méthode de ma sœur me paraît plus saine, je crois.

- Si nous n'étions pas dans un aéroport et si j'avais les deux mains libres, je te montrerais une façon infaillible de te changer les idées, sans scotch.

Je ne sais pas quoi lui répondre. Je pense même que je suis en train de rougir. Maladroitement, je me concentre sur mes clefs de voiture. Elle en profite pour en remettre.

- Laisse-moi me replacer du décalage horaire, je te donnerai de bonnes raisons de rougir et tu n'auras pas tes clefs bruyantes en mains pour te créer un refuge.

Pas possible de lui cacher quoi que ce soit, elle est pire que Damien, ma foi !

Busan, dimanche 3 septembre

Damien aime être en compagnie d'Anouk. Il n'aurait pas eu le toupet de lui demander ce service, mais il est reconnaissant de ce qu'elle fait pour lui.

Ce qu'Anouk ne lui dit pas, mais qu'il a deviné aussitôt, c'est qu'elle a probablement besoin de lui autant que lui a besoin d'elle.

Avant le petit déjeuner, Damien a demandé une autre chambre avec deux lits séparés. Merci à la basse saison, son souhait a été exaucé. Il n'était pas question de laisser Anouk seule dans une autre chambre en sachant que Sophie ou comme elle le sait maintenant, Julie pouvait encore rôder dans les parages.

Après leurs déjeuners, ils ont convenu de prendre une journée de congé puisque le bureau des douanes est fermé le dimanche pour le traitement des dossiers administratifs. Aujourd'hui, congé de stress et congé de nouveaux drames.

Après s'être procuré quelques effets personnels et un ensemble trouvé au premier magasin rencontré sur leur passage, Anouk en a profité pour faire découvrir à Damien certains coins de la ville qu'elle avait au préalable explorés avec Sophie. Même si Damien soupçonnait que cet exercice servait également à la désensibiliser de ses souvenirs, il s'est prêté au jeu de bonne grâce. Ces longues marches dans les différents quartiers lui permettaient à lui aussi d'oublier ses tracas. Les passants auraient cru voir deux amoureux discutant de leur avenir.

Au souper, Anouk l'a initié à la cuisine coréenne, lui qui s'était contenté jusqu'à présent de réconfortants hamburgers. Kimchi, viande cuite sur charbon de bois, riz, bière locale, et tout ce qui fait le charme de cette cuisine étaient au rendez-vous.

Cette nuit, il dormira mal, hanté par la perspective de ce qui l'attend tandis qu'Anouk, elle, ne fermera pas l'œil. Elle n'est pas encore suffisamment en carence de sommeil pour que celui-ci vienne à bout de sa tristesse.

CHAPITRE 26

Montréal, lundi soir 4 septembre

Quel lundi soir bizarre !

Tous les premiers lundis du mois, nous quatre, Anouk, Damien, Mat et moi, nous nous retrouvons autour d'une bonne table pour le simple plaisir d'être ensemble. Tradition immuable instaurée il y a des mois. Aujourd'hui, aucun de nous ne penserait à s'y soustraire.

Ce soir, la situation fait en sorte que nous sommes séparés en deux groupes. Mat et moi, de notre côté à Montréal, puis Anouk et Damien qui nous précèdent de 13 heures sur un autre continent. Un premier lundi du mois des plus étranges en ce jour de la fête du Travail[4].

Camille est en congé. Dans tous les sens du terme ! Je sais d'expérience qu'il faut au moins deux à trois jours pour se remettre du décalage au retour d'Asie. Dans son cas, le compteur ne débute qu'aujourd'hui. Hier, au retour de l'aéroport, le repos ne semblait pas être sa priorité. Je ne m'en suis pas plaint. Ce matin, elle a regagné son appartement, meilleure stratégie pour assurer sa tranquillité ! Ce soir, elle soupe seule.

---

[4] Au Canada, le premier lundi de septembre

Choisi à tour de rôle, c'était curieusement autour d'Anouk de dénicher le restaurant cette fois-ci. Comme à son habitude, elle nous avait proposé l'endroit le mois précédent. Je n'avais pas consulté Mat pour connaître ses intentions, lui ne m'avait pas demandé les miennes non plus. Lorsque je suis arrivé, je l'ai vu attablé, seul, dans un coin. Je me suis senti un peu embarrassé. C'était la première fois que nous nous rencontrions depuis notre altercation téléphonique à propos des doutes que j'avais soulevés sur son enquêteur. Je m'attendais même à ce que je soupe seul. Ce ne sera pas le cas.

Mon ami Mat a ceci de bon, il ne laisse pas pourrir une situation conflictuelle que moi j'aurais peut-être tendance à balayer sous le tapis ou pire, à noyer. Après avoir commandé sans enthousiasme particulier, nous voici à présent devant notre verre de vin délibérément réclamé en premier. Mat s'en prend une rasade, je le suis. Belle mise en situation entre deux hommes qui ont des choses à mettre au clair. Machinalement, j'en prends une autre gorgée. Mat décide de ne pas me suivre sur cette voie d'évitement.

- Gabriel, nous devons parler.

Je suis tout à fait d'accord avec le pragmatisme de son énoncé. Bon point. Mais ceci étant établi, je ne sais pas par quel bout commencer.

Il va m'aider.

- Je n'ai pas aimé ton accusation de l'autre jour à propos des relations hypothétiques que le détective Legendre pourrait entretenir avec Julie Lebel.

Je l'arrête.

- J'étais tourmenté et j'ai émis cette hypothèse dans le feu de l'action.

- Laisse-moi terminer.

Je retourne sagement à mon verre. Au moins, lui ne m'interrompt pas.

- J'ai ressassé la question sous différents angles, je ne comprends toujours pas comment Julie, alias Sophie, a pu savoir que la police de Busan avait infiltré le centre d'information de... du village culturel. Évidemment, il est possible aussi que la Julie en question se soit présentée discrètement, assez à l'avance pour possiblement avoir observé un va-et-vient louche. Pour ce faire, il aurait fallu qu'elle laisse Anouk seule suffisamment longtemps pour aller jusque-là, attendre et en revenir, ce qui me semble peu probable pour deux amoureuses inséparables en vacances.

Mon verre me tient toujours occupé, mes oreilles, elles, sont grandes ouvertes.

- Il y a aussi la possibilité que quelqu'un l'ait prévenue.

Il commence à m'intéresser sérieusement.

- Si tel est le cas, la fuite aurait pu venir de ce côté-ci ou de l'autre.

Il fait exprès ma foi pour étirer le plaisir, celui-là.

- Je ne vois pas l'intérêt de la police sud-coréenne à vouloir faire avorter cette opération. Elle n'aurait rien à y gagner.

À son tour de lever son verre. Il a le bon bout du bâton, je dois attendre. Je crois que c'est sa manière à lui de me faire expier mes fautes.

- De notre côté, à part évidemment Maxime Legrand, nous ne voyons pas qui d'autre pourrait être complice du stratagème. Tout s'expliquerait si c'était l'un des nôtres. Il aurait pu laisser filtrer de l'information. Le motif serait simple, une part du gâteau en plus de la belle Julie en prime, comme tu le sous-entendais.

Il m'intéresse de plus en plus.

- Si nous suivons cette piste, effectivement, le détective Legendre a accès à toutes les informations sur ce dossier, mais je n'ai trouvé aucun lien possible entre lui et Julie.

Il me laisse tomber à plat, juste comme je m'attendais à une révélation croustillante ! J'admets par contre qu'il vient de faire de beaux efforts pour recadrer les faits. Je lui dois sa franchise.

- Merci, Mat.

- Merci, pourquoi ? Pour ma profonde analyse d'une situation complexe, pour ma perspicacité hors du commun ou pour mon professionnalisme exemplaire ?

- Pour être mon ami, Mat, rien de plus. Surtout, ne te prends pas pour quelqu'un d'autre.

Nous retournons tous les deux à nos coupes de vin.

Le serveur revient juste à temps pour nous délivrer de notre lourd mutisme. Nous sommes donc devant de beaux plats, pour lesquels nous n'avons aucun appétit, mais qui arrivent en renfort pour soutenir notre laborieuse conversation.

Mat reprend sous un angle moins menaçant, pour lui comme pour moi.

- Julie, alias Sophie, a tout l'argent nécessaire, en liquide, pour se fondre dans le décor aussi longtemps qu'elle le voudra. Elle n'a même pas à utiliser de cartes de crédit ou de débit pour risquer de se faire repérer, elle peut tout payer comptant pour un bon moment. Elle ne laissera aucune trace.

Pourquoi est-ce que je me sens accusé ?

- Les autorités sud-coréennes l'ont placée sur leur liste de personnes recherchées, elle ne pourra passer les douanes sans être interceptée. Donc, logiquement, Julie Lebel se trouve toujours sur leur territoire.

- Cette fille est machiavélique, Mat. Crois-tu qu'elle pourrait encore faire du tort à Anouk ?

Mat n'aime pas ma question.

Il en profite pour faire une diversion en s'attardant à massacrer son steak dépourvu de défenses, étalé dans son assiette. Sans ménagement, avec une fourchette bien maîtrisée qui ne connaît ni pitié ni compassion, il s'acharne sur la bête. La bouche à présent pleine, le pauvre, il ne peut répondre sur-le-champ. Politesse oblige.

Busan, lundi 4 septembre, plus tôt ce matin

Anouk et Damien sont les seuls occidentaux qui patientent dans la salle d'attente du bureau administratif des douanes à Busan. Ils se trouvent parmi des Chinois et des Japonais qui constituent une proportion importante du tourisme en Corée du Sud. En entrant, ils ont pris un numéro, mais ont laissé passer quelques personnes entre celui d'Anouk et de Damien. L'idée étant de se donner assez de temps entre le traitement de leurs deux causes pour que l'un puisse accompagner l'autre. Comme le vol du passeport d'Anouk est plus facile à régler et comporte moins de risques que pour le cas de Damien, Anouk a pris le premier numéro.

Ils se tiennent la main, comme le font certains couples autour d'eux. Bien que tourmentée par le sort que pourrait subir son ami pour l'avoir aidée à sortir des griffes de

Sophie, Anouk ne peut s'empêcher d'éprouver de l'empathie pour tous ces gens qui, d'une manière ou d'une autre, transportent dans leurs bagages des drames possiblement pires que le sien ou que celui de Damien.

Ce dernier ressent tout à coup une vive douleur aux os de la main avant même qu'il ne réalise que le numéro d'Anouk venait de s'afficher sur les moniteurs. Elle n'a pu s'empêcher de lui broyer la main en le voyant apparaître à l'écran.

Son entrevue s'est déroulée mieux que prévu. Comme son passeport avait été retrouvé à Vancouver dans les affaires de l'homme qui le lui avait volé, et puisqu'elle a finalement reçu une copie de son certificat de naissance, on lui en a délivré un passeport temporaire sur-le-champ. Elle est enfin libre de revenir à Montréal quand elle le voudra, en traînant avec elle un tourment qui la hantera encore plus une fois qu'elle sera replongée dans son quotidien.

Ses émotions trahies par l'expression de son visage n'échappent pas à Damien. Il devine qu'elle vient de passer à une autre étape. Ses problèmes administratifs étant derrière elle, l'intensité de sa peine prendra à présent toute la place.

En revenant dans la salle pour attendre l'appel de son numéro cette fois, Damien ne dit rien, trop préoccupé par ses propres soucis. Il se promet de revenir sur ce que vit Anouk quand il s'en sentira capable, en temps et lieu.

Il fixe le moniteur en gardant ses mains sur lui, pas seulement pour éviter de se faire estropier une autre fois, mais pour faire le vide, éviter de penser au pire.

Heureusement, Anouk est à ses côtés.

Montréal, lundi soir 4 septembre (maintenant)

Une fois l'interminable bouchée avalée, Mat fit passer le tout avec quelques gorgées d'eau.

J'interviens avant qu'il ne recommence la manœuvre. Il est capable de me faire le coup ad vitam aeternam pour éviter de me répondre.

- Puisque vous n'avez pas arrêté Julie Lebel, oui ou non, Anouk est-elle encore en danger ? Ma question est pourtant bien simple.

- Oui.

- Oui à quoi ? Au fait que ma question soit simple ou qu'Anouk soit en danger.

- Oui au deux.

Il joue avec sa fourchette, mais ne la replonge pas dans ce qui reste de son steak qui a drastiquement changé d'aspect.

- Nous ne savons pas qui a réellement fait le coup, Gabriel. Sophie n'existe pas et Julie est introuvable. Nous essayons de remonter la filière Julie Lebel. À cet effet, demain le détective Legendre ira interroger le personnel du club où elle travaillait avant qu'elle ne se lance à temps plein dans l'escroquerie.

- Y a-t-il quelque chose à tirer du côté de Maxime Legrand ?

- Peu. Il semble nous avoir dévoilé tout ce qu'il savait en commençant par nous révéler le vrai nom de Sophie, ce qui en soi est une avancée énorme. Au moins, cette information nous permet d'explorer une piste concrète. Plus je considère la situation, plus je pense qu'effectivement Maxime a été manœuvré par la belle Julie. Je ne le crois pas capable d'imaginer des scénarios aussi tordus. Je serais plutôt enclin à présumer que c'est un naïf qui n'a même pas eu l'idée de se débarrasser du passeport d'Anouk qu'il a traîné au Canada pour rien.

- Où le détenez-vous ?

Je peux voir dans les yeux de mon ami le soudain goût d'en finir avec son steak. Heureusement, il s'en abstient.

- Il a été relâché sous promesse de comparaître. Sa remise en liberté est assortie de conditions sévères. Son avocat a convaincu le juge, nous nous sommes pliés à son ordonnance.

Il ne me regarde pas, comme s'il savait que j'étais pour lui tomber dessus. Il n'a pas tort. Prudent, Mat ne prend aucun risque et redirige la conversation.

- Je te ferai savoir si Samuel découvre quelque chose en interrogeant les anciennes collègues de Julie.

Est-ce le début de la sagesse ? Je ne peux le dire, mais je décide de ne pas faire feu. La libération, même provisoire, du complice de Julie ne fait pas plus son affaire que la mienne, car je trouve qu'il en a beaucoup mis pour la justifier. Je nous épargne donc une bataille inutile.

Je sens qu'il respire mieux. *Deviendrais-je plus sage ?*

Mat et moi, ainsi qu'Anouk et Damien j'en suis persuadé, nous nous souviendrons longtemps de ce souper bicéphale du premier lundi du mois de septembre.

* * *

J'ai à peine le temps de refermer la porte derrière moi que le téléphone sollicite immédiatement mon attention. J'espère que l'appel est de Camille qui aura décidé d'abréger sa retraite volontaire. Je ferai semblant d'essayer de l'en dissuader, mais la question me trotte déjà dans la tête, je vais chez elle ou elle chez moi ?

- Oui, bonjour !

- Comment va mon grand frère ?

La famille c'est bien beau, mais bon ! Je retombe sur terre, mes hormones aussi. La seconde suivante, je suis heureux d'avoir des nouvelles d'Anouk et de Damien. C'est moi qui lui avais demandé de m'appeler mardi matin à son heure, lundi soir à la mienne donc, pour savoir si la douane avait contacté Damien pour faire suite à son entretien d'hier matin.

- Bien et toi, comment te sens-tu ?

- Ma tête va mieux, mon cœur est toujours aussi saccagé.

Je sais reconnaître la voix artificiellement normale de ma sœur. C'est ce que je craignais. Elle mettra du temps à se guérir de Sophie. Je la comprends tellement bien !

J'évite de m'étendre sur le sujet, Damien est avec elle et il est un meilleur soutien que je ne le serai jamais. De toute manière, elle ne m'appelle pas pour m'entendre lui donner des conseils dont elle n'a pas besoin.

- Je te comprends, Anouk, mais dis-moi vite si Damien a eu des nouvelles.

- Justement, non. Comme je t'en faisais part hier, l'administration douanière n'a toujours pas statué sur son cas. Il a peur, et moi aussi. Nous sommes à la merci d'un système que nous ne maîtrisons pas bien. Tout ce que je sais, c'est qu'il risque de faire de la prison dans je ne sais quelles conditions si on l'accuse et le condamne.

- Est-il à côté de toi ?

- Non, je l'ai envoyé chercher du lait à la réception, cela lui prendra un bon moment si je me fie à mon expérience.

- Moi aussi je me fais du souci pour lui, Anouk. Je m'en veux de lui avoir demandé un tel service. Sans y penser, je l'ai entraîné à commettre un acte illégal. Il s'est fait appréhender et c'est lui qui écope à présent. Ce n'est pas juste.

Anouk ne m'appelle pas pour m'entendre m'apitoyer sur mon sort, sur celui de Damien ou sur le sien. Je reviens donc sur le sujet qui nous intéresse.

- Je viens de souper avec Mat, il m'a confirmé qu'à sa demande, les avocats de la Sûreté du Québec sont en discussion avec leurs contreparties de Busan pour faire valoir leur thèse de force majeure. Damien a sauvé une vie, il n'a pas fraudé, il n'avait pas le choix.

Je répète l'affirmation davantage pour me rassurer moi-même que pour réconforter Anouk.

- La différence de fuseau horaire n'aide pas, Anouk. Les arguments de lundi ce côté-ci ne sont considérés que mardi de ton côté. C'est très frustrant.

- Qu'est-ce que je peux faire ?

- Tu en fais déjà beaucoup, Anouk. Je suis assuré que Damien est reconnaissant pour ta compagnie et ton soutien moral.

Je ne lui mentionne pas que je suis aussi convaincu qu'elle-même doit trouver thérapeutique le fait de se soucier de son ami. D'autant plus que ce dernier a un don pour choisir les bons mots.

CHAPITRE 27

Montréal, mardi 5 septembre

Il fut une période, dans la carrière du détective Legendre où il devait fréquenter professionnellement ce genre d'établissement. Aujourd'hui, ses dossiers sont heureusement plus diversifiés.

Ce bar ressemble à tous les autres avec sa façade qui se veut affriolante, décorée de tubes fluorescents dont une partie est grillée depuis probablement toujours. L'intérieur sombre requiert quelques minutes pour que l'œil s'y retrouve. Une silhouette incontournable et imposante fait office de poste de péage. Une lumière discrète et bleutée baigne le lieu qui émerge lentement. Une musique plus ou moins rythmée coiffe le tout. Évidemment, au loin, sur la scène de tous les désirs, des corps nus ou presque selon l'avancement de la prestation, se contorsionnent ou se languissent au gré de la musique.

Il s'est installé au bar, une eau Perrier à la main. C'est généralement un indice fiable pour les serveuses-artistes que l'homme doit être un policier. Alors, quand l'enquêteur commence à poser des questions, aussi subtilement qu'un lutteur-sumo, à propos d'une dénommée Julie Lebel, personne ne semble surpris. Personne ne se presse non plus pour lui venir en aide. Samuel Legendre est habitué à cette résistance passive. Il devra faire preuve de ruse et de patience, mais comme les filles en ont vu d'autres, le jeu se joue à armes égales.

Ce n'est qu'une fois rendu à son deuxième Perrier que le détective a l'impression de s'adresser finalement à la bonne personne. La dénommée Chanel, probablement un nom de scène, admet se souvenir de Julie. Entre deux prestations, elle accepte de lui parler, mais seulement pour deux minutes. Elle n'est pas ici pour les beaux yeux de la police, mais pour se faire assez d'argent pour donner à sa fille la possibilité de vivre une vie différente de la sienne.

- Comme je vous l'ai dit, monsieur l'agent, Julie a travaillé ici pendant peut-être un an. Ensuite, elle a disparu et nous n'en avons plus entendu parler par la suite. Que voulez-vous que je vous dise de plus ?

Prétendre que Chanel accepte de se livrer au policier est un euphémisme, admettons tout au plus qu'elle ne refuse pas de lui adresser la parole.

- Je comprends, Chanel, vous me l'avez déjà dit en effet. J'aimerais savoir si vous connaissez ses amies, si elle a de la famille, qui elle fréquentait, où elle habitait. En fait, je cherche tout ce qui pourrait nous mettre sur une piste pour la retrouver.

- A-t-elle fait quelque chose d'illégal ?

- Nous l'ignorons. Pour le savoir, il faudrait que nous lui parlions.

Ce n'est pas la première fois que l'enquêteur emploie cette parade. Normalement, elle réussit à lui éviter d'autres questions du même ordre.

- Elle ne m'a jamais invitée chez elle.

Bon, il comprend qu'il n'ira pas bien loin avec la belle Chanel.

- Savez-vous si elle avait un petit ami ?

- Ça, oui ! Mais je pense qu'elle était aux deux. J'ai remarqué que lorsqu'une femme seule venait dans ce bar, elle avait tendance à lui tourner autour. Ceci étant dit, je n'ai rien contre, vous savez.

- Pour revenir au petit ami, que pouvez-vous me dire sur lui ?

- Max ! Je ne crois pas que c'était le grand amour entre les deux. Pourtant, elle est arrivée un soir avec les lettres Max tatouées à l'aine. Elle m'a avoué qu'elle et lui avaient eu une soirée un peu trop arrosée. Elle aurait relevé un défi ou quelque chose du genre. Elle le regrettait déjà, mais il était trop tard évidemment. Le gérant n'a pas apprécié non plus. Ici, les filles font plus de danses privées si les clients ont l'impression qu'ils sont les seuls à compter pour la danseuse. Comprenez-vous ce que je veux dire ?

Bon, se dit le détective, nous parlons bien du même Maxime, alors ! Il choisit de ne pas répondre à la question sociologique de Chanel pour battre le fer pendant qu'il était chaud.

- Que pouvez-vous me dire d'autre à son sujet ?

- Elle n'était pas la plus belle, mais je ne sais pourquoi, les clients se l'arrachaient, tatouée ou pas. Je ne dirais pas que nous étions jalouses, mais personne ne l'a regrettée. Son départ a amélioré nos chances de faire plus d'argent pour nous.

- Vous a-t-elle parlé de ce qu'elle voulait faire en partant d'ici ?

- Vous me posez des questions surprenantes, monsieur l'agent !

- Cela peut vous paraître étrange, mais tout ce que nous pouvons apprendre sur Julie nous sera utile.

Elle hésite un moment.

- Vous ne m'avez pas vraiment dit pourquoi vous vous intéressiez à elle.

Voilà encore la question qui tue !

- Oh ! Vous savez, nous devons explorer plusieurs pistes. Julie n'est encore accusée de rien.

Le détective ne l'a manifestement pas convaincue, Chanel se dandine sur son tabouret.

- Elle nous a parlé à une ou deux reprises d'un projet de voilier, mais c'était surtout l'idée de son ami, si je me souviens bien. Il voulait un jour organiser des excursions pour les touristes dans les Caraïbes. Nous avons tous nos rêves n'est-ce pas ?

Il ne voit pas l'utilité de répondre

- Là, je dois vous laisser, on m'attend.

Le détective sait à présent que l'ami de la belle Julie, Maxime, caresse un projet de voilier quelque part dans les Caraïbes. La récolte n'a pas été bonne. Il n'a pas hâte que son sergent lui demande un compte rendu détaillé de ce qu'il a appris.

* * *

Maxime sort peu de son appartement depuis sa libération sous caution. Ses escapades se limitent à faire son marché ou à se promener dans le parc du quartier. Ses conditions de remise en liberté sont sévères, il ne veut pas aggraver son cas en brisant l'une d'elles. Même s'il doit se présenter au poste pour se rapporter tous les lundis matin 9 h, un policier est venu frapper à sa porte à l'improviste hier, juste pour lui faire sentir qu'on l'avait à l'œil. À part ses courtes échappées, c'est la télévision qui occupe la plus grande partie de son temps. Il s'est évidemment retrouvé sans travail et n'a plus les moyens de se payer des cours de plongée sous-marine. Ses journées sont longues, et ce n'est qu'un début. Après son procès où il risque fort d'être déclaré coupable de complicité, ce sera pire. C'est la prison qui l'attend.

Il fait le saut quand il entend frapper à la porte.

Il va ouvrir prestement, de peur que l'on pense qu'il ne se trouve pas à la maison.

La surprise est totale.

- Julie !

* * *

Je viens d'accepter l'appel entrant. Mat ne se présente même pas.

- Gabriel, nous avons réussi !

- Qu'avons-nous réussi, au juste ?

- Abruti ! À convaincre les autorités sud-coréennes que Damien n'est pas un mafieux qui blanchit de l'argent outre-frontière.

Ouf ! Je me sens libéré. La nouvelle me fait probablement aussi plaisir à moi qu'elle fera plaisir à Damien quand il l'apprendra. Il n'y a rien de plus insidieux qu'un sentiment de culpabilité. Il vous ronge de l'intérieur jusqu'à l'épuisement moral.

- Ils ont compris le bon sens ! Bravo, Mat.

- Dis plutôt bravo à nos avocats.

- Fais-leur le message, ils l'ont bien mérité. Bravo encore une fois.

Ma conscience se libère d'un coup. J'ai demandé à Camille puis à Damien de prendre de gros risques. Avec ce que je sais aujourd'hui, je serais passé outre la requête de l'escroc et j'aurais apporté l'argent moi-même. Je n'avais pas le droit d'impliquer mes amis à ce point. J'aurais dû mieux évaluer les écueils avant de leur demander de transporter cet argent liquide sans le déclarer aux douanes. S'il avait fallu que Camille ou Damien soit incarcéré à cause de mon manque de jugement, je m'en serais voulu pour le restant de mes jours.

- Es-tu encore là ?

- Oui, Mat, je suis toujours avec toi. Si tu savais comme je respire mieux à présent.

- Je m'en doute.

Son intonation m'indique qu'il est tout à fait en phase avec ce que je ressens. Il me connaît assez pour se mettre à ma place, d'autant plus qu'il m'avait ni plus ni moins fait comprendre que j'étais responsable de la deuxième demande de rançon parce que j'avais accepté, trop rapidement, de payer la première fois.

- Tu ne me poses pas la question capitale.

Il me prend par surprise.

- Laquelle ?

- Quand pourra-t-il quitter la Corée du Sud, par exemple ?

- Ah oui ! Tu as raison. Je n'ai pas toute ma tête.

- L'as-tu déjà eu ?

- Tu évites ta propre question, Mat. Tu as l'intention de me le dire ou non.

- Les formalités de déclaration de non-lieu seront complétées demain.

- Ils reviennent demain !

- Pas si vite, mon ami. Ils termineront le travail demain, donc jeudi pour eux. Alors Damien ne pourra rentrer avant jeudi, peut-être vendredi. Je m'imagine que ce sera aussi le cas d'Anouk. Elle doit avoir hâte de se refaire une vie, la pauvre, après ce qu'elle a vécu.

- Mat, je les appelle tout de suite.

- Je savais que tu voudrais leur annoncer la bonne nouvelle toi-même.

Bon, voilà que j'ai la gorge serrée à présent.

- Je ne saurai jamais comment te remercier. Si ce n'avait été de toi, je ne sais pas comment tout ceci se serait terminé.

Mat sent probablement mon émotion que les modulations de ma voix ne savent dissimuler.

J'ai l'impression qu'il cherche une réponse, une parade ou un jeu d'humour. J'attends quelques secondes. Rien ne sort de sa bouche. Le sergent Mathieu Smith le dur serait-il dans le même état que moi ?

Je lui facilite la vie, et la mienne par le fait même.

- Je te laisse, j'ai des appels à faire.

* * *

Curieusement, mon premier appel est pour Camille. Je le réalise en composant son numéro. Bon, Damien n'en est pas à quelques minutes près !

Je suis passé d'un état émotif en laissant Mat il y a une minute, à un état euphorique pendant que j'offrais mes salutations à Camille.

Celle qui s'en tient habituellement à sa propre règle qui consiste à parler de ce que l'on ressent avant d'aborder le sujet de l'appel fait une entorse.

- Toi, tu as une bonne nouvelle à m'annoncer !

Elle a dû sentir immédiatement par mon ton que mon moral frôlait l'azimut. Alors moi aussi je contourne la règle.

- Prépare-toi à partir pour La Havane, Damien est hors de cause. Les autorités sud-coréennes ont prononcé un non-lieu. Il sera bientôt libre comme l'air. J'attends que ma sœur et lui soient entrés et remis de leurs émotions, puis nous organiserons notre voyage. J'ai tellement hâte.

Pour avoir risqué les mêmes ennuis que Damien, je devine que Camille est émue, ne serait-ce que portée par ma propre joie.

- Enfin ! me répond-elle d'une voix ferme. Quand reviennent-ils ?

Elle, elle pense plus vite que je l'ai fait avec Mat.

- Jeudi ou vendredi. Je les appelle tout de suite pour planifier les vols de retour de Damien. Anouk devra modifier ses documents de voyage elle-même avec son agence. D'ici une semaine ou deux, nous partirons pour Cuba ensemble. Je ne te laisserai plus jamais voyager seule.

- Super ! Pour Damien, ta sœur et nous !

J'en arrive maintenant à ce qui aurait dû être notre préambule.

- Es-tu chez toi ?

J'espère tellement que la réponse sera affirmative. J'ai en tête une suite de fantasmes tout aussi érotiques les uns que les autres.

- Non, je suis entre deux rendez-vous. Je ne vis pas de mes rentes, moi, je dois me chercher un emploi ou tout au moins des contrats.

Je perçois à son ton qu'elle ne dit pas ceci méchamment. Je suis tout de même déçu qu'elle ne se trouve pas juste en dessous de chez moi. Elle précise sa réponse.

- Je rentre dans une heure ou deux, en fonction du bon déroulement ou non de ma deuxième entrevue.

- Tu m'impressionnes. Moi, et la plupart des gens normaux avons besoin de quelques jours pour reprendre nos activités au retour d'Asie. Toi, tu vogues d'une entrevue à l'autre, pimpante, comme si tu revenais d'un tour de calèche dans le vieux Montréal.

Quand elle ne répond pas sur-le-champ, c'est qu'elle mijote une réplique qui me prendra par surprise. Elle ne se contentera probablement pas de me dire qu'elle dort bien en avion ou qu'elle récupère mieux que la moyenne des gens.

- En arrivant de Corée, j'ai eu un traitement-choc, tu te souviens ! Si j'en avais un autre ce soir, je suis persuadée qu'il ne me resterait plus aucune trace de quelque décalage que ce soit. Qu'en dis-tu ?

Je n'ai rien perdu pour attendre !

* * *

Quand, à la fin de la journée, le détective Legendre a présenté le compte rendu de son interrogatoire mené au bar où travaillait Julie Lebel, il est passé par la tête de Mat que son enquêteur n'était peut-être pas allé aussi loin qu'il aurait pu.

CHAPITRE 28

Montréal, mardi 5 septembre

L'effet de surprise passé, Maxime ne sait plus à quelle émotion céder. Julie l'a utilisé pour mettre en œuvre ses duperies puis l'a largué lorsqu'il a refusé de la suivre dans l'exécution de son dernier coup. Cela l'a mené tout droit dans les filets de la justice desquels il est loin d'être sorti. Il a toutes les raisons d'en vouloir à son ancienne complice, de la détester, de lui signifier de partir et de ne plus jamais revenir, d'autant plus que dans ses conditions de remise en liberté il lui est entre autres interdit de se trouver en sa présence.

Julie est pourtant là, devant lui. Elle arbore un sourire subtil qui veut tout dire, enfin, pour l'homme en face d'elle qui le contemple.

Elle va vers lui et lui prend la main.

Il ne bronche pas, ne sachant quelle attitude adopter.

Elle fait un pas de plus, lui touche la joue de son autre main puis se sert de la première qu'elle a libérée, pour se saisir fermement de son visage qu'elle rapproche du sien. Les yeux impitoyables de la femme sont en flammes, ses lèvres dégagent toute la volupté du monde.

Maxime n'a plus de verdict à prononcer. Son corps a décidé pour lui, sa tête devra s'y faire. Sans crier gare, les voici rendus dans son lit. Il succombe, en victime consentante encore une fois. Les deux corps en feu, qui se retrouvent comme au temps où elle lui décrivait ses ébats intimes avec la victime de la soirée, libèrent leurs surdoses de fantasmes et de passions.

Après l'amour, une fois ses esprits momentanément épurés de désirs charnels, Maxime éprouve le besoin de comprendre. Il sait maintenant qu'il aurait dû procéder de façon inverse, mais cela, il n'avait pas la capacité de le concevoir il y a une heure à peine.

- Comment es-tu arrivée ici ?

- J'ai pris le taxi. Tu te souviens, j'ai habité ici, avec toi. L'aurais-tu déjà oublié ?

- Tu ne réponds pas à la question. Ils t'ont laissée passer les douanes, c'est étrange ! Je croyais qu'ils t'arrêteraient dès que tu essaierais de franchir la frontière.

- Pourquoi est-ce étrange ? Parce que tu leur as donné mon nom et qu'ils me surveillent, peut-être.

Maxime manque de s'étouffer. Il bafouille.

- Ce n'est pas vraiment ce qui est arrivé, Julie. Je n'avais pas le choix, j'étais acculé au mur. Ces gens-là n'entendent pas à rire. Je ne voulais pas. Ils m'ont obligé.

- Arrête ! Tu vois, je m'en suis quand même sortie.

Il reprend du tonus.

- Comment as-tu fait ?

Julie lui présente un autre beau sourire.

- Tu me connais, je suis pleine de ressources.

Maxime comprend qu'elle ne lui répondra pas. Il laisse donc sa curiosité de côté pour en venir à ce qui lui semble le plus important pour le moment.

- Qu'est-ce que tu veux ?

- Drôle de question après ce que nous venons de faire !

Il se retourne pour dissimuler le sourire qui s'impose à lui.

- Tu ne réponds pas à ma question.

Il lui fait face maintenant et poursuit.

- Tu sais très bien ce que je veux dire. À cause de toi, je suis pris, je serai accusé et je passerai devant le juge pour être certainement condamné. Je t'avais dit de ne pas pousser ta chance. Ils ont trouvé les cartes et le passeport d'Anouk Beauregard sur moi.

- Si tu n'avais pas été aussi con, tu te serais débarrassé de tout cela et tu n'aurais pas donné ton nom, comme un idiot, en lui volant son passeport.

Il reconnaît bien la fille. Ses raisonnements et ses répliques sont féroces. Il s'en veut, mais c'est ce qui lui plaît en elle ; comme sa naïveté à lui est probablement ce qui l'attire de son côté.

- Grâce à moi, tu as fait 20 000 $

Il la coupe sur-le-champ.

- Parlons-en des 20 000 $. Crois-tu qu'ils ne me les ont pas saisis ? Ils ont tout pris, sauf les 500 $ que j'ai gentiment prêtés à Anouk Beauregard pour vainement t'empêcher de faire des bêtises.

- Laisse-moi poursuivre.

Il exauce son vœu et se calme du mieux qu'il le peut.

- Si tu le veux, nous pourrions faire beaucoup plus d'argent. N'oublie pas que j'ai réussi à lui soutirer, seule, 100 000 $ de plus malgré les bâtons que tu as essayé de me mettre dans les roues. Moi, à ta place, j'écouterais sans m'interrompre ce que j'ai à te proposer, tu y trouveras ton compte tout en t'évitant la prison.

Maxime sait d'instinct que tout ceci viendra sans aucun doute compliquer sa vie qui n'est déjà pas simple ces temps-ci. Il a l'étrange impression que, quelle que soit la proposition, il finira de guerre lasse par l'accepter. Il connaît lui-même ses faiblesses, presque autant que Julie.

* * *

Après être passée à son appartement, Camille est arrivée chez moi en coup de vent. Elle a un très bon pressentiment par rapport à la deuxième entrevue d'embauche qu'elle vient de conclure.

La première rencontre, pour une entreprise de publicité, l'aurait amenée à voyager fréquemment en dehors de la province. Elle n'a donc pas démontré plus d'enthousiasme qu'il ne le fallait, ne désirant pas s'absenter de Montréal pour de longues périodes. Du coup, je me suis senti coupable, mais enchanté qu'elle prenne notre relation au sérieux. Je lui ai avoué que j'étais flatté par l'importance qu'elle portait à notre amitié.

Quant à son autre rendez-vous, elle a l'impression que ce fut un match parfait. C'est exactement le type de travail de traduction qu'elle souhaite réaliser et, lui semble-t-il, elle serait précisément la personne que recherche la maison d'édition. Elle ne peut pas laisser passer une aussi belle occasion professionnelle. Ils sont pressés de pourvoir le poste apparemment laissé libre à la suite d'un départ pour une retraite. Elle en attend des nouvelles incessamment.

Je ne me gêne pas pour lui dire à quel point je suis heureux pour elle. Elle prise mes mots d'encouragement et revient maintenant à la nouveauté du jour.

- Toi, tu dois être vraiment satisfait du retour prochain de ton ami et de ta sœur. Enfin, je pourrai faire leur connaissance !

- Satisfait, le mot n'est pas assez fort. Si tu savais comme je me sentais responsable. Cette nouvelle est une libération pour moi, une vraie délivrance. Rappelle-moi de ne jamais plus te demander, à toi ou à l'un de mes amis, de faire de telles entorses aux lois.

- Je te le rappellerai, ne crains rien, mon cher.

- As-tu soupé ?

- Non.

- Laisse-moi faire l'inventaire de mes restants, nous trouverons bien quelque chose à en tirer.

Je la vois bâiller discrètement.

- Tu me rassures.

Elle se donne un air faussement intrigué.

- Je ne comprends pas.

- Si tu avais repris toutes tes énergies, j'aurais été déçu que tu n'aies plus besoin du traitement-choc dont tu m'as parlé.

J'évite son regard, je ne me reconnais plus moi-même.

- Ne craint rien, tu as déjà créé une forte dépendance.

Le téléphone me tire d'embarras, mais quel doux embarras c'était !

Pour une fois, ce n'est pas le mien. Je la vois dégainer et jeter un coup d'œil pour essayer de déterminer la provenance du numéro appelant.

- Camille Durand !

Elle sourit. Je ne saisis pas les détails de la discussion, mais je distingue le registre d'une voix d'homme à l'autre bout du fil. Elle fait oui de la tête, gesticule, se lève, marche dans l'appartement, se rassoit puis me demande par gestes un carnet et un stylo.

Je la vois noter des chiffres et un nom. Puis soudain, son sourire chavire. Je ne veux pas vraiment écouter, mais mes oreilles, elles, essaient de toutes leurs forces.

- Jeudi de la semaine prochaine, vous dites !

Elle fait encore oui de la tête et me regarde l'air triste.

Je viens de comprendre ! Adieu notre voyage d'amoureux.

Elle me tourne le dos à présent puis conclut son appel en remerciant son interlocuteur de sa confiance. Elle rajoute qu'il ne le regrettera pas et qu'elle sera au travail jeudi prochain afin de passer du temps avec la personne qui détient le poste actuellement, avant que ce dernier ne prenne sa retraite précipitée, deux jours plus tard.

Quand elle raccroche, elle se laisse tomber sur le divan.

Elle n'a aucune réaction. Elle reste là, immobile. Je comprends que d'une part elle est incontestablement heureuse d'obtenir le poste qu'elle convoitait, mais que le prix à payer consiste à faire le deuil de notre voyage une fois

Anouk rentrée à Montréal. Cette escapade était devenue pour nous une sorte de symbole, une confirmation que nous sommes en couple. Alors oui, je comprends son état d'esprit, c'est aussi le mien.

Je m'assois à ses côtés. Elle prend mon bras pour le passer autour de son cou. Nous ne ressentons pas le besoin de parler. Les restants qui devaient nous servir de souper demeureront des restants pour encore un moment.

Cette fille a pris de gros risques pour moi. Même si elle ne le laisse pas paraître, il n'a pas dû être facile pour elle de se retrouver seule en pays étranger dans les conditions que l'on connaît.

- Si j'avais su que j'étais pour commencer dans un nouveau poste jeudi de la semaine prochaine, nous aurions pu partir dimanche ou lundi. Maintenant, il est un peu tard !

Elle est visiblement très déçue.

Et puis merde, je me lance.

- J'ai une idée, Camille. !

- Est-ce ton côté féminin qui ferait surface tout à coup ? Je te croyais un cas désespéré.

Je ne m'aventure pas sur cette tangente, je ne suis pas outillé pour faire long feu. Je reviens donc à mon idée.

- Si nous partions demain !

Elle paraît surprise.

- Je ne te suis pas.

- Voici ce que je te propose.

Ses yeux sont brillants, comme toujours. Mon Dieu que son visage est expressif à cette fille, comment ne pas l'aimer ? Mais là, je m'égare !

- Comme tu débutes dans ton nouveau travail jeudi de la semaine prochaine ; au fait, je ne t'ai pas encore félicitée. Je vais donc commencer par le commencement. Permets-moi de t'offrir toutes mes félicitations. Je savais que tu te trouverais quelque chose qui te conviendrait, pas aussi rapidement tout de même, mais bon, tu n'es pas parfaite non plus.

Quand elle sourit, elle devient la plus belle femme au monde.

- Ça, c'est toi qui le dis.

- D'accord, tu es presque parfaite, est-ce que cela te va.

- Quand tu apprendras à mieux me connaître, tu regretteras d'avoir utilisé un diminutif.

Je n'y arriverai jamais !

- Écoute-moi une seconde.

Elle se fait toute petite dans mes bras et se tait.

- Donc, puisque nous sommes hors saison pour les destinations du sud, je pourrais essayer de nous trouver deux billets pour La Havane, une semaine dans un complexe touristique tout inclus, avec un départ demain, mercredi. Nous serions revenus mercredi de la semaine prochaine, à temps pour que tu commences, fraîchement reposée, ton nouveau travail le lendemain.

- Fraîchement reposée !

C'est tout ce qu'elle a retenu de mon brillant exposé !

Elle ne me laisse pas répondre, je crois qu'elle me taquinait, encore une fois. Je ne suis pas encore habitué à ses tournures d'esprit érotico-subtiles.

- Nous voulions attendre que ta sœur soit revenue. Et puis, j'ai hâte de connaître celle qui m'a fait courir à l'autre bout du monde.

- Tu as raison, Camille, c'est ce dont nous avions convenu. Alors soit nous modifions nos plans et nous partons demain, soit nous attendons tes prochaines vacances qui ne se présenteront pas avant des mois, voire une année.

Camille demeure silencieuse. Normalement, ses silences lui servent à fourbir ses armes pour me prendre de court. Pas cette fois, son silence se termine sur un autre silence.

Je devine qu'elle ressasse les possibilités et qu'elle n'en trouve pas de meilleures qui accommoderaient sa nouvelle situation professionnelle et notre petit rêve de voyage.

J'essaie de colmater quelque doute que ce soit avant qu'elle les verbalise.

- Évidemment, je préviendrai Anouk.

- À la condition qu'elle soit à l'aise avec ton idée, Gabriel, sinon, nous resterons ici et nous l'attendrons. La pauvre, elle est passée par tant d'épreuves, je ne veux pas qu'elle pâtisse de notre égoïsme.

L'affaire est réglée. Je suis persuadé qu'Anouk n'y verra pas d'inconvénients majeurs. Après le souper, nous naviguerons sur la toile pour nous dénicher quelque chose qui nous convient à tous les deux.

Les restants de nourriture se sont doutés que leur trêve prenait fin lorsqu'ils ont été dérangés par la lumière provoquée par l'ouverture de la porte du frigo. Une partie est passée par la poêle, l'autre par le micro-ondes. Arrosés de vin, ils ont accompli dignement leur karma.

CHAPITRE 29

Busan, jeudi 7 septembre

Avec le recul, Anouk considère que le hasard a bien fait les choses.

Évidemment, personne n'avait envisagé que Damien risquerait d'être accusé de blanchiment illégal d'argent. Mais grâce à cette potentielle inculpation, Anouk et lui ont été contraints de demeurer à Busan. Enfin, c'était le cas de Damien, pour Anouk, elle y resta par amitié. Une fois soulagés par le retrait de l'accusation, ils ont pu profiter à nouveau de la ville et de ce qu'elle a à offrir, en attendant que le passeport de Damien lui soit rendu.

Ces deux derniers jours, Busan les a vus déambuler ici et là, en montagne ou sur le plat, au bord de l'eau ou dans les rues bondées, à pied ou en métro, sous la pluie ou sous le soleil.

Tous ces environnements ont contribué à anesthésier autant que faire se peut la peine qui habitera Anouk encore longtemps. La présence inespérée de Damien, pour elle seule, lui a été d'un secours inestimable.

L'aide que pourrait lui apporter son frère s'il était avec elle prendrait une autre forme. Elle serait prodiguée par l'entremise de la fibre familiale, sans paroles et avec peu de gestes. Damien, par contre, la baigne de mots qui soignent, l'inonde d'attention qui réconfortent et lui présente un discours intimiste qui la touche et lui fait du bien.

Oui, la ville est magnifique. Damien, lui, est beau à écouter.

Quand Gabriel lui a parlé de ses projets avec sa nouvelle amie de cœur, Anouk n'a pas hésité. Elle lui a évidemment répondu oui, en essayant tant bien que mal de dissimuler sa déception. Bien sûr, elle aurait aimé sentir sa présence en arrivant à Montréal, d'autant plus qu'elle n'aura plus l'exclusivité de celle de Damien qui retournera prestement s'affairer à sa boutique. De toute manière, comment pouvait-elle appliquer une pression quelconque sur celui et celle qui l'ont aidée à se sortir d'affaire ?

Damien et elle sont à la gare de Busan, le train qui les conduira à Séoul partira dans quelques minutes. C'est le début d'un très long voyage de retour pour les deux et le commencement d'une pénible cure de désintoxication amoureuse pour Anouk. En arrivant chez elle, elle affrontera une lourde tâche, celle d'élaguer sa mémoire afin que ses souvenirs avec Sophie soient moins douloureux.

La veille, c'était au tour de son frère et de Camille de se trouver dans un aéroport, mais en partance pour Cuba.

* * *

Nous avons réussi à trouver le forfait qui nous convenait. En fin de compte, nous ne résiderons pas directement à La Havane, mais en banlieue, à Playas del Este. Le complexe hôtelier est somme toute ordinaire, mais à seulement vingt minutes en minibus de la capitale. L'attrait principal de l'endroit est évidemment sa proximité avec La Havane et son côté forfait tout inclus. Donc, notre programme de la semaine sera fort simple : le matin, visite des quartiers historiques de la ville, l'après-midi, le farniente sur la plage et le soir, cela dépendra d'elle. Le tout sans cellulaire ni internet, car nous nous sommes facilement convaincus de ne pas nous procurer un abonnement d'itinérance même si nous savions que notre hôtel n'était pas branché au réseau Wi-Fi. Le paradis sur terre !

Montréal, vendredi 8 septembre

Samuel Legendre n'est pas très patient, il sait qu'il a une pente à remonter aux yeux de son patron. Anouk n'a eu droit qu'à son jeudi soir pour se remettre de son voyage, avant de se faire convoquer à une rencontre avec l'enquêteur. Ce dernier n'a pas digéré le départ précipité de Gabriel Beauregard pour l'étranger. Il aurait préféré les réunir, le frère et la sœur, pour procéder à un interrogatoire commun dans lequel la version de l'un pouvait compléter celle de l'autre. Bon, il devra se faire à l'idée. Pour l'instant, il attend Anouk Beauregard à son bureau.

Il n'a pas prévenu son patron sinon par une vague allusion, sans en préciser les modalités.

Il ne sait pas pourquoi, mais il se sent nerveux alors que ce sont normalement ceux qui sont convoqués qui le sont.

À son arrivée, un agent escorte Anouk à la salle de réunion. Le détective Legendre la rejoint quelques instants plus tard.

Les présentations sont simples et cordiales. Anouk a les traits tirés, mais fait des efforts pour demeurer alerte. Une fois à l'aéroport de Séoul sur le chemin du retour, elle a pu finalement récupérer ses valises qui traînaient parmi les bagages non réclamés. Elle dispose enfin d'un choix décent de vêtements, mais n'en fait pas étalage ce matin.

- Je vous remercie d'avoir acquiescé à ma demande, madame Beauregard. Mon patron, que vous connaissez, m'a chargé de cette enquête. Pour l'instant, notre priorité est de retrouver Julie Lebel, celle que vous avez connue sous le nom de Sophie.

Il remarque une soudaine tristesse sur le visage de la femme devant lui, mais cela ne l'empêche pas de poursuivre.

- Nous savons peu de choses à propos de cette personne. À part le fait qu'elle ait été danseuse un certain temps, nous ne pouvons lui trouver aucun passé ni aucune parenté. Elle semble être apparue miraculeusement et, force nous est de le constater, elle s'est volatilisée aussi mystérieusement.

Anouk se prend à penser que le type en face d'elle est en train de lui déclarer qu'elle a aimé un fantôme durant ces dernières semaines, qu'elle a couché avec une ombre et quant à y être, qu'elle a imaginé cette fille !

- Alors j'aimerais, avec votre aide et en commençant depuis le début, essayer de replacer les morceaux du casse-tête.

Il lui sourit, mais Anouk n'est pas certaine qu'il en a vraiment le goût. Elle acquiesce d'un signe de tête et se redresse pour souligner sa collaboration.

- Que voulez-vous savoir, détective ?

À son air, elle comprend. Elle lui raconte donc tout, depuis sa première rencontre avec Sophie dans un bar jusqu'à ce qu'elle perde connaissance à la suite du coup reçu dans sa chambre d'hôtel à Busan. Elle n'épargne aucun détail en commençant par l'égoportrait du premier soir, leur voyage, son arrestation aux douanes, le vol de son passeport par un dénommé Maxime, leur fuite de Séoul vers Busan et le début de ses soupçons qui se sont malheureusement avérés.

Le chapitre de l'égoportrait a fait sourciller le détective. Cela lui a donné l'idée de lui demander une photo de Sophie, ce à quoi Anouk a répondu qu'elle n'en possédait aucune. En voyage, elles n'avaient pas de cellulaire pour en prendre et avant, l'occasion ne s'était pas présentée.

Il constate qu'elle n'a aucune idée de la somme que son frère a dû verser pour la deuxième demande ni de la façon exacte dont les deux montants ont été livrés. - Visiblement, Damien n'a pas abordé ce volet avec elle. - Anouk sait seulement que Camille, l'amie de Gabriel, a été impliquée pour la livraison de la première somme et que Damien l'a été pour la seconde.

Ce qu'elle ne mentionne pas à l'enquêteur parce qu'elle considère que cela ne le regarde pas, c'est qu'elle culpabilise à l'idée d'avoir imposé involontairement tous ces désagréments à ceux qui l'entourent.

- Pourriez-vous m'en dire plus sur Julie, enfin, Sophie ? Qu'est-ce qu'elle vous a dit sur elle ?

- Je sais qu'elle a achevé deux années d'étude en génie et qu'à présent, elle fait à son compte, la comptabilité pour différentes petites entreprises et certains particuliers.

- Ah bon ! Nous allons quand même vérifier de ce côté, mais si je peux vous faire une prédiction, madame Beauregard, nous ne trouverons aucune trace de Julie Lebel dans le registraire de Polytechnique ni dans l'annuaire des firmes spécialisées en comptabilité.

Elle ne répond pas. Pas la peine.

Il change son approche aussi subtilement qu'un front froid le ferait en balayant brutalement l'air ambiant.

- Vous n'avez jamais eu de doutes ! Comment cette fille, danseuse dans un bar et recyclée en escroc, a-t-elle réussi à vous duper à ce point ?

Il se penche sur un dossier pour se cacher la tête en complétant sa question.

- Sans dire que madame vit avec un homme, elle vous a trompée aussi de ce côté-là !

Maintenant, les traits d'Anouk ont une autre raison d'être tirés.

- Que voulez-vous insinuer, détective ?

- Rien du tout. Je pose simplement la question. Vous êtes une femme intelligente, instruite et dotée d'un esprit scientifique de surcroît. Et voilà que vous vous retrouvez sur un continent lointain, avec une danseuse de bar qui subtilise 25 000 $ puis un second montant de 100 000 $ à votre frère.

Elle entend le deuxième montant pour la première fois, mais ce n'est pas le chiffre qui la met dans cet état, c'est l'ambiance malsaine qui règne dans la pièce. Elle a la gorge trop serrée pour riposter.

Il profite de sa faiblesse momentanée pour vérifier ce qui semble être la thèse qu'il souhaite explorer.

- Avez-vous un problème d'argent, madame Beauregard ?

Fatiguée ou pas, gorge serrée ou pas, elle explose.

- Vous avez du toupet, détective. Je tombe amoureuse d'une femme qui s'avère être une fraudeuse et qui m'a fait vivre l'enfer pendant que je me morfondais en détention et vous avez le culot de suggérer que je pourrais être mêlée à tout ceci. Je n'aime pas vos insinuations, monsieur. En plus, ce qui s'est passé dans le lit entre elle et moi ne vous concerne pas.

Elle reprend son souffle et se lève.

- Si vous perdez votre temps à concocter ce genre de théories abjectes, pas étonnant que vous n'ayez pas encore retrouvé Sophie. Je comprends maintenant pourquoi vous qualifiez sa disparition de mystérieuse !

Elle vient pour se rattraper et dire Julie plutôt que Sophie, mais s'en abstient. Il ne mérite pas qu'elle se reprenne.

Elle lui tourne le dos, ouvre la porte et sort de la pièce sans ajouter quoi que ce soit.

Ce type-là n'a jamais été amoureux pour insinuer que la raison a le dessus sur les sentiments.

La Havane, vendredi 8 septembre

L'avantage de réserver un forfait hôtelier après avoir lu les commentaires d'anciens clients est que l'on sait généralement ce qui nous attend.

Donc, je savais à quoi m'en tenir en ce qui concerne la diversité de la nourriture et la modernité des lieux. Pas de surprise de ce côté. Par contre, nous fûmes ébahis par l'amabilité des gens, la dignité dans la simplicité, la fierté des habitants pour leur culture et évidemment, la mer et le soleil. Ce qui m'a étonné, moi et seulement moi, c'est la quantité industrielle de bagages amenés par Camille et pour lesquels elle a dû débourser un surplus pour les faire consigner. Je crois qu'il ne manque que ses bottes d'hiver.

Demain, ce sera déjà samedi. Il nous reste peu de temps. Chaque jour, chaque heure et chaque minute avec elle sont une bénédiction. Je serais n'importe où avec Camille, sa présence me ferait le même effet.

Ici, sur la plage, puisque nous sommes en après-midi, le temps s'est arrêté. Je me suis trouvé un petit coin en retrait, à l'ombre. Elle est un peu plus loin devant moi, sur le sable et sous le soleil. Je la contemple. Mes idées sur le physique idéal de femme sont tombées à l'eau. Camille est belle, point. Il n'y a rien à décrire, rien à comparer, rien à peser, rien à mesurer. Elle est belle, point.

Elle me fait signe de venir auprès d'elle. Comment sait-elle que je la regarde juste à ce moment-ci ?

Heureusement, le soleil est moins fort à cette heure tardive de l'après-midi. Je ne risque donc pas ma peau en m'y aventurant, moi qui habituellement garde mes distances avec ses rayons. Merci aux abus de ma jeunesse !

Elle veut que je me penche sur elle. Elle s'étire, m'attrape et m'embrasse avant que je n'aie le temps de terminer mon mouvement.

- Nous n'avons pas encore discuté de notre programme de demain.

- C'est pour cette raison que tu me détournes de ma contemplation.

- Contemplation !

- De la mer, évidemment.

Elle se contente de faire la moue.

- Dans ton petit guide touristique, j'ai remarqué qu'il y avait une marina pas très loin du centre, la marina Hemingway, réputée pour ses couchers de soleil et ses restaurants. Même si elle ne fourmille pas de bateaux, cela nous changerait de la chaleur de la ville. Qu'en dis-tu ?

- Vendu ! Nous irons dans la chaleur de la marina, alors. Puis-je retourner sous mon arbre à présent ?

- Permission accordée, après un autre baiser.

Montréal, vendredi 8 septembre

Damien vit une dure journée à la boutique. Décalage horaire ou pas, il n'avait pas le choix et devait s'y présenter à la première heure ce matin. Le gérant qui l'a remplacé durant son absence alors qu'il devait être en congé a été sans pitié. Le pauvre artiste, temporairement aide-gérant du Zèbre, doit se plier aux aléas du capitalisme. Un jour, un jour il sera reconnu, mais pas maintenant. Pour le moment, il doit consacrer toutes ses énergies à garder les yeux ouverts. Dès qu'un client quitte la boutique, son visage retombe en mode-écran de veille, jusqu'à ce que la clochette annonce un nouveau client qui viendra hypothéquer davantage ses réserves anémiques.

Pour l'aider à se tenir éveillé entre deux clients, il décide d'appeler Anouk. Elle, la chanceuse, peut compter sur sa journée et la fin de semaine pour se remettre de sa fatigue avant de retourner au travail.

Après un bref échange de salutations, Anouk lui fait part de sa mésaventure de ce matin avec l'enquêteur. Il ne l'envie plus.

- Mat est-il au courant de son effronterie ?

- Il n'était pas présent à l'interrogatoire. Lorsque j'ai quitté le poste, je n'étais pas dans un état pour lui envoyer un petit bonjour en passant.

- Je vais le contacter tout de suite, Anouk. Tu n'as pas besoin de subir ses sarcasmes après ce que tu viens de vivre. Mat doit le mettre au pas pour qu'il cesse immédiatement de t'importuner. Si Gabriel était ici, il lui aurait chauffé les oreilles à notre ami Mat et crois-moi, le petit détective se serait déjà excusé.

- C'est beau tout cela, Damien, mais il n'en reste pas moins que le policier chargé de l'enquête a un doute sur moi.

Est-ce dû à l'absence de Gabriel, il ne le sait pas, mais Damien se sent l'âme d'un protecteur.

- Je vois ceci immédiatement avec Mat.

- Non, tu ne vois avec personne. Je crois que tu dois avoir assez de travail à ta boutique sans en plus t'immiscer dans cette affaire.

- Je pense que je m'y suis déjà pas mal immiscé, comme tu le dis, n'est-ce pas ?

- C'est vrai, je ne peux prétendre le contraire. Ce que je veux dire c'est que je suis parfaitement capable de faire face, ne t'inquiète pas. Il m'a pris par surprise ce matin, mais à présent, je me sens d'attaque. J'en aviserai Mat une fois que je serai calmée, sois sans crainte.

Damien n'a rien à ajouter. L'idée lui vient de s'enquérir de son état. Il se ravise, car il sait trop bien comment elle se sent depuis qu'elle a été abandonnée, pas la peine de retourner là.

CHAPITRE 30

Montréal, vendredi 8 septembre

Mat n'a pas encore reçu l'appel d'Anouk. C'est aussi bien ainsi. Il connaît maintenant l'histoire et n'aurait pas su quoi lui répondre sur le coup. Le détective Legendre, constatant la vive réaction de l'amie de son patron, a cru bon de lui en parler avant que celui-ci ne l'apprenne d'une autre source.

Ils ont presque eu une altercation. Mat a mal digéré le fait que son enquêteur procède à l'interrogatoire sans sa présence. Le détective a riposté que c'était son enquête et que si Anouk n'avait pas été son amie, il aurait trouvé sa façon d'agir tout à fait conforme.

Ils se sont apaisés. Le professionnalisme de chacun a maintenant repris le dessus.

- Est-ce que je comprends que vous m'appuierez si elle vous en parle, sergent ?

Mat n'aime pas se sentir coincer, mais il doit donner raison à Samuel. Ce dernier préfère les situations claires et une chaîne de commandements sans faille. Lui aussi, d'ailleurs.

- Ne t'en fais pas. Tu as fait ce qu'il fallait en essayant d'éliminer une avenue pour te concentrer sur d'autres, plus probables. Je n'ai rien à redire sur ton approche.

Le détective sourit. Une des qualités qu'il reconnaît chez son sergent, c'est qu'il donne l'heure juste.

Il en profite pendant que le fer est chaud.

- Rendu à cette étape-ci de l'enquête, je crois utile qu'Anouk Beauregard nous fournisse un vêtement ou un accessoire dont se serait servie son amie Julie, alias Sophie. Nous ne perdrons rien à effectuer un relevé d'empreintes. Si nous sommes chanceux, Julie serait déjà répertoriée dans nos fichiers. J'étais pour le lui demander lorsqu'elle a pris la poudre d'escampette.

Mat l'écoute attentivement.

- J'ai peu d'espoir qu'elles nous révèlent quelque chose sur l'identité de l'escroc, mais je pense que cela en vaut le coup. Je peux la convoquer lundi, elle sera possiblement calmée. Ou peut-être…

Il prend une courte pause et poursuit.

- Peut-être préférez-vous le lui demander vous-même, étant donné les circonstances.

Mat se rend compte que son subalterne marche sur des œufs. Il se réjouit de son tact.

- D'accord, Samuel, tu touches un bon point. J'irai la voir en fin de semaine. Lundi matin, je t'amène un objet ayant appartenu à Julie Lebel si évidemment, Anouk a encore quelque chose d'elle en sa possession.

La Havane, samedi 9 septembre

Nous sommes certainement impressionnés par les vieilles voitures américaines des années cinquante, par la qualité des cigares typiques à cette île et par l'artisanat unique d'un peuple fier de son histoire. Mais au-delà, il y a les ruelles, les modestes habitations et les enfants qui jouent dans des quartiers moins fréquentés par les touristes.

Après avoir arpenté plusieurs de ces rues sous un soleil qui s'approchait de son zénith, au détour de l'une d'elles, nous avons aperçu, au loin, la marina dont parle notre petit guide.

- Je pense que c'est la fameuse marina Hemingway, là-bas.

- Je le crois en effet, Camille. Elle est plus grande que je me l'étais imaginé. Nous allons y faire un tour !

- À tes ordres, commandant.

Rendus sur place, nous avons réalisé qu'elle est peu fréquentée. Est-ce à cause de la basse saison, de l'heure de la journée ou de Cuba ?

Nous y accédons facilement, le gardien étant plus indulgent pour les non-résidents. J'en ai déjà vu de plus grandes ou de plus luxueuses. Camille, elle, semble y trouver un intérêt plus marqué que le mien.

- Viens par ici, Gabriel. J'aimerais arpenter cette jetée.

- Je te suis partout où tu iras.

- Hum ! Fais attention, cela pourrait t'emmener dans des endroits sombres et menaçants.

- Ne t'inquiète pas pour moi, je sais me défendre.

- Tu n'auras pas besoin de le faire. Regarde, nous ne sommes pas seuls.

En effet, tranchant avec les quelques bateaux désertés appartenant probablement à des étrangers, je remarque un type qui s'attarde à astiquer un voilier accosté au bout du quai. Camille se dirige vers lui. Je réalise qu'elle a un penchant pour les bateaux.

Elle hésite à le déranger dans l'exécution de sa corvée, mais en nous voyant, le capitaine s'intéresse immédiatement à nous, enfin, soyons précis, à elle. Il paraît heureux de voir arriver des gens qui s'intéressent à son voilier.

Dès qu'il nous dit bonjour, nous constatons qu'il est québécois, ce qui aide à briser la glace. Il faut savoir qu'avec l'embargo américain, le Canada est un grand générateur de touristes dans l'île, motivés par nos hivers sibériens qui en poussent plusieurs à mettre le cap sur le sud. Pas étonnant d'y rencontrer des Québécois aussi bien à notre hôtel qu'au hasard de nos déplacements.

Elle lui demande si nous le dérangeons. Il dépose sa brosse pour nous faire face. Je crois que lui aussi doit aimer avoir de la compagnie quand elle passe. C'est à ce moment-là que j'apprends que Camille, dans sa jeunesse, a fait l'école de voile à Saint-Siméon au lac Saint-Jean.

Elle le questionne sur l'équipement et sur la capacité du bateau pour apprendre qu'il contient trois cabines, une pour le capitaine et deux pour des touristes en haute saison. Je dois admettre que ce voilier, quoique pas vraiment récent, a une certaine classe. Il doit avoir dans les dix mètres.

Bon, c'est bien beau les bateaux, mais nous allons rater notre minibus qui est censé nous ramener à l'hôtel dans vingt minutes.

Je tire sur le bras de Camille. Elle me fait une mimique puis se retourne vers le marin, la tête encore remplie de questions. Ce dernier constate mon agitation.

- Je vois que vous êtes attendus peut-être.

- En effet, le bus qui nous ramène à l'hôtel part dans quelques minutes, nous avons juste le temps de nous rendre à l'arrêt.

Camille consulte sa montre. Son visage exprime un mélange de frustration et de regret.

Le marin intervient de nouveau.

- J'ai une idée. Je comprends que vous êtes pressés, alors voici ce que je vous propose. Lundi, je fais une petite excursion en mer de deux jours et une nuit, juste pour ne pas perdre la main. Puisque nous sommes en basse saison et que peu de touristes s'aventurent jusqu'ici, pourquoi ne pas vous joindre à moi ? Ne vous inquiétez pas pour le prix. Il faut seulement savoir qu'il est habituel que les invités fournissent nourriture et vin au capitaine, ajouta-t-il d'un air enjoué.

Il parle rapidement pour ne pas perdre deux clients potentiels, même à titre gracieux.

- Je largue les amarres lundi à 10 h. Si vous êtes intéressés, soyez ici à l'heure, sinon, vous aurez manqué une occasion unique qui risque de ne plus se présenter.

Il semble fier de lui. Il a réussi à étaler toute sa réclame en dix secondes. Camille lui serre la main, moi je lui envoie la mienne en tirant Camille de l'autre tout en commençant à remonter le quai.

Elle sourit. J'ai l'impression que la proposition du capitaine lui a plu.

Montréal, samedi 9 septembre

Ce matin, quand Anouk a appelé Mat, il savait très exactement de quel sujet elle voulait l'entretenir.

Calme au début, il a senti qu'elle l'était de moins en moins à mesure qu'elle lui relatait sa frustrante rencontre avec l'enquêteur Legendre. Intelligente, elle n'a pas mis son professionnalisme en doute, ni même son tact homéopathique. Elle s'est concentrée sur l'idée que pendant qu'on la soupçonnait elle, Sophie est quelque part dans la nature à dépenser l'argent de son frère. Il ne se permit pas de l'interrompre, sentant qu'il lui devait au moins cette courtoisie.

Une fois le récit terminé, Mat, qui remercie intérieurement Samuel de lui avoir parlé de la réaction de son amie, demeure flegmatique.

Il est rare qu'il voie Anouk en dehors de leurs rencontres à quatre. Il ne se souvient que d'une ou deux autres occasions ces dernières années. Elle est donc surprise qu'il lui demande si elle était à la maison dans l'après-midi et en plus, qu'il lui propose de s'y inviter pour prendre un café.

Elle conclut qu'il voulait lui parler de son enquêteur et que pour se faire, il était préférable que ce soit en personne, hors de son bureau, une journée de congé. C'est dans cet esprit qu'elle accepte son offre, bien qu'elle se sente mal à l'aise de profiter de l'amitié qui la relie au patron du détective en cause. Mais bon, cela lui apprendra à se montrer insolent avec elle qui est la victime et non la coupable.

Mat arrive pile à l'heure convenue. Le café l'attend.

Le bruit des tasses regagnant leur soucoupe respective sonne un tournant dans leur conversation. Anouk considère que c'est à Mat d'aborder le sujet. Elle lui laisse donc toute la place pour qu'il prenne les devants, ce qu'il fait finalement.

- Merci pour ton appel de ce matin, il m'a permis de corroborer certains points.

Elle le laisse aller, pas la peine de se précipiter.

- Je sais que le détective Legendre peut te sembler un peu brusque, mais il doit établir et analyser toutes les hypothèses qu'il croit plausibles. Évidemment, il y a la manière. À ce chapitre, nous nous sommes parlé après sa rencontre avec toi.

- Ah oui ! Vous avez parlé de moi. Tiens donc !

- Tu oublies que c'est notre rôle d'échanger sur les dossiers.

- Je suis un dossier. De mieux en mieux.

Mat, qui n'est pas tombé de la dernière pluie et qui connaît assez bien la fille sait que cet angle d'approche ne le mènera nulle part. Anouk est encore sous l'effet du décalage horaire en plus d'être perturbée par la trahison qu'elle a subie. Il réalise qu'il ferait bien de s'en tenir à son plan de match ; il reviendra à la charge en tant qu'ami quand le moment sera venu.

- Voilà, le détective Legendre et moi aimerions analyser un objet personnel ayant appartenu à Julie, enfin Sophie, pour que nous puissions y relever les empreintes qui pourraient toujours s'y trouver.

La requête surprise lui fait momentanément oublier sa frustration. Mais la réponse est simple, Anouk n'a pas besoin d'y réfléchir très longtemps.

- Il n'y a rien d'elle ici ! Le peu d'effets personnels qu'elle avait apportés chez moi avant notre voyage, elle les a amenés dans ses valises et tu connais la suite.

- Dommage, nous aurions peut-être pu en savoir plus sur elle. Elle est peut-être fichée dans notre base de données.

Il prend une pose pour se recomposer une posture.

- Pour en revenir au comportement du détective, je lui en reparlerai lundi, il sera plus diligent avec toi à l'avenir.

- Merci, Mat. Je suis peut-être un peu pointilleuse ces temps-ci.

Elle pousse un soupir et essaie de faire le vide en elle.

- J'y pense ! J'ai peut-être quelque chose, Mat. Attends-moi un moment.

Elle quitte le salon pour y réapparaître quelques instants plus tard avec un petit sac de plastique.

- Je l'avais oublié dans un coin celui-là.

Elle fouille dedans pour y retirer une brosse à cheveux. Damien l'a ramassée avec le restant de mes affaires.

- À Busan, nous étions trop pauvres, enfin, je le croyais à ce moment-là, pour nous payer chacune une brosse à cheveux. Elle contient sûrement des empreintes de Sophie.

- C'est inespéré, Anouk ! Elle fera l'affaire. J'ai craint que nous n'ayons plus tellement de pistes à explorer. Tu vois, nous…

Le téléphone sonne. Mat sort son cellulaire de sa poche. Bredouille, il réalise qu'Anouk a déjà le sien en main.

- Sophie, c'est toi !

Elle crie dans l'appareil pendant que de grosses gouttes jaillissent de ses yeux. Mat est déjà debout.

- Passe-la-moi !

Elle lui tourne le dos se doutant que s'il lui prend son cellulaire, elle coupera la ligne.

- Quoi ? Je ne comprends pas. Qu'est-ce que tu me dis ?

Ses larmes se sont arrêtées. L'incrédulité s'incruste dans les traits de son visage.

- À Séoul ! Avec Maxime Legrand !

Mat ne parvient pas à convaincre Anouk de lui céder l'appareil, celui-ci demeure rivé à son oreille.

Il profite d'une seconde d'inattention de sa part pour littéralement lui arracher des mains.

Il évite de parler en vérifiant si le numéro de l'appelant était affiché. Peine perdue, numéro inconnu.

Il remet l'appareil à Anouk et lui demande par de grands gestes nerveux de faire durer l'appel le plus longtemps possible. Pendant qu'il l'entend pleurer, il se saisit de son propre cellulaire.

- Non, ça ne va pas du tout, Sophie. Je ne sais même pas quel est ton vrai nom. Tu m'as trahie et tu as dérobé mon frère. Comment veux-tu que j'aille bien ? Puis à présent, tu as le culot de me relancer !

Pendant que Mat compose un numéro, il voit Anouk raccrocher. Déçu, il en fait autant et se résigne à attendre qu'elle reprenne ses esprits.

Elle le regarde les yeux embués de peine et de colère.

- C'était Sophie.

Cela il l'avait compris dès le début. Il ne la bouscule pas, préférant patienter pour connaître la suite.

C'est en sanglots qu'elle lui livre enfin la teneur de sa courte conversation.

- Sophie voulait prendre de mes nouvelles. Elle regrette ce qu'elle m'a fait et prétend que c'était un accident. Elle se trouve toujours en Corée du Sud, avec Maxime Legrand qui l'y a rejoint.

- Il est à Montréal, celui-là ! Comment peut-elle soutenir qu'il est avec elle à Séoul ?

Anouk ne répond pas, elle sait que Mat peut lui-même envisager les différentes hypothèses.

Émue et choquée à la fois, Anouk ne sait plus quoi penser de cet appel. Que lui voulait-elle vraiment ?

Sans y réfléchir, Mat s'échappe. Il le regrettera immédiatement.

- Tant qu'elle sera en liberté, elle, vous ne serez pas en sécurité !

C'est le cauchemar qui se poursuit !

CHAPITRE 31

La Havane, lundi 11 septembre

Samedi, nous avons finalement réussi à attraper in extremis notre minibus pour rentrer à l'hôtel.

Dimanche, comme pour les autres jours, nous avons répété notre scénario de rêve : tour dans la ville le matin, plage et lecture en après-midi, souper prolongé le soir.

Personne n'aurait la prétention de connaître toute la complexité culturelle et sociale de La Havane après seulement quelques matinées à flâner ici et là dans les rues de la capitale cubaine. Mais la réaction de Camille à la suite de notre rencontre avec le capitaine, samedi, me trottait dans la tête. J'ai senti immédiatement son envie manifeste pour cette brève croisière de moins de deux jours. Hier après-midi, elle y a fait allusion quand nous avons vu un voilier voguant au large de la plage attenante à notre hôtel.

Après le souper, elle est revenue sur le sujet en se disant particulièrement intéressée par la proposition du capitaine. J'ai répondu : pourquoi pas ? Elle m'a sauté au cou. Faire plaisir à cette fille me procure tellement de joie.

Avec un départ aujourd'hui lundi, nous serons de retour mardi, à temps pour passer une dernière nuit au tout-inclus avant notre retour vers Montréal.

À nous deux la mer des Caraïbes ! me dis-je, en essayant de me convaincre qu'avec Camille à mes côtés, je n'aurai pas le mal de mer !

Les bras chargés, nous arrivons donc au bout du quai en ce lundi matin à 9 h 50. Nous transportons ce que nous avons pu trouver à la boutique de l'hôtel, c'est-à-dire peu de victuailles, honorablement compensées par la part liquide de notre fardeau. Le capitaine nous reçoit tout sourire visiblement heureux de notre décision.

Notre chambre est minuscule, le lit aussi, Camille et moi ne nous en plaindrons pas. Aussitôt installée, elle monte sur le pont et se porte volontaire pour aider à entreprendre les manœuvres de largage. Je me sens obligé d'en faire autant bien que je n'aie pas le pied marin. *Faut-il que j'y tienne à cette fille pour me retrouver sur ce gros voilier qui s'apprête à s'aventurer en haute mer !* Je suis bien loin de mon petit dériveur au lac Saint-François…

Camille m'impressionne. Elle s'affaire ici et là en prenant même des initiatives que je n'aurais jamais osé prendre. Elle connaît une foule de termes élégants, propres à la voile et s'entend bien avec le capitaine.

Nous prenons la mer.

Le quai, puis la marina et enfin la côte se sont fait engloutir l'un après l'autre par l'horizon. Moi je préfère regarder au loin pour atténuer l'effet des vagues sur mon estomac. À cette impression, s'ajoute le sentiment que je ne suis pas en contrôle de la situation. Nous nous fions, tous deux, à ce capitaine que nous ne connaissons ni d'Ève ni d'Adam. Bon, j'admets que j'ai un côté légèrement paranoïaque, mais ce n'est pas le genre de contexte qui m'inspire. Heureusement, demain nous séjournerons une dernière nuitée à l'hôtel, parce que ce soir, j'ai bien peur de décevoir Camille.

Montréal, lundi 11 septembre

Mat s'est empressé d'alerter la permanence de fin de semaine. Il ne voulait pas attendre jusqu'à aujourd'hui pour entamer les recherches afin de déterminer où se trouve réellement le complice de Julie.

Son initiative était bonne, mais les résultats déçoivent. On a immédiatement vérifié à son domicile, personne ne s'y trouvait. Un policier a été posté dès samedi devant sa résidence. On n'avait aucune trace de l'homme qui ne s'était pas présenté non plus à son rendez-vous hebdomadaire de ce matin avec son agent correctionnel. Maxime Legrand s'était volatilisé. Les prétentions de Julie Lebel devenaient plausibles. Il pouvait être effectivement rendu en Corée du Sud.

En arrivant ce matin, Mat a convoqué le détective Legendre qui se trouvait déjà sur la route pour une autre affaire. À l'appel du répartiteur qui lui a aussi fait part de l'humeur du patron, Samuel Legendre a su qu'il lui serait salutaire de revenir immédiatement au bercail.

Il n'est pas encore tout à fait entré dans le bureau de Mat quand ce dernier lui pose cette question.

- Comment se fait-il que tu n'aies pas cru bon de demander au juge d'inclure la saisie du passeport de Maxime Legrand lors de son audition de remise en liberté provisoire ?

Mat est reconnu par ses subalternes pour son calme et son doigté. Le ton qu'il emploie aujourd'hui inquiète d'autant plus le détective.

- Nous avons tous considéré le suspect, le juge aussi d'ailleurs, comme une victime soumise aux volontés de madame plutôt qu'un récidiviste potentiellement dangereux, sergent. Nous n'avions pas d'arguments sérieux pour le garder incarcéré d'ici son procès ni pour lui saisir son passeport de peur qu'il quitte le pays. Je vous rappelle qu'il a refusé de suivre Julie Lebel quand elle a voulu faire monter les enchères avec le frère d'Anouk Beauregard. Il a aussi, est-ce la peine de le rajouter, subtilement repris le passeport de cette dernière pour tenter de nuire à son ancienne complice dans la réalisation de son nouveau projet d'escroquerie.

Mat demeure insensible aux arguments du détective.

- Beau plaidoyer ! Mais vous vous êtes trompés et le juge aussi. Il a disparu depuis au moins samedi et il ne s'est pas présenté devant son agent ce matin. Pendant ce temps, la belle Julie alias Sophie est toujours à Séoul et dit être avec… Je te laisse deviner.

À ce moment-ci, la mine de son subalterne est triste à voir.

Mat cherche à se calmer. Non seulement, le cerveau des deux escroqueries contre Gabriel est introuvable, elle a en plus et selon toute probabilité, récupéré son complice. La police n'a rien vu venir. Elle a laissé filer le seul lien avec l'auteure des fraudes. Mat ne se voit pas expliquer à Anouk, encore moins à Gabriel, comment ils en sont arrivés là.

- Voici ce que nous devons faire.

Le ton du sergent n'encourage aucunement l'émission de quelque commentaire que ce soit.

- Il faut vérifier avec les postes frontaliers du Canada et de la Corée du Sud s'ils ont la trace du passage de Maxime Legrand à l'un de leurs points de sortie ou d'entrée. Nous devons recontacter les autorités sud-coréennes pour les aviser que nous avons nonchalamment laissé partir le seul suspect que nous avions entre les mains. Je veux qu'Anouk soit discrètement protégée en tout temps, tant que nous ne saurons pas où Julie Lebel et Maxime Legrand se trouvent réellement.

Le détective Legendre, qui connaît aussi bien que son patron les étapes à mettre en place à la lumière des derniers évènements, fait celui qui écoute religieusement son maître à penser. Il sait que l'usage de la parole à ce moment-ci lui serait néfaste.

- Ah oui ! Voici une brosse à cheveux qui a servi à Anouk Beauregard et à Julie Lebel pendant leur voyage - il lui tend un sac plastifié. Si nous sommes chanceux, des empreintes de Julie sur le manche devraient encore s'y trouver. Fais-la analyser immédiatement. Je sens que cette fille mijote un autre coup. Je n'aime pas cette sensation.

La Havane, mardi 12 septembre

Hier, j'ai seulement grignoté quelques biscottes au dîner et un demi-sandwich aux œufs pour le souper, le tout sans vin. C'était déjà trop. Durant la journée, j'ai suggéré à Camille de ne pas s'occuper de moi pour qu'elle puisse profiter pleinement de son excursion en mer. Moi je me faisais discret, déambulant péniblement de ma chambre au pont et du pont à ma chambre. Je ne voulais surtout pas faire le rabat-joie, même si c'est exactement ce que j'ai fait.

Pour passer la nuit, le capitaine a choisi un coin plus calme. La baie dans laquelle il a jeté l'ancre offre une protection idéale contre le vent et évidemment les vagues qu'il génère. En d'autres temps, j'aurais été le premier à trouver l'endroit paradisiaque, surtout en bonne compagnie et là, je ne parle pas de celle du capitaine.

Avant de me coucher, ce dernier m'a fait boire une tisane qu'il a qualifiée de naturelle, pour m'aider à dormir malgré le léger roulis du bateau. Au point où j'en étais, j'aurais pris n'importe quoi pour retrouver ma dignité et ma bravoure, même si la substance avait été bourrée de cholestérol, de sel, de sucre et de gras trans en plus d'être génétiquement modifiée. Le capitaine n'en était certainement pas à sa première prescription pour de tels cas.

* * *

Ce matin, rien ne va.

Je me demande si je suis en train de rêver. Ma tête tourne, je ne peux remuer ni les bras ni les jambes. J'ai chaud, il n'y a presque pas d'air. Je respire difficilement.

J'entends le clapotis des vagues qui viennent mourir sur la coque du voilier. Le roulis est plus fort qu'il ne l'était lorsque je me suis couché. Je reprends mes esprits. Je suis toujours sur ce voilier de merde. Je n'ai pas encore ouvert les yeux, mais je sais par la lueur qui transperce mes paupières agitées que le jour est levé. J'ai encore chaud et je ne peux toujours pas bouger mes membres.

Je trouve finalement le courage d'ouvrir les yeux. Tout ceci ne doit être qu'un cauchemar, car je suis dans ma petite chambre, sur mon lit. Camille est assise sur la chaise à côté de moi. Je viens pour parler, ma langue épaisse m'empêche de le faire correctement. *Je rêve encore !*

Camille me regarde d'un air étrange. J'ai l'impression qu'elle attend. Quoi ? Je ne le sais pas. J'ai de la difficulté à lui sourire, la concentration requise pour le faire me fait défaut. J'ai mal aux poignets. Eux aussi d'ailleurs refusent de m'obéir. Comme de plomb, ils restent là, immobiles, sans possibilité de bouger.

Je ferme puis ouvre les paupières à nouveau. La même scène insolite se présente toujours à moi. Camille me regarde, pétrifiée sur sa chaise de bois, sans rien dire.

J'essaie encore de prononcer quelque chose. Je réussis mieux sans y arriver tout à fait. Quelques sons sortent de ma bouche pâteuse. J'inspecte les lieux du regard. Tout ce que je peux voir me paraît normal, sauf Camille et sauf le fait que je ne puisse pas bouger.

Je les sens maintenant. Bien enroulés autour de mes poignets et de mes chevilles. Des liens me retiennent de force sur mon lit.

Merde ! Je suis ligoté !

Camille m'a entendu balbutier. Elle semble effrayée. Pourquoi demeure-t-elle sur cette chaise ?

Je lui demande des yeux. Elle fait des efforts pour remuer les bras en signe de réponse. Je constate qu'elle aussi est attachée, sur sa chaise.

- Prends ton temps, Gabriel. Ce type t'a administré quelque chose pour te neutraliser afin de pouvoir te ligoter sur le lit. Moi, il n'a pas eu de difficulté à le faire, comme tu le vois.

Qu'est-ce qui se passe ?

Je fais des efforts surhumains pour rassembler mes esprits et mes muscles afin de pouvoir me faire comprendre d'elle. Du coup, je compatis avec les pauvres gens victimes d'un AVC qui essaient de retrouver l'usage de la parole.

- Pourquoi ?

Camille qui n'a pas eu besoin d'être droguée pour être ligotée sur sa chaise a une longueur d'avance sur moi.

- Il veut de l'argent, Gabriel.

Qu'est-ce qui se passe encore ? Le cauchemar ne cessera jamais ! Ce n'est pas possible. Il y a quelque chose qui ne fonctionne pas. C'est trop.

- Il dit qu'il me fera du mal si tu ne lui donnes pas ce qu'il veut. J'ai peur, Gabriel.

Pourquoi menace-t-on tous les gens que j'aime ?

Camille poursuit son œuvre de messagère.

- Tu vois l'ordinateur portable sur le bureau.

Je tourne péniblement la tête. Effectivement, je le vois du coin de l'œil. Il n'y était pas hier. Enfin, je ne me souviens plus l'y avoir vu.

- Il veut que tu t'ouvres un compte en Bitcoins et que tu y déposes l'équivalent de 250 000 $ pour les lui transférer au numéro qui est inscrit sur le papier qu'il a placé à côté de l'ordinateur.

Elle me débite les exigences du capitaine en essayant de contrôler sa frayeur du mieux qu'elle le peut.

- Il a levé l'ancre en plein milieu de la nuit. Je ne sais pas où nous sommes, Gabriel. Qu'est-ce que l'on va faire ?

Ma tête retrouve peu à peu ses fonctions.

Je ne comprends pas ce qui nous arrive. C'est la troisième fois en deux semaines. Il ne peut être question de hasard. Impossible ! Qui est ce capitaine ? J'aurais dû me méfier, suivre mon instinct. C'est moi qui ai entraîné Camille dans ce désastre en acceptant son offre. Pourquoi ne sommes-nous pas demeurés tranquillement dans notre tout-inclus douillet ?

- Désolé, Camille, j'ai de la difficulté à suivre.

Elle me dévisage avec ses yeux sombres. Je crois qu'elle devine mes pensées. Elle essaie de se défaire de ses liens maintenant, en vain, évidemment. Puis, la colère noircit son regard.

- Ne lui donne pas un sou, Gabriel. Cet escroc ne le mérite pas.

Leur discussion cesse brusquement quand ils entendent des pas dans l'escalier qui mène à leur chambre.

CHAPITRE 32

Montréal, mardi 12 septembre

Lorsque le sergent Mathieu Smith donne un ordre, ce qui ne lui arrive que très rarement, tout le service sait qu'il ne plaisante pas. Le détective Legendre n'a épargné aucun effort pour le satisfaire. Chacun des points de la liste qui lui a été dictée hier a fait l'objet d'une attention toute particulière. La demande a été placée auprès des douanes canadiennes et sud-coréennes pour qu'ils confirment ou non le passage de Maxime Legrand à leur frontière. Les policiers ont un œil sur le domicile d'Anouk Beauregard, mais le plus important, il le tient entre ses mains : le résultat de la comparaison des empreintes relevées sur la brosse à cheveux commune ayant servi à Anouk et son amie pendant leur voyage, avec ce que contient le fichier central.

Alors que normalement, il se contenterait de noter l'avancement de son enquête dans son rapport quotidien, le détective préfère en aviser immédiatement son supérieur. Il ne comprend pas les conclusions du laboratoire. Les résultats ne correspondent décidément pas à ce qu'il avait anticipé. Il est curieux de voir ce que son sergent en déduira.

C'est donc à l'improviste qu'il se présente au bureau du patron en ce mardi matin.

Les formules de politesse sont courtes. Le détective lui tend immédiatement le rapport du laboratoire.

Mat le lit, évidemment. Il se frotte le front puis il le relit une autre fois.

Il affiche un air incrédule.

- Qui est cette fille ?

Le détective savait que le rapport intriguerait son chef. Il ne s'était pas trompé.

- L'une des personnes nous est inconnue. Selon toute vraisemblance, il s'agirait certainement d'Anouk Beauregard. L'autre, c'est Émilie Dubois, sergent.

- Cela je le vois bien dans le rapport, Samuel. Ce que je veux savoir c'est qui est cette fille, Émilie Dubois. A-t-on quelque chose sur elle ?

Le détective prend sa revanche, discrètement tout de même, et étire son compte rendu pour savourer le moment de déséquilibre temporaire que subit son patron.

- Elle n'est pas inconnue du système de justice, sergent. Ses empreintes sont répertoriées dans nos fichiers.

Il s'arrête, juste ce qu'il faut pour se réjouir du changement de physionomie de son sergent. Après le savon qu'il s'est fait passer, Samuel Legendre ressent une amertume qu'il évacue à sa manière. Il reprend dès qu'il sent que le patron est sur le bord de s'impatienter ; puisqu'il est évident que s'il connaît le nom d'Émilie Dubois, c'est inévitablement parce qu'elle est fichée.

- Durant ses études en biologie, elle s'est fait prendre pour une histoire de fausses cartes de crédit. Elle a plaidé coupable et s'en est tirée avec des travaux communautaires de fins de semaine. Avant d'être danseuse, elle a écopé d'une peine de prison de deux ans moins un jour pour vol de médicaments auprès de son employeur. Ensuite, il y a eu des plaintes pour chantage, mais faute de preuves, le directeur des poursuites criminelles et pénales n'est pas allé plus loin.

- On dirait bien que l'on parle effectivement de Julie Lebel, dite Sophie.

- Je crois que c'est effectivement le cas, sergent.

- Donc le vrai nom de madame est finalement Émilie Dubois. Pourquoi n'a-t-elle pas donné son nom réel à son copain, devenu son complice par la suite ?

Le détective a bien une théorie, mais attend qu'on le supplie du regard.

Sceptique, Mat le fixe sans expression particulière. Son subalterne conclut à une défaite, enfin c'est ce qui lui plaît de croire.

- Probablement pour éviter que son petit ami la trahisse, comme il l'a d'ailleurs fait à la première occasion, dès son interception aux douanes de Vancouver. En ne lui donnant pas son nom, Julie ou plutôt Émilie se protégeait. Je dois admettre qu'elle n'a pas eu tort - puis il s'empresse de rajouter - de son point de vue évidemment.

Mat digère la nouvelle. Ses neurones sont en action. Il envisage les conséquences de ce revirement de situation. Puis sa mine change, comme s'il venait d'avoir une vision.

- Nous cherchons au mauvais endroit, Samuel ! Cette fille pourrait être n'importe où. Elle aurait pu passer les frontières canadiennes ou sud-coréennes autant de fois qu'elle l'aurait voulu.

Même si le détective a eu le rapport avant son sergent, il n'a pas eu le temps de figurer les différents scénarios que cette découverte engendrait. Effectivement, il doit admettre que par son stratagème, Émilie Dubois avait les coudées franches pour traverser n'importe quelle frontière. De plus, personne ne la connaît vraiment ni ses ex-collègues du bar de danseuses, ni même Maxime, ex-complice et ex-petit ami.

- Nous courrons après un courant d'air, Samuel.

- J'entreprends immédiatement des vérifications pour savoir de quel côté de la frontière elle se trouve en réalité. Si elle était ici, il serait logique de penser que Maxime Legrand est encore à Montréal. Celle qui se fait appeler Sophie auprès d'Anouk nous aurait leurrés, encore une fois.

Mat suit très bien où son détective veut en arriver.

- Pourquoi ! Là est la question. Pourquoi a-t-elle pris la peine de contacter Anouk pour lui annoncer qu'elle était toujours en Corée du Sud, avec Maxime Legrand de surcroît ?

- Pour détourner notre enquête, patron. Elle savait qu'Anouk Beauregard nous communiquerait l'information.

- As-tu fini de m'appeler patron ou sergent ?

C'est le signe que le détective attendait pour se sentir pardonné de ne pas avoir assez insisté auprès du juge pour obtenir la saisie du passeport de Maxime Legrand.

- Oui, ser…

Il décide que son petit jeu a assez duré.

- Elle voulait selon toute évidence nous amener à concentrer nos recherches du côté de la Corée. Donc, si c'est bien le cas, tout nous indique qu'elle prépare quelque chose ici.

- À Montréal ?

- Fort probablement.

- Anouk !

- Je demande immédiatement à ce que l'on intensifie sa protection. Anouk Beauregard court un risque tant que nous ne mettrons pas la main au collet de cette fille.

- Parfait, Samuel. De mon côté, je crois qu'il est temps de l'en aviser. Je l'appelle tout de suite.

Samuel comprend que la rencontre est terminée. Il se dirige vers la sortie.

- Bravo, Samuel, beau travail.

Il ne se retourne pas, mais se sent plus léger qu'il l'était hier en quittant le même bureau.

La Havane, mardi 12 septembre

Nous nous serions crus dans un mauvais film. Tous deux, mort de peur, en entendant ouvrir la porte de notre chambre.

Le capitaine entre énergiquement dans la pièce. On aurait dit qu'une odeur de boisson le suivait, bien qu'il ne soit pas encore midi. Il marche vers l'ordinateur et constate qu'il n'a pas servi. Comment pourrait-il en être autrement, nous sommes tous deux attachés comme des saucissons ?

Il m'examine d'un air hésitant.

- Elle vous a fait part de mes conditions.

Je présume qu'il s'agit là d'une question.

- Vous n'aurez rien.

Il se redresse, probablement surpris par la spontanéité de ma réponse, puis se tourne vers Camille.

- Alors c'est elle qui va payer pour votre avarice.

Il a lancé cette phrase sans grande conviction, comme une réplique apprise par cœur. Je mets cela sur le dos de l'alcool dont il ne semble pas s'être privé au petit déjeuner.

- Vous ne toucherez à aucun de ses cheveux, vous m'entendez !

- Je vous entends, monsieur, mais vous êtes mal placé pour me dicter ma conduite.

Camille me dévisage, anxieuse. Une inquiétude grandissante lui déforme le visage. Elle essaie instinctivement de se défaire encore de ses liens. Peine perdue, ils sont plus forts qu'elle. Elle restera plaquée sur sa chaise, les mains derrière le dos, les chevilles bien ligotées à chacun des barreaux de devant.

J'essaie d'en faire autant, le résultat demeure malheureusement le même. Je ne réussis qu'à me meurtrir les poignets davantage.

- Je n'ai pas toute la journée. J'ai votre carte bancaire, je n'attends plus que votre numéro d'identification personnel.

Son regard délaisse Camille. Il se dirige vers l'ordinateur.

Je respire mieux, mais je sais que ce n'est que pour une courte durée. Je n'y avais pas encore réfléchi, mais le salaud s'est évidemment emparé de mes cartes pendant que j'étais sous l'effet de la drogue qu'il m'a administrée.

Il sort son cellulaire, entre quelques chiffres puis tripote le clavier de l'ordinateur. Son regard passe de l'un à l'autre pendant que le lien s'établit. Je présume qu'il se sert de son cellulaire pour connecter son ordinateur à l'internet. Je le vois transcrire des numéros qu'il lit sur ce qui doit être ma carte bancaire bien que je sois mal positionné pour en être absolument certain.

Il se tourne vers moi.

- Votre numéro d'identification personnel, monsieur Beauregard.

Il a pris de l'assurance depuis tout à l'heure. Peut-être se sent-il plus en confiance sachant que malgré nos efforts, nous ne pouvons aucunement desserrer nos liens.

- Vous n'aurez rien, je vous l'ai dit.

Je regarde Camille en prononçant ces mots, avec peut-être un peu moins de conviction qu'au début.

Comme s'il s'attendait à mon refus, il se lève machinalement et va vers elle. Un petit sourire allume ses yeux vitreux. J'aurais préféré mille fois qu'il s'en prenne à moi. Il doit le savoir. Ou il est lâche. Ou les deux.

Il se positionne derrière elle et laisse glisser ses deux mains de ses épaules à ses seins, puis s'y attarde vigoureusement tout en approchant son visage du sien.

- Vous ! Tenez-vous loin d'elle.

Je me débats, inutilement, avec la force du désespoir. Je ne contrôle plus rien. Ce type m'a à sa merci par l'intermédiaire de Camille.

Je la vois repousser son visage aussi loin que ses liens le lui permettent. Celui de l'homme le rattrape la seconde d'après. Ses lèvres cherchent les siennes pendant que ses grosses mains ne cessent de lui caresser les seins. Elle est prise au piège. Il peut faire ce qu'il lui plaît. Moi je ne peux que regarder et me débattre pour rien.

Je suis inutile et lâche.

Alors que Camille laisse sortir un crie de sa bouche asséchée, je le vois diriger une de ses mains vers ses jambes pendant que l'autre s'attarde encore sur son sein.

Je suis paniqué. La situation me dépasse, je ne sais plus ce que je devrais faire ou dire. Ou si, je le sais très bien. Ses paroles me résonnent à présent dans la tête : « c'est elle qui va payer pour votre avarice ». C'est ce que je suis, un avare.

Je suis en train de laisser ce vicieux agresser mon amour pour éviter de lui remettre de l'agent qui ne me servirait à rien si je ne peux plus me regarder dans un miroir. Le dénouement s'impose à moi.

- Attendez !

Il affiche un grand sourire que je lui ferais ravaler si j'en avais l'occasion. Il se redresse lentement, en laissant flâner ses mains sur le corps pétrifié de sa victime qui regarde par terre.

J'essaie de reprendre mes sens et chasser mes idées de vengeance pour l'instant, elles ne feraient qu'embrouiller mon esprit. Il faut que je canalise mes énergies. Il a entre ses mains ce que j'ai de plus précieux. En fin de compte, je dois me résigner à abdiquer sur toute la ligne. Je ne peux rien tenter, qui risquerait d'aggraver la situation de Camille.

En se redressant, il enlève ses sales pattes de la femme qui sanglote à présent. Il attend visiblement la suite.

- Vous avez gagné.

Son sourire se fait plus vicieux. Je sens son haleine pimentée d'alcool jusqu'ici.

- Que voulez-vous que je fasse ?

- Là, vous parlez !

Attends que je sois détaché, petite crapule. Je t'en promets toute une.

- Commençons par votre NIP[5], ce sera un bon début.

Stratégie, Gabriel, stratégie !

- Une fois que vous aurez votre argent, qu'est-ce qui nous assure que vous allez nous libérer ?

Il rit.

- Rien, sauf ma hâte de le dépenser.

Il a l'air de se trouver drôle.

Le rapport de force n'est pas équitable, nous ne nous battons pas à armes égales. Il a le dessus.

---

[5] Numéro d'identification personnel

CHAPITRE 33

Montréal, mardi 12 septembre

Anouk ne décolère pas.

Après tout ce qu'elle a enduré, elle avait l'impression que le couvercle commençait à se refermer sur la marmite avec l'arrestation de Maxime Legrand, le complice de Sophie. Hélas ! En ce moment même, elle apprend de la bouche de Mat qu'ils ont laissé filer le monsieur en question, rien de moins. Puisqu'il semblait être un bon garçon, repentant en plus, on lui a laissé gentiment son passeport en l'enjoignant de demeurer sagement au pays, le temps d'entamer les procédures.

- Bien oui ! Il fallait y penser ! Je trouve que c'est très aimable de votre part. Après tout, ce n'était certainement pas de sa faute s'il a été complice de Sophie et s'il m'a volé mon passeport, n'est-ce pas ? Il s'est fait influencer, le pauvre.

Mat écoute les réprimandes de son amie depuis un bon moment déjà, un temps qui lui paraît long.

- Est-ce que je peux placer un mot ?

Elle vient pour répliquer puis, de guerre lasse, décide de laisser tomber.

Le silence leur semble étrange.

- J'espère que tu te sens mieux.

- Oui, à dire vrai, je trouve que t'engueuler est incontestablement thérapeutique.

Il rit, elle le suit d'une seconde. La trêve a gain de cause. Les deux antagonistes sont redevenus ce qu'ils ont toujours été, des amis. Mat le savait avant d'appeler Anouk. Il devait passer par le purgatoire avant d'en arriver là.

- Je ne t'appelais pas pour me faire rabrouer de main de maître, mais pour t'aviser que nous pensons qu'Émilie Dubois, ton ancienne amie qui se faisait appeler Sophie ou Julie, mijote quelque chose. Elle n'est pas la dernière venue dans le monde de la fraude. Nous craignons qu'elle fasse monter les enchères. Elle est loin de ses escroqueries du début, elle est passée à autre chose. Ses méfaits sont plus raffinés, si je puis dire, plus sournois aussi. Elle ne t'a pas appelée pour rien. Émilie Dubois est nécessairement sur un coup qui te concerne, Anouk.

- Tu commences à me faire peur.

- Je ne sais pas si tu l'as remarqué, mais nous te faisons surveiller 24 heures par jour. Nous préférons ne prendre aucun risque tant que nous ne saurons pas où se trouvent cette fille et son complice. Elle t'a prise pour cible à deux reprises, rien ne nous indique qu'elle s'arrêtera là.

- Que dois-je faire ?

- Sois vigilante, n'ouvre à personne, évite les sorties non essentielles. Si elle te contacte à nouveau, essaie d'en apprendre plus, même si elle est assez maligne pour ne pas se compromettre, et fais-le-moi savoir immédiatement.

Après l'appel de Mat, Anouk est allée s'assurer que la porte de devant et celle de derrière étaient bien verrouillées.

La Havane, mardi 12 septembre

En sueur, je cherche une solution qui ne viendra pas.

Ce qui peut m'arriver à moi passe au second plan. Nous sommes à la merci de ce type qui peut faire ce qu'il veut de Camille. J'essaie, avec peu de moyens, de trouver une façon de m'assurer, une fois l'argent transféré à cet escroc, qu'il ne s'en prenne plus à elle.

- Libérez-la d'abord !

Il hésite.

Quoique le coup ait été préparé de main de maître, il semble n'être qu'un exécutant dans un scénario probablement écrit par quelqu'un d'autre. Il n'est pas sûr de lui et cherche un peu trop longtemps des réponses à mes interventions.

- Vous allez faire ce que je vous dis.

- Qui a organisé cette extorsion ?

Son visage peine à cacher sa frustration.

- Ce n'est pas de vos affaires.

Je le sens bouillir par en dedans, mais sa réponse me confirme que ce n'est pas lui.

- Ne me dites pas que c'est vous.

Ses yeux sont rouges de boissons certainement, mais aussi de stress. Ses mouvements deviennent saccadés. Il a de la difficulté à garder son équilibre. Il se lève, me regarde puis dévisage Camille. Celle-ci en profite pour essayer de soutenir ma stratégie, qu'elle a devinée, en établissant un pont avec lui.

- Détachez-moi, je ne tenterai rien. Si vous le voulez, j'entrerai les codes moi-même, je m'y connais un peu en informatique.

L'homme se détend du coup. Il semble conclure que Camille ne constitue pas une véritable menace et il aurait tôt fait de reprendre le contrôle de la situation si elle essayait quelque chose. Vu l'état du capitaine, elle venait de trouver la solution pour arriver à un compromis. Je gagne un petit point ; au moins, elle pourra mieux se défendre si nécessaire…

Il s'exécute. Camille s'empresse d'ajuster son chemisier à demi ouvert et se masse les poignets. Timidement, elle va se positionner devant le clavier et attend la suite.

- Voici mon NIP, Camille.

Je lui dicte une série de chiffres. Le capitaine jette un œil à l'écran. Il paraît satisfait.

- Maintenant, encaissez les placements à terme nécessaires pour arriver à la somme de 250 000 $.

Je vois Camille se concentrer sur mes données bancaires. Je n'aime vraiment pas que quelqu'un se vautre dans mes affaires financières, que ce soit elle ou un autre.

- Il y en a un qui contient à peu près cette somme, Camille. Si je ferme plus d'un placement, cela alertera la banque et ils gèleront tout.

- 247 530 $, est-ce le bon ?

- Ce doit être lui.

Le capitaine pointe la feuille de papier sur le pupitre.

- Encaissez le placement, déposez-le dans son compte courant puis ouvrez-lui un compte en Bitcoins. Après, transférez le compte courant sur son nouveau compte Bitcoins et virez le tout à ce numéro, inscrit là.

Les transferts en nouvelles devises numériques Bitcoins sont difficiles à retracer. Il le sait. Le salaud, il risque de s'en tirer sans être importuné.

Elle regarde la feuille puis retourne son attention vers l'écran.

- Je n'aime pas cela, Gabriel. Es-tu certain de vouloir que je continue ?

Le capitaine se rapproche d'elle.

- Oui, Camille. Fais-le.

Elle s'exécute. Puis, à la demande du capitaine, je lui donne le mot de passe de ma messagerie afin d'y retrouver la confirmation du dépôt en Bitcoins sur le compte indiqué par le capitaine. C'est fait, l'écran lui annonce la réception du courriel. Elle a une heure pour le confirmer avant que la transaction ne s'annule d'elle-même.

Camille se retourne pour m'interroger du regard, je lui fais oui de la tête. Elle appuie sur l'icône « confirmer ».

Il n'aura fallu que quelques secondes pour transférer la somme d'un côté à l'autre du nuage internet.

Le capitaine s'approche de l'ordinateur et demande à Camille d'entrer à nouveau son numéro de compte, celui inscrit sur le morceau de papier à côté d'elle. Il constate que le montant a bien été déposé.

- C'est fait, annonce-t-elle sans expression particulière en refermant les diverses applications.

Il est arrivé à ses fins. Le moment de vérité est venu. Autant elle que moi ne pouvons prononcer un mot. Nous nous contentons d'attendre, nos visages tordus par l'inquiétude.

Le capitaine jette un dernier regard sur Camille, évite le mien, puis sort de la pièce. Nous recommençons à respirer. Il monte l'escalier vers le pont. Des pas au-dessus de nos têtes nous indiquent qu'il se dirige vers l'arrière du voilier. D'autres bruits sont difficiles à identifier, mais celui d'un moteur ne fait pas de doute.

Nous épions le moindre indice. Le ronronnement du moteur s'amenuise. Il s'éloigne de nous.

- Il s'est enfui !

Camille n'ose pas bouger, elle est de glace, les yeux rivés sur un écran éteint.

- Camille, il est parti. Nous sommes sauvés !

Elle ne bronche toujours pas.

- Camille, tu peux me détacher à présent. Le danger est écarté. Nous n'avons plus rien à craindre.

Comme un automate, elle trouve la force de se lever et de s'exécuter.

Je commence par m'asseoir dans mon lit en me frictionnant les poignets et les chevilles. Je reste ainsi un moment, le temps de reprendre mes esprits, puis je me lève péniblement. Tout ce que mes bras enfin libérés de leurs liens veulent pour l'instant c'est serrer Camille contre moi et ne plus jamais laisser cet homme s'approcher d'elle.

Temporairement rassasié, de part et d'autre, je me risque à vérifier la situation sur le pont. Malgré mes réticences, Camille me suit. Une fois monté, je fais un rapide tour d'horizon. Rien. Nous sommes effectivement seuls. Le petit canot pneumatique de sécurité, utilisé aussi pour aller à terre, n'est plus rattaché au voilier. Il s'est sauvé, nous ne le reverrons plus, enfin, je l'espère.

Elle reprend ses sens en premier.

- Nous sommes amarrés au milieu de nulle part, Gabriel !

Elle a raison. Les voiles sont toujours rabaissées, une ancre nous retient, mais nous ne sommes plus dans la baie.

L'adrénaline libérée par le stress a pris le dessus sur mes maux de cœur. Je fais nerveusement un tour d'horizon.

- Je crois qu'il y a quelque chose là-bas.

Camille regarde dans la direction que je lui indique.

- Oui, je vois ! Nous ne sommes pas si loin des côtes.

Notre chance est de courte durée. Je me désillusionne instantanément. Merde ! Comment allons-nous faire pour atteindre cette côte ?

- Nous allons devoir nous débrouiller seuls, Camille. Je présume que les principes pour prendre le vent avec ce voilier sont les mêmes que pour mon petit dériveur !

J'essaie de lui inspirer confiance. J'espère qu'elle ne décèle pas mes appréhensions.

- Il est pourvu d'un moteur de secours, comme probablement tous les voiliers de cette taille, je m'imagine que nous pourrions le manœuvrer comme n'importe quel bateau moteur.

La présence d'esprit de Camille ne cessera de m'étonner.

* * *

Heureusement que la terre était en vue et que le moteur de secours fonctionnait, car nous aurions été incompétents à nous servir adéquatement de l'instrumentation de navigation sophistiquée de ce bateau. Nous n'étions qu'à quelques kilomètres de la marina, à quelques nœuds comme me corrigerait un vrai marin, mais la faible puissance du moteur d'appoint, de connivence avec un vent de face, a étiré notre périple sur près de quatre heures.

Une fois arrivés à bon port, nous avons, je crois, réussi à nous faire comprendre des agents portuaires. Nous avons appris que le capitaine du bateau n'en est pas le propriétaire. Il l'avait loué vendredi dernier, la veille du jour où nous l'avons rencontré la première fois. Ils ne nous ont pas donné d'autres détails, faute d'en avoir probablement, mais ont promis de nous tenir au courant de l'avancement de leur enquête.

Nous sommes repartis de la marina en taxi, sans nous faire d'illusions sur la suite puisque demain nous revenons à Montréal. Je n'ai pas vraiment espoir de retrouver mon argent non plus, les transferts en Bitcoins sont irréversibles. Je survivrai, mais j'aurais pu faire tellement d'autres choses avec cette somme ! Ma seule préoccupation pour le moment est de ramener Camille à Montréal.

Hier matin, nous étions avides d'une aventure en mer. Bon, surtout elle, je l'avoue. Aujourd'hui, en cette fin d'après-midi, le simple fait d'être sain et sauf nous apparaît amplement suffisant.

En arrivant à l'hôtel, j'ai résisté à la tentation de téléphoner à Mat pour lui faire part de cette autre escroquerie. Il croirait à une plaisanterie et j'aurais du mal à le dissuader tellement je me sens ridicule de me faire avoir, coup sur coup, moi, le grand Gabriel Beauregard. Je ne prends donc pas la peine d'activer mon cellulaire.

Pourtant, je ne crois pas aux coïncidences. Je dois trouver la relation entre cette fraude et les précédentes. De retour à Montréal, je verrai avec Mat parce qu'à présent, je n'oserai plus sortir de la maison avant de comprendre ce qui m'arrive.

Camille débute dans ses nouvelles fonctions après demain. Il ne nous reste qu'une nuit à Cuba avant le retour à la réalité, l'autre réalité. Tacitement, nous avons convenu de ne pas nous apitoyer sur notre mésaventure pour savourer nos derniers moments dans cette île des Caraïbes.

Plus facile à dire qu'à faire.

Je constate que Camille y arrive péniblement. Elle me semble tendue.

- Je sais que la nuit d'horreur d'hier est difficile à oublier, Camille.

Je rajoute une pointe d'ironie pour ne pas retomber dans le drame.

- À moins que tu ne penses à tes vieux péchés ou aux prochains.

- Je ne pense à rien de tout ceci. En fait, j'étais à des lieues de ces considérations.

Elle me dévisage, la tête baissée et les yeux levés vers moi.

- Veux-tu vraiment le savoir ?

Comment puis-je répondre autre chose que « oui » à une pareille question ?

- Partons, Gabriel !

- Oui, demain ce sera fait.

- Non. Je veux dire : partons loin de tout ceci, loin de Montréal et loin de ceux qui courent après toi.

Elle me tourne le dos pour s'assurer sans doute que je ne la déconcentre pas avec ma physionomie déconfite.

- En arrivant à l'aéroport de La Havane la semaine dernière, j'ai vu sur les panneaux indicateurs qu'il y avait des vols directs vers le Venezuela. Allons-y, Gabriel. Passons quelque temps là-bas, loin de tout ce qui t'arrive à toi, à moi et à Anouk. Laissons couler un peu de temps. Ne laissons aucune trace pour être sûr que ce type ne nous trouve jamais.

Elle s'arrête et se retourne vers moi. Ses yeux sont plus brillants que jamais.

- Demain, faisons l'école buissonnière. Au diable mon nouvel emploi, je les appellerai de là-bas.

Elle a couvert tous les angles.

J'ai failli répondre non tout de suite. Son idée est tellement insensée.

Pourtant, quelque chose me dit d'attendre. Pourquoi refuser sur-le-champ ? Rien ne me retient à Montréal, sinon mes amis évidemment, mais je ne crois pas que je leur manquerais à ce point. Peut-être a-t-elle raison après tout. Partir ensemble, loin, sans préparation. Vivre ce que nous voulions vivre ici, avant cette funeste nuit.

Elle perçoit sans grand mérite, mon hésitation. *Pourquoi cette fille trouve-t-elle toujours le moyen de me surprendre ? Et pourquoi est-ce que j'aime autant la laisser faire ?*

* * *

Au coucher, nous faisons l'amour comme nous ne l'avions jamais fait. Est-ce à cause des réminiscences de la peur qui nous a habités sur ce voilier maudit ? Est-ce dû au fait que nous vivons notre dernière nuit sur cette île ou simplement parce que nous sommes faits l'un pour l'autre ? En ce moment précis, j'avoue que la question ne m'effleure pas l'esprit. Je me contente de savourer l'instant présent. Elle aussi, je crois... Non, j'en suis certain !

Ma bouche, mes mains et tout mon corps sont incapables de se rassasier. Chaque partie d'elle n'est que sensualité et volupté. Nous sommes tous deux hors du temps, suspendus dans l'infini, moulés l'un sur l'autre.

Après l'amour, mais toujours au paradis, nous reprenons lentement possession de nos sens. Des sourires tout simples ont pris la place des pulsions. Camille ne revient pas sur son idée d'école buissonnière, je ne lui en reparle pas non plus. Demain, il en sera toujours temps. Mais si j'avais à prendre la décision maintenant, dans l'état d'extase dans lequel je me trouve, ce serait oui, je la suivrais n'importe où.

Comme je crains qu'elle aborde le sujet, profitant peut-être de l'accalmie dans laquelle nous baignons, j'amorce une manœuvre de diversion en lui posant une question qui me trotte dans la tête depuis la première fois où je l'ai vue nue.

- Dis donc, Camille, il serait peut-être temps que tu me parles de ton ex. Celui dont tu t'es fait graver le nom juste ici, à l'aine - je pose mon doigt sur son tatouage. Parle-moi de Max !

CHAPITRE 34

Montréal, mardi 12 septembre, plus tôt aujourd'hui

Lorsque le détective Legendre se glisse la tête dans le cadrage de la porte du bureau de son patron, il n'attend pas d'y être invité. Agité, il veut simplement s'assurer que son sergent n'est pas au téléphone ou en réunion avec un collègue.

- Mat ! J'ai quelque chose de gros.

Prenant acte de l'air excité de son subalterne, Mat ne peut faire autrement que lui demander de poursuivre.

- Devinez dans quels pays Émilie Dubois a voyagé récemment ?

- Tu sais que les devinettes m'agacent. Va au but s'il te plaît.

Le détective ne fera pas languir son sergent cette fois-ci.

- Je viens tout juste de recevoir le courriel que j'attendais. J'ai eu la confirmation que notre mystérieuse inconnue Émilie Dubois, alias Julie, alias Sophie, est rentrée de Corée du Sud le mardi 22 août.

Mat est tout sourire.

- Enfin, nous tenons la bonne personne avec une vraie identité. Pas étonnant qu'elle ait pu se faufiler aussi facilement d'un endroit à l'autre, nous n'avions pas le bon nom pour effectuer nos recherches.

Mat s'arrête soudainement en faisant une étrange mimique. Cela vient de le frapper. Elle n'était donc pas avec Anouk à Séoul !

- Samuel, es-tu certain de cette date ? En y repensant, cela ne tient pas la route ! Anouk nous a confirmé qu'elle était avec elle, enfin avec Sophie, jusqu'à ce que Damien la retrouve, assommée, dans sa chambre d'hôtel le samedi 2 septembre ! Avec qui Anouk était-elle pendant tout ce temps ?

Le détective a la réponse. En fait, il aurait pu du même souffle compléter l'information, mais peut-être lui reste-t-il un résidu de rancœur qui l'incite à étirer la sauce.

- Anouk était avec Émilie, alias Sophie, et voici pourquoi, chef.

Il présente les traits d'un adolescent un peu trop fier de lui.

- Notre belle Émilie est revenue le 22, comme vous le savez maintenant, mais elle est retournée à Séoul le jeudi 24 août, pour y arriver le vendredi 25. La confirmation de cette date est dans le même courriel reçu des douanes sud-coréennes. Donc, elle se trouvait bien en Corée avec Anouk Beauregard une fois cette dernière sortie de détention.

Mat se tait. Il a trop d'information incongrue à absorber en même temps.

- J'explique ma théorie, Mat.

Il va de soi que ce dernier s'attend à ce que le détective expose sa théorie, s'il en a une à lui proposer. Même une spéculation ferait l'affaire.

- Émilie Dubois est partie pour Séoul le 21 août avec Anouk Beauregard, donc elle y est arrivée le 22. Elle s'est probablement précipitée au poste douanier avant qu'Anouk ne sorte de la salle de toilette. Comme personne ne connaissait son vrai nom, nous avons tous cherché ailleurs. Elle n'a jamais été importunée et n'a donc pas été détenue comme ce fut le cas de la sœur de votre ami. A-t-elle rencontré son complice Maxime Legrand pour lui remettre les effets de votre sœur ? Probablement, mais je ne peux l'affirmer faute de preuve. Ensuite, elle se serait immédiatement dirigée vers l'aire des départs pour reprendre, deux heures plus tard, le même avion qui revenait à Montréal. Comme pour le retour d'Asie, on remonte le fuseau horaire, voilà pour son retour du 22 août. Et, aussi bizarre que cela puisse paraître, elle est repartie pour Séoul le surlendemain de son arrivée à Montréal, soit le 24. Je m'imagine qu'elle dort mieux que moi en avion, celle-là.

Mat se tient la tête à deux mains.

- As-tu fini de me sortir des lapins de ton chapeau ?

- Non, chef.

Il a soudainement envie de le sortir de son bureau pour cause de lenteur verbale. Mais pour le moment, Mat est à sa merci et doit attendre la suite.

Le détective se racle la gorge.

- Je n'y comprenais rien moi non plus, alors pour en avoir le cœur net, j'ai demandé à la douane canadienne de vérifier si elle avait des traces d'un autre retour de Corée au nom d'Émilie Dubois.

Samuel s'est assez gargarisé avec ses informations-chocs, il poursuit sans artifice.

- Elle est revenue de Séoul, pour la deuxième fois, le dimanche 3 septembre, Mat.

Ce dernier jongle avec cette nouvelle donnée. Il pense à haute voix.

- Elle est revenue à Montréal le lendemain où Anouk a été retrouvée à l'hôtel, soit le lendemain de la remise de la rançon. Cela m'apparaît cohérent.

Il consulte son détective du regard, puis poursuit tout haut son raisonnement.

- Le départ d'Émilie alias Sophie ou Julie pour Séoul est logique, elle est partie en voyage avec Anouk. Je n'ai rien à redire sur cette partie de l'histoire. Son retour, le lendemain de la remise des 100 000 $ est aussi cohérent, elle n'avait plus rien à faire en Corée du Sud ayant obtenu ce qu'elle voulait. Mais, pourquoi l'aller-retour entre les deux ? C'est insensé ! Qu'est-elle venue faire à Montréal pour seulement une journée ? Je ne comprends pas.

Son enquêteur n'a plus rien à lui offrir.

- Puis, cela n'explique pas comment Sophie, enfin, tu sais de qui je parle, avait toujours une longueur d'avance sur nous.

Le détective se sent mal. Il croit percevoir des soupçons dans le regard de son patron. Il a l'ego à fleur de peau depuis qu'il s'est fait reprocher d'avoir laissé filer Maxime Legrand et à la suite des maigres résultats qui ont découlé de son interrogatoire avec les anciennes collègues de Julie Lebel au bar où cette dernière travaillait.

- Samuel, trouve où elle est en ce moment, je commence à avoir des doutes. Je n'aime pas ce que j'imagine. C'est urgent.

Ce dernier ne répond pas et quitte les lieux, un peu amer.

La Havane, mercredi 13 septembre, 10 h

Ceux qui ont expérimenté un voyage sous forme de forfait tout inclus en savent quelque chose. Vous êtes pris en charge du début à la fin, particulièrement à l'allée et au retour. Donc, aujourd'hui, il fallait libérer les chambres pour 6 h 30 afin de laisser au personnel d'entretien ménager le temps de faire le nettoyage avant l'arrivée de la prochaine cohorte. C'est ce que nous avons fait.

À 9 h précises, un autobus nous attendait pour nous ramener à l'aéroport, prêt pas prêt. Nous avons vécu la cohue des au revoir, des bagages qui se font bousculer et qui atterrissent finalement, enfin je l'espérais, dans le même autobus que nous.

En ce moment, nous sommes arrivés à l'aéroport et avons l'impression d'avoir déjà abattu une grosse journée de travail. Il arrive 10 h, il est temps pour nous de rejoindre l'interminable queue afin de nous inscrire et obtenir notre carte d'embarquement.

Ah oui ! Bonne nouvelle, nos bagages nous ont suivis.

Camille est silencieuse. Moi aussi. Nous nous insérons à l'arrière de la file d'attente.

Sa proposition me hante depuis hier soir sauf évidemment, durant le merveilleux intermède où mes sens avaient exclu toute rationalité. Partir ! Pour combien de temps ? Nous n'en avons pas parlé, mais j'ai compris que ce serait pendant assez longtemps pour se faire oublier.

La possibilité que cette folie me soit accessible m'habite complètement. J'ai vu, comme elle l'avait remarqué en arrivant mercredi dernier, qu'il y a effectivement un départ quotidien pour Caracas, à 14 h 15. À ce moment-ci de l'année, il y aurait certainement deux places de libres pour nous, au risque qu'elles ne soient pas côte à côte.

Je prends la main de Camille. Elle semble en avoir besoin elle aussi, enfin, c'est l'impression qu'elle me donne.

Il se crée un espace dans la file, entre nous et le couple qui nous précède. La famille qui nous suit s'impatiente et nous talonne pour que l'on comble le vide devant nous, comme si par cette stratégie, nous arriverions plus rapidement au comptoir d'enregistrement. J'avance machinalement d'un pas. Camille me suit après avoir opposé une légère résistance, à moins que ce ne fût une légère réticence. Je me doute pourquoi. Elle aussi ne doit penser qu'à sa proposition. Partir vers l'inconnue, au chaud, au lieu de retourner vers l'automne, suivi inexorablement par un hiver qui sera encore cette année long et froid, je présume. Partir vers d'autres rivages, là où Marie n'a jamais mis le pied, là où je pourrais recommencer à zéro, me faire d'autres amis et surtout, être avec Camille.

Je sens que l'on me pousse discrètement encore. Un autre espace s'était créé devant nous. Je ne bouge pas. Camille, non plus.

Montréal, mardi 12 septembre, 16 h la veille

- Combien de temps faut-il à un analyste de la douane canadienne, branché sur une base de données, pour confirmer si oui ou non Émilie Dubois se trouve encore au Canada ?

Samuel, qui vient de répondre à l'appel de son patron, se pose la même question, mais lui, il n'a personne à vilipender. S'il en fait trop, il craint que l'analyste lui explique que sa journée de travail est terminée et qu'il reprendra demain. Il se contente donc de ravaler sa salive et répond qu'il y travaille.

D'un coup, sa voix devient instantanément stridente.

- Un instant, il me fait signe qu'il vient de trouver quelque chose.

Mat réalise que son enquêteur se trouve juste derrière l'analyste, au bureau de la douane. Il regrette de l'avoir asticoté, il ne pouvait rien faire de plus.

- Voilà, il me montre l'écran. Un instant, Mat.

Un instant pour l'un n'est pas le même instant pour l'autre. Mat regrette le temps où il fumait ; pour une rare fois, il en prendrait une bonne, juste là, à ce moment précis.

- Samuel, je patiente toujours !

Ce dernier lui crie par la tête.

- Mat !

- Oui, vas-y, qu'attends-tu ?

- Elle est à Cuba.

- C'est ce que je craignais ! Viens immédiatement à mon bureau. Entre-temps, j'appelle Anouk.

* * *

Elle ne se trouvait pas à la maison. Mat a donc téléphoné à son bureau. Comme Anouk participait à une rencontre entre collègues, elle n'a pas répondu à son cellulaire. Il a communiqué avec la réception de sa firme, ING Solution, pour qu'on envoie quelqu'un lui demander de sortir de la salle afin qu'elle puisse prendre l'appel.

Sa voix est anxieuse, quelque chose de grave est probablement survenu. Quand elle comprend que c'est Mat, son sang se coagule dans ses veines.

- Anouk, j'ai quelques questions à te poser.

- Est-il arrivé quelque chose, Mat ?

- Non, mais c'est ce que je veux éviter.

Elle se remet à respirer.

Il poursuit immédiatement, empressé de comprendre la situation dont il commence à deviner les contours. Il n'aime pas le scénario qu'il considère.

- Lorsque tu es arrivée à Séoul, le 21 août.

Elle le coupe.

- Le 22, tu veux dire. Nous sommes parties le 21, mais sommes arrivées le 22.

- Oui, j'y arrivais, mais tu as raison, le 22 donc. As-tu revu Sophie à l'aéroport ?

- Non, je te l'ai dit, je l'ai cherchée jusqu'à ce que je me fasse arrêter à la douane.

- Quand l'as-tu revue ?

- Lorsqu'elle m'a retrouvée après avoir été libér...

Elle s'arrête.

- Désolée, il faut que je m'enlève cet autre mensonge de la tête. Je disais donc que je l'ai revue le lundi à mon hôtel, c'était le 28, le lendemain de ma libération.

- Donc, entre le 22 et le 28 tu ne l'as pas vue.

- Exact. Mais, pourquoi me poses-tu ces questions ?

- As-tu déjà rencontré la nouvelle amie de ton frère ?

- Tu veux dire Camille ! Non. Gabriel devait me la présenter à mon retour, mais ils ont décidé de partir pour La Havane avant que je revienne. Comme elle commençait un nouvel emploi cette semaine, ils ont précipité leur départ. Je ne le blâme pas pour sa décision. Mais où veux-tu en venir ?

Mat n'a pas l'intention de répondre aux légitimes questions d'Anouk pour l'instant, trop préoccupé par le scénario démoniaque qui se matérialise dans son esprit.

- Lorsque tu l'as revue, le 28, comment était-elle ?

- Fatiguée, vidée, comme moi.

- Tu m'en vois navré, Anouk, mais je dois tourner le fer dans la plaie, c'est très important.

- Vas-y, tourne, Mat, tourne-le ton fer qu'on en finisse.

- Fatiguée comme quelqu'un qui sort de prison ou comme quelqu'un qui a fait une succession de voyages interminables.

- Là, Mat, tu me poses une devinette à laquelle il est impossible de répondre. Dis-moi plutôt ce qui t'amène à me poser ces étranges questions, je pourrais peut-être mieux t'aider.

- Tu sais peut-être que Camille est allée voir sa mère à Québec durant les dates où Sophie alias Julie était avec toi.

Après, ton frère lui a demandé de partir pour Séoul avec l'argent exigé par l'escroc.

- Où veux-tu en venir ?

Mat hésite une seconde puis, le cœur serré, lui fait part de son postulat.

- Anouk, je crois que Camille est aussi Sophie.

La ligne semble avoir été coupée. Mat n'entend plus rien.

- Anouk, es-tu là ?

Une voix brisée lui répond finalement.

- Non, c'est impossible ! Je ne peux m'imaginer un pareil désastre ! Si c'est le cas, Mat, Gabriel ne s'en remettra pas.

- Anouk, cela est malheureusement très probable, tout concorde, mais dans l'immédiat, il y a surtout le fait qu'il est avec elle à La Havane.

CHAPITRE 35

La Havane, aujourd'hui mercredi 13 septembre, 10 h 15

Quinze minutes, c'est tout le temps qu'il faut pour prendre la décision de changer sa vie. Nous avons laissé le couple devant nous nous distancer davantage et la famille de derrière nous pousser un peu plus. Quand finalement le chef de la famille qui nous suivait, las de ses vaines tentatives pour nous faire avancer, a pris l'initiative de passer devant nous, la décision s'était prise d'elle-même. Nous nous sommes retirés de la compétition et avons fait un pas de côté. Nous ne retournerons pas à Montréal. Nos bagages non plus.

Le plus difficile dans le processus de prise de décision est de prendre la décision. Une fois fait, je me sens comme si l'on m'avait enlevé un poids gigantesque de sur les épaules, tout en éprouvant un vertige difficile à expliquer. J'ai l'impression que c'est aussi le cas de Camille.

Nous nous sommes assis un peu plus loin, le temps de voir nos anciens colocataires du tout-inclus consigner leurs bagages et s'engouffrer un à un derrière les portes de la salle d'attente. Le temps de reprendre nos esprits. Le temps que l'on commence à réaliser notre nouvel état.

Une fois le singulier défilé terminé, le comptoir de vente de billets s'est fait un plaisir de nous trouver des places de dernières minutes pour Caracas. Nous avons acheté chacun le nôtre. C'est une autre raison pour laquelle Camille me plaît, comme si j'en avais besoin d'une autre, elle est autonome et indépendante.

Nous avons le temps de casser la croûte avant de nous insérer dans une nouvelle file d'attente, celle face au tableau où il est inscrit Caracas.

Je ne décode pas encore correctement mes sentiments. Mes émotions sont pêle-mêle. Je suis dépassé. Mon seul point d'ancrage est la main de Camille qui se fait petite dans la mienne. *Qu'est-ce que tu es en train de faire, Gabriel ?*

Une fois assis au comptoir, nous ne trouvons rien au menu qui serait de nature à ouvrir notre appétit miné par notre agitation intérieure. Nous faisons consensus pour nous commander chacun un expresso.

Montréal, mardi 12 septembre, 16 h 45 la veille

Lorsque le détective Legendre arrive, à nouveau, devant la porte du bureau de Mat, il sent déjà toute la fébrilité qui habite le lieu. Son patron venait de raccrocher après avoir confirmé certaines choses avec Anouk.

Cette fois-ci, le détective frappe discrètement sur la porte déjà ouverte et demande si le temps est propice.

Mat lui fait signe d'entrer sans plus.

- Je crois que j'ai compris le stratagème, Samuel.

Celui-ci ne répond pas. De toute manière, ce n'était pas une question. Il constate que le visage de son patron est blanc d'inquiétude.

- Sophie est revenue immédiatement de Séoul après avoir fait croire qu'elle était aussi détenue afin de pouvoir jouer le rôle de Camille, la nouvelle amie de Gabriel. Je ne sais pas comment, mais elle a réussi à s'infiltrer dans sa vie à lui aussi, probablement parce qu'elle a appris qu'il était financièrement à l'aise, grâce aux informations données bien inconsciemment par Anouk. Elle l'a amadoué, il est tombé dans le piège. Cette tactique lui permettait de contrôler les deux côtés de l'équation, la proie et le payeur.

- Elle n'en était pas à ses premières armes, si je puis dire.

Mat ne relève pas le commentaire, mais en effet, il déduit que cette fille doit avoir quelque chose de particulier pour que son ex-ami de cœur Maxime, puis Anouk et enfin Gabriel tombent tour à tour amoureux d'elle.

- À son premier coup, elle a restreint le choix de la personne qui devait amener l'argent à Séoul, il ne restait que Damien, qu'elle savait inoffensif. Par contre, elle n'a probablement pas prévu que l'expiration du passeport de ce dernier l'empêchait de quitter le pays à ce moment-là. Elle est rapidement retombée sur ses deux pieds en s'arrangeant pour que Gabriel lui confie le mandat à elle. Cela explique son autre départ pour la Corée le 24 août. Quel culot !

Mat se frotte la tête.

- Je m'imagine qu'elle aurait pu simplement garder l'argent et demeurer à Montréal, mais loin d'être bête, elle aura préféré jouer le jeu et en plus brouiller les cartes. Force m'est d'admettre qu'elle a eu raison. Elle a pu fomenter ses plans tranquillement en évitant les soupçons, voire préparer un deuxième coup, pendant que nous nous perdions dans nos hypothèses.

Le teint du policier passe du blanc au rouge.

- Elle connaît les forces et les faiblesses de tout le monde et elle sait prédire leur comportement. C'est une pro de la manipulation, je t'assure. Merde ! Je n'ai rien vu avant aujourd'hui.

Mat tripote son stylo à présent.

- Donc, fort du succès de son premier coup, elle en prépare un deuxième, plus ambitieux sans Maxime Legrand. Je dois le reconnaître qu'il a lui aussi bien fonctionné.

Le détective ajoute son grain de sel. Il le regrettera.

- La police de Séoul a failli tout faire rater. Elle s'est probablement fait trop remarquer au moment où Damien laissait l'enveloppe sous le présentoir au village culturel.

Mat lui coupe les jambes.

- Ou parce que quelqu'un avait des tuyaux privilégiés. Si tu vois ce que je veux dire.

Samuel Legendre se contorsionne. Son visage pâlit.

Mat s'en aperçoit. Il vient pour intervenir pour lui éviter de se sentir mal, mais il se souvient des petites tactiques qu'il a utilisées pour le faire languir plus tôt aujourd'hui. Alors, pourquoi se presser ? Il prend donc une bonne respiration, dépose son stylo et le regarde directement dans les yeux.

Son subalterne ne soutient pas son regard. Il le dirige plutôt sur son carnet qui lui sert de paravent.

- Parce que Gabriel avait confiance en Camille. Elle connaissait donc tous nos mouvements. Cette dernière savait que la police serait présente au kiosque d'information du village culturel à Busan parce que Gabriel lui aurait dit qu'il m'en avait parlé. Elle ne s'y est probablement jamais présentée. Et j'y pense, elle savait aussi que la police n'interviendrait pas lors de l'autre tentative dans l'escalier du métro.

Mat voit son employé fondre sur sa chaise. Il s'en mord les joues. Puis, en un éclair, l'idée lui traverse la tête.

- Samuel !

Le détective se redresse à nouveau.

- Émilie Dubois, alias Camille Durand, ne peut pas revenir à Montréal ! Anouk reconnaîtrait immédiatement sa Sophie à elle et elle le sait très bien.

 - Oui, je m'imagine !

- Tu n'as pas compris ! Si elle ne revient pas au Canada, elle entraînera possiblement Gabriel avec elle, je ne sais où.

- Je n'avais pas vu la situation sous cet angle, Mat. Votre ami est peut-être en train de tomber dans un autre panneau qui va lui coûter cher et dont il ne se relèvera pas facilement.

- Puisqu'elle a un tel pouvoir sur les gens, elle n'hésitera pas à presser Gabriel jusqu'à lui prendre tout ce qu'il a, sans dire qu'il en sera émotionnellement anéanti.

Le regard du sergent devient froid.

- Il y a plus encore, Samuel !

Cette fois, Mat reprend machinalement son stylo pour le rejeter immédiatement sur son bureau et se lève. Son visage est tendu.

- Elle s'est arrangée pour qu'il n'apporte pas son cellulaire ou tout au moins qu'il le laisse éteint durant leur voyage. J'ai essayé à répétition, impossible de lui parler. Personne ne sait à quel hôtel ils logent. Tout ce qui nous savons c'est qu'ils doivent revenir demain mercredi, à temps pour le début du soi-disant nouveau travail de Camille. J'ai l'intuition que s'ils doivent bifurquer de leur chemin, cela se produira demain.

Le détective fixe son patron qui se tient debout près de lui.

- Vous avez dit « intuition », sergent !

Pendant une fraction de seconde, Mat se sent déstabilisé puis il se forge une posture.

- J'ai dit « intuition », détective Legendre. Vous savez, certaines personnes dans des circonstances particulières ont des pressentiments difficiles à expliquer. Avez-vous quelque chose à redire là-dessus ?

Prudent, le détective se garde de glisser sur cette pente d'autant plus que son patron l'a vouvoyé, ce qui est de mauvais augure.

- Il y a plus encore, détective Legendre.

Le ton de Mat est anormalement protocolaire.

Celui de son subalterne se fera plus familier pour tenter de faire contrepoids.

- Je vous écoute, Mat.

- Cette fille nous a fait perdre notre temps à essayer de retrouver son complice en Corée du Sud. Elle savait ce qu'elle faisait. Je viens de comprendre pourquoi. Je ne m'étonnerais pas si Maxime Legrand était à Cuba à l'heure actuelle. Vérifie-moi cela tout de suite. De mon côté, je me mets en rapport avec l'ambassade du Canada à La Havane pour qu'elle en avise les autorités locales afin d'établir un contact.

Montréal, mardi 12 septembre, 17 h 40 la veille

Quand son téléphone le tire de ses pensées, Mat souhaite que ce soit son détective qui lui apporte les réponses à ses questions.

- Samuel !

- Navrée, Mat, ce n'est que moi.

- Anouk ! Si tu viens aux nouvelles, j'ai bien peur de ne pas avoir beaucoup de primeurs à t'offrir.

Son silence lui confirme qu'elle espérait effectivement qu'il était rendu plus loin dans la résolution de l'affaire.

- Ce que je soupçonne, Anouk, ce n'est qu'une hypothèse, c'est que si nous parlons bien de la même fille, celle avec laquelle tu as voyagé et celle qui est avec Gabriel à Cuba, elle n'a pas intérêt à revenir à Montréal.

- C'est aussi pour cette raison que je t'appelle, Mat. J'en suis venue à la même conclusion. Comme je pourrais facilement la reconnaître et puisque maintenant vous connaissez son vrai nom, elle ne rentrera jamais à Montréal. Et si elle ne revient pas, je n'ose imaginer dans quelle galère elle pourrait entraîner Gabriel.

Mat déduit que bien qu'elle ne soit pas de la police, son raisonnement policier est impeccable.

- Que comptes-tu faire alors ?

Heureusement qu'il s'est décidé juste avant qu'elle n'appelle. Il s'en est fallu de peu pour qu'il n'ait rien eu à lui offrir.

- Il n'y a plus de départs pour La Havane ce soir. J'ai réservé une place sur le premier vol demain matin. Je pars à 9 h 35 et l'arrivée est prévue pour 13 h 53. Quelque chose me dit que je dois être sur place. Si je suis chanceux, j'en connaîtrai davantage avant de partir demain, car j'ai informé les autorités cubaines de ce que nous savons.

Elle n'a aucune réaction.

- Anouk, es-tu encore là ?

- Gabriel est vraiment chanceux d'avoir un ami comme toi, Mat.

Elle s'arrête une seconde avant de poursuivre d'une voix plus basse.

- Moi aussi, je suis chanceuse de t'avoir, Mat.

La Havane, aujourd'hui mercredi 13 septembre, 12 h 10

Le prix à payer pour avoir passé trop de temps dans trop d'aéroports est de s'y sentir soumis. Soumis aux contraintes de sécurité, soumis à attendre et à attendre encore, soumis à faire la queue à gauche et à droite.

Notre deuxième café est froid. Nous avons encore un peu de temps avant de devoir nous déraciner de nos places, devenues par la force des choses notre refuge temporaire, pour nous jeter dans l'inconnu.

À part quelques commentaires concernant les lieux, l'évocation de souvenirs de notre séjour ici, puisque ce sont déjà des souvenirs, et une allusion à la chaleur, nous sommes avares de mots. Je ne peux décoder comment Camille peut se sentir, mais moi, de mon côté, je suis à la fois euphorique, stressé et peiné. Sur un coup de tête, je pars vers un autre pays, avec une femme merveilleuse, en laissant ma vie et mes amis derrière. *Tu as l'habitude d'être plus rationnel, mon vieux !*

Camille me sort de ma réflexion. Devine-t-elle dans quels dédales mon introspection me mène ?

- He ! Ne fais pas cette tête, nous n'allons quand même pas à la potence.

Évidemment, elle marque un point.

- Tu as raison, ma belle Camille, mais où allons-nous ?

Elle vient pour me répondre par une évidence, mais comprend à temps que je ne fais pas allusion à une destination physique.

Elle me prend la main et l'amène près d'elle.

- Nous entrons dans une nouvelle vie, Gabriel. Là où tout est possible, où nous serons ensemble, où toi et moi nous sentirons bien, là où nous ne ferons qu'un.

Ses yeux sont si pétillants et languissants à la fois qu'elle me met échec et mat sur-le-champ. *Fais de moi ce que tu voudras !*

CHAPITRE 36

Dorval, mercredi 13 septembre, 7 h 20, plus tôt ce matin

Quand il l'a vue arriver, Mat a bondi de son siège comme une balle.

- Anouk ! Qu'est-ce que tu fais ici ?

- Je viens aider un ami à mettre en échec celle qui s'en prend à mon frère.

Les jambes molles, Mat se rassoit, visiblement touché.

- Je suis la seule à pouvoir instantanément identifier la fraudeuse. En plus, je tiens à voir sa tête quand elle se rendra compte qu'elle est démasquée. Je ne veux manquer cela pour rien au monde.

Mat, ému, rajoute ceci :

- Je ne te l'ai pas dit hier, mais moi aussi je me considère chanceux d'avoir une amie comme toi, Anouk.

C'est à son tour de devenir émotive, mais avant que les passagers autour d'eux se posent des questions sur leur relation, elle trouve une échappatoire.

- Facile d'être ton ami quand cela implique de faire un voyage à Cuba !

Mat sourit, elle venait de clore ce chapitre.

- Puisque tu es là, laisse-moi te faire le topo des derniers évènements.

Elle s'assoit à ses côtés, attentive.

- Comme je te l'ai mentionné hier, j'ai transmis notre dossier aux autorités cubaines. Cette nuit, j'ai reçu un courriel m'avisant qu'ils avaient recueilli une déposition d'un dénommé Gabriel Beauregard concernant un détournement de fonds perpétré hier sur un voilier au large de leurs côtes.

Anouk est sidérée, elle a de la difficulté à se concentrer. Elle marmonne pour elle-même.

- Pauvre Gabriel, j'espère qu'il va bien.

Mat l'a entendue.

- Je ne sais pas, Anouk, le rapport ne mentionne pas qu'il ait été blessé ni lui - il hésite - ni Camille d'ailleurs. Mais ce n'est pas tout.

Les traits de sa figure se durcissent. Elle se contente de le regarder à présent.

- L'enquêteur qui travaille avec moi - il évite de le nommer pour ne pas lui rappeler sa mauvaise expérience avec lui - m'a aussi texté tard hier soir. Les autorités cubaines lui ont confirmé l'entrée de Maxime Legrand sur leur sol. Il était donc avec elle.

L'expression de colère a complètement remplacé celle de la peine sur le visage d'Anouk, mais elle n'altère en rien son attention.

- Il était avec elle, il n'y est donc plus !

- Il a quitté La Havane hier à 14 h 15. Je conclus qu'il a été mêlé, fort probablement de connivence avec Émilie, à l'escroquerie dont ton frère a été victime.

- Son complice revient à Montréal !

- Non, Maxime Legrand s'est envolé pour Caracas.

- Elle s'est sauvée avec lui !

Les gens aux alentours se sont retournés tellement elle a haussé le ton.

- Je ne crois pas, Anouk. Lui, s'il a été associé à la fraude sur le bateau comme je le présume, il a eu le temps de fuir la journée même, c'est-à-dire hier. De son côté, Émilie, alias Camille pour Gabriel, n'a pas eu le temps de se rendre à l'aéroport pour prendre l'unique avion quotidien à destination de Caracas, car selon le rapport, ils n'ont pas réussi à ramener le voilier à terre avant la mi-journée. Donc elle devrait, enfin je le suppose, prendre le vol d'aujourd'hui prévu à 14 h 15 pour aller le rejoindre. Reste à savoir si elle essaiera d'entraîner Gabriel ou non dans son sillage.

Machinalement, elle consulte sa montre.

- Notre arrivée à La Havane est prévue pour 13 h 53, Mat, c'est presque impossible de l'intercepter avant 14 h 15 !

- Je sais.

Tous les deux comprennent qu'ils sont à la limite de pouvoir tenter quelque chose. Il est pratiquement déjà trop tard. Ils y travaillent, mais il n'y a pas encore de mandat d'arrêt contre Émilie Dubois donc les Cubains ne peuvent l'intercepter de leur chef. Seule une confrontation directe pourrait retarder sa fuite.

Tous les deux appréhendent aussi les enjeux dont Gabriel fait les frais. La crainte de l'un et de l'autre est qu'il se laisse entraîner dans la fuite de son amoureuse. Dans ce cas, ce serait la catastrophe pour lui.

- Je n'en reviens pas. Elle l'a envoûté comme elle l'a fait avec moi. Lui, qui est pourtant si terre-à-terre.

- Je te fais remarquer que toi aussi tu es loin d'être une rêveuse naïve, Anouk. Ingénieure, chef de section dans un bureau d'ingénierie prestigieux, en plus d'être la personne la plus rationnelle que je connaisse.

Il lui prend la main, ce qui incite Anouk à préciser sa pensée.

- Je sais que ce que vit mon frère ou ce qui m'est arrivé à moi n'a rien à voir avec l'intelligence. Cette fille, quel que soit son nom, a trouvé le moyen de se frayer un chemin en lui et en moi. Je comprends maintenant que de son côté, elle n'agissait pas par amour, mais se servait de son talent machiavélique comme on se sert d'une arme, pour arriver à ses fins.

Mat la regarde tendrement.

- Tu le sais aujourd'hui, mais je devine que ce n'est pas suffisant pour atténuer ta douleur.

- Tu as raison, Mat, même si je l'ai compris, je prendrai du temps à m'en remettre.

On annonce le début de l'embarquement prioritaire.

La Havane, mercredi 13 septembre, 13 h 35 (maintenant)

L'embarquement pour Caracas vient de débuter. Camille esquisse un mouvement pour se lever. Je la retiens.

- Rien ne presse, Camille, nous allons être assis dans l'avion assez longtemps.

- Tu me connais... En fait, non. Tu ne me connais pas encore assez ! Mais en avion, je préfère être parmi les premiers à y embarquer pour que je n'aie pas à me battre avec les bagages des autres pour trouver une place aux miens dans les compartiments supérieurs.

J'écoute à moitié son explication qui me semble incidemment bien logique.

- Tu as raison, Camille, j'ai encore beaucoup à découvrir sur toi.

Je crois que je viens de lui enlever toute velléité de se lever. Je constate que je l'ai peut-être même blessée. Ce n'est pas ce que je souhaitais, loin de là.

- Excuse-moi, Camille, je me suis mal exprimé. Je ne voulais pas te vexer.

Toutes les émotions du monde passent par le visage de la femme avec qui je m'apprête à refaire ma vie. Je me sens mal de lui avoir fait cette remarque. J'ai peur d'avoir gâché un beau moment.

- Tu veux que l'on retourne à Montréal !

L'expression sur son visage déchiré me supplie de répondre non.

Pendant ce temps, une partie des passagers ont déjà pris place à bord de l'appareil.

La Havane, mercredi 13 septembre, 13 h 40

Ni Anouk ni Mat ne sont déçus que leur vol ait pris quelques minutes d'avance sur l'horaire prévu. En plus, le débarquement s'est fait sans anicroche.

D'un pas déterminé, ils se sont dirigés vers la douane cubaine en dépassant autant de passagers qu'ils le pouvaient sans créer de remous.

Malheureusement, leur chance n'est que de courte durée. Malgré leurs efforts, la file d'attente qui se forme rapidement devant les guérites de l'immigration vient de leur couper tout espoir d'être sortis de la zone douanière avant le départ probable d'Émilie Dubois et possiblement de Gabriel. Anouk estime qu'ils en auront pour une bonne demi-heure dans la queue avant que leur tour arrive. Si tel est le cas, cela les amènerait à 14 h 10, soit seulement cinq minutes avant le départ prévu du vol pour Caracas. Tous les passagers seront déjà à bord. Il n'y aura plus rien à faire.

- Attends-moi ici, Anouk. Je vais tenter quelque chose.

Elle n'a pas le temps de riposter, Mat a déjà quitté les rangs et se dirige vers les deux policiers aéroportuaires qui montent la garde devant les guérites.

Elle ne comprend pas ce qu'il leur raconte, mais elle le voit au loin sortir son passeport et sa carte attestant qu'il fait partie de la Sûreté du Québec. Les deux policiers ne semblent pas saisir où il veut en venir.

Anouk prend la décision de laisser sa place dans la file, au risque de ne plus la retrouver si l'intervention qu'elle s'apprête à faire ne réussit pas.

Avec consternation, Mat la voit arriver à ses côtés.

- Je t'avais dit de…

Elle ne fait pas attention à lui et se tourne vers les deux gardes, puis d'un espagnol approximatif, mais efficace, elle leur explique succinctement leur situation.

Mat esquisse un bref sourire malgré la lourdeur du moment.

Finalement, un des deux gardes prend leurs passeports et laisse le couple penaud, pour aller vers un cubicule occupé par un plus haut gradé. À la suite de ce qui devait être le compte rendu de ce qu'Anouk venait de lui expliquer, le chef empoigne son combiné téléphonique et fait un appel.

Anouk ne peut s'empêcher de jeter un œil sur la place approximative qu'elle aurait encore si elle était demeurée dans la file. Elle se demande maintenant si elle n'aurait pas mieux fait d'y rester, plutôt que de risquer d'attendre ad nauseam la décision de la hiérarchie militaire.

La Havane, mercredi 13 septembre, 13 h 55

- Je n'ai même pas pris le temps d'aviser mes amis de mon départ. Ils vont trouver mon comportement étrange. Ce n'est pas dans mes habitudes d'agir sur un coup de tête.

- Sur un coup de tête ! C'est tout ce que je représente pour toi, un coup de tête. Moi je croyais que nous deux nous vivions quelque chose d'extraordinaire. Je peux te confirmer que de mon côté, je n'ai aucun doute. Je suis chagrinée d'apprendre que ce n'est peut-être pas ton cas.

Une voix d'automate retentit dans la pièce pour annoncer que ceci était le dernier appel pour l'embarquement du vol vers Caracas.

J'inspecte la salle d'attente, elle est presque vide. Seulement quatre personnes se trouvent encore de ce côté-ci de la porte d'embarquement.

- Ce n'est pas ce que je veux dire, Camille. Tu sais que j'irais au bout du monde avec toi. Il y a une partie de moi qui hésite alors que l'autre partie est absolument euphorique à l'idée de commencer une nouvelle vie avec toi.

De son visage mystérieux et envoûtant, Camille me fait le plus beau des sourires en me prenant les deux mains.

- Gabriel, ne te sens pas obligé. Je peux prendre cet avion seule. Je comprendrais que tu préfères ta vie actuelle à une vie différente avec moi.

Des larmes mouillent ses profonds yeux noirs. Moi, je sens capituler mes dernières résistances devant son visage gravé de tristesse.

La Havane, mercredi 13 septembre, 14 h 05

Anouk en est certaine maintenant, elle aurait dû garder son rang dans la file d'attente. Ses belles notions d'espagnol leur ont nui en fin de compte. Le grand couple avec deux enfants, derrière lesquels ils se trouvaient dans la file, est le prochain à passer. Ils y seraient presque, tandis que là, ils sont coincés. Mat et elle ne peuvent ni reculer ni avancer. Ils doivent attendre à présent que le haut gradé ait l'approbation d'un plus haut gradé et ainsi de suite. Le nouveau contact de Mat à La Havane n'a visiblement pas prévenu la douane de son arrivée.

Anouk contemple l'idée de se faufiler rapidement derrière un passager pour lequel un douanier venait de déverrouiller le portillon donnant accès à l'aire de réception des bagages. Est-ce que Mat lit dans ses pensées ? Elle ne le croit pas, mais au moment même où l'idée lui traverse la tête, elle sent son regard la fusiller sur place. Peut-être a-t-il deviné après tout.

Enfin, le premier haut gradé, celui du cubicule, se lève finalement de sa chaise pour venir vers eux.

S'il les fait entrer dans son bureau, c'est terminé. Ils n'auront jamais le temps de répondre à quelque question que ce soit et espérer arriver à temps pour confronter Émilie Dubois.

Il leur livre un message, déversé à une vitesse incroyable, puis leur remet leurs deux passeports. Mat ne comprend rien. Anouk, elle, doit prendre le temps de repasser au ralenti la trame sonore de ce que l'officier leur a raconté.

Elle vient de comprendre !

La Havane, mercredi 13 septembre, 14 h 12

Je me sens craintif comme le serait un enfant qui a peur de monter dans un manège. Camille est à court d'arguments. Son dernier, et son plus convaincant, c'est son visage sombre qui commence à considérer l'impossible probabilité de partir seule. Sa mine déconfite me scie les jambes.

Je me lève machinalement, ne sachant encore quelle direction je prendrai. Camille en fait autant. Elle est tellement frêle et vulnérable en ce moment, cela me crève le cœur. Je m'en veux de lui infliger un tel supplice à cause de mon indécision tardive.

On annonce au haut-parleur que tous les passagers doivent être à bord.

La Havane, mercredi 13 septembre, 14 h 13

Dès qu'Anouk finit de traduire ce qu'elle a compris de l'exposé du douanier, Mat court vers la sortie sans se retourner. Anouk le suit.

Malheur !

À la sortie de la douane, une autre file les attend. Les passagers doivent placer leurs bagages à main sur un convoyeur pour les passer aux rayons.

Mat ne considère même pas la possibilité de faire la queue cette fois-ci. Il se glisse directement en avant de la file, place son bagage à main et vide ses poches sur le convoyeur, puis passe dans le portique du détecteur de métal. Les autres voyageurs sont frustrés et l'invectivent. Profitant du brouhaha causé par l'incident, Anouk décide de faire de même, s'attirant les mêmes injures au passage.

Sans regarder le préposé au détecteur, il retire ses effets personnels du convoyeur. Anouk en fait autant. S'il y avait eu problème, on les aurait interpellés.

Ni elle ni lui ne se préoccupent de leurs plus gros bagages qui ont été consignés. Ils les laisseront tourner sur le carrousel jusqu'à ce qu'un préposé en décide autrement. Il sera toujours temps de les récupérer plus tard.

Les voici enfin sortis de la zone d'arrivée de l'aéroport de La Havane. Ils doivent se ruer vers l'aire des départs à présent.

Sans carte d'embarquement pour accéder à la zone des départs, ils n'ont pas eu le choix. Plus question de faire quelque queue que ce soit ! Mat, tel un bulldozer, enjambe les guérites de la sécurité. Anouk le suit dans son sillage. Ils créent une panique chez les gardes. Ces derniers leur crient de s'arrêter. Ils ne se retournent même pas.

Ils courent de toutes leurs forces, talonnés par les douaniers en état d'alerte.

Mat espère que les autorités comprendront ses intentions une fois cette saga terminée, mais en ce moment, cela ne le préoccupe même pas.

La Havane, mercredi 13 septembre, 14 h 15

Je suis tellement perdu que je me sens dans une bulle. Tout se déroule au ralenti autour de moi. Je n'entends pas l'agente nous appeler en courant vers nous.

« Nous fermons les portes, vous devez monter à bord immédiatement. »

J'ai de la difficulté à me tenir sur mes jambes tellement je suis tourmenté. D'un côté, Camille me tire, de l'autre, des soubresauts de lucidité me paralysent.

« Gabriel ! »

Camille relâche la tension qu'elle exerçait sur mon bras. L'agente est juste devant nous, elle ne sourit pas.

« Gabriel ! »

L'agente s'est arrêtée faute de place pour faire un pas de plus. Camille la contourne pour se diriger vers la passerelle qui mène à l'avion.

Ce que je vois relève d'un scénario de science-fiction.

Je crois voir Mat, oui, Mat, qui court vers Camille. Je dois le confondre avec un autre, je n'ai pas toute ma tête.

« Gabriel ! »

La voix qui m'interpelle à répétition ne fait pas partie de mon imaginaire comme je le croyais. Elle est bien réelle.

Je ne comprends plus rien. Je réalise que c'est celle de ma sœur que je vois courir vers moi.

- Anouk ! Que fais-tu ici ?

Comme dans un rêve, elle ne me répond pas. Peut-être ai-je cru lui poser une question, alors que tout ceci ne se passe que dans mon imagination.

La voici qui détourne son regard du mien et passe à côté de moi comme si je n'existais pas. *Tu vas te réveiller, Gabriel, ce n'est qu'un cauchemar !*

Je me retourne alors pour assister à une scène horrible.

Celui que je crois être Mat bloque le chemin de Camille. Cette dernière fait volte-face pour prendre la direction opposée, pour revenir vers moi donc.

En se faisant, elle fait face à Anouk qui se trouve maintenant entre Camille et moi. Camille s'immobilise instantanément. Elle laisse tomber son sac, ses bras devenant soudainement trop faibles pour le retenir.

Elle veut dire quelque chose, ses lèvres bougent, mais rien ne peut s'échapper de sa bouche. Camille est désorientée. Son visage étrange est sillonné de traits étirés qui donnent l'impression qu'elle vient de voir un fantôme.

C'est à ce moment que Camille et moi entendons le même nom sortir de la bouche de ma sœur :

- Sophie !

ÉPILOGUE

Montréal, lundi soir 2 octobre

Ils se sont mis à trois pour me convaincre de participer à notre souper du premier lundi de ce mois d'octobre. C'est Damien qui m'a porté le coup fatal en me suppliant de ne pas retomber dans les abysses dans lesquels je m'étais perdu après la disparition de Marie il y a deux ans.

Ce soir, je suis donc ici avec Mat, Damien et Anouk, dans ce joli restaurant qu'il m'est difficile d'apprécier à sa juste valeur. La compagnie est agréable, comme toujours. Mais moi, je suis en retrait. Je les laisse entreprendre les discussions que je n'écoute que partiellement. Ils en sont maintenant à passer leurs commentaires sur une photo d'un tableau que Damien nous montre sur son iPad, toile qu'il vient tout juste de terminer. Je suis le plus grand admirateur de ce que produit mon ami artiste-peintre, mais en ce moment, je suis emprisonné dans ma coquille.

- Toi, Gabriel, qu'en penses-tu ?

J'accorde tout le mérite à Mat qui essaie amicalement de me faire participer à la discussion.

Je vais le décevoir.

- Tu réalises, Anouk, nous avons tous les deux, durant la même période, baisé la même fille !

Je sais que je n'aurais pas dû balancer cette réflexion déplacée à ma sœur qui n'en a pas besoin.

Mat prend sa défense, constatant qu'elle demeure muette sous l'effet du choc.

- Tu dépasses les bornes, Gabriel. Ta sœur est autant victime que toi. Cette usurpatrice vous a fait du tort à tous les deux, pas la peine de le rappeler à ta sœur.

Anouk qui reprend ses esprits fait signe à Mat de ne pas trop en faire.

Ce dernier semble s'en vouloir, lui aussi. Mais Mat étant Mat, il emploie sa stratégie favorite pour contrer trop d'émotion. Il s'abrite derrière sa profession.

- Vous ne connaissez pas la meilleure !

Évidemment, par cet énoncé, il capte immédiatement notre attention.

- Vous savez déjà que le beau Maxime Legrand, capitaine de voilier à ses heures, s'est fait arrêter au Venezuela. Ce que vous ne savez pas et que lui aussi ignorait avant d'essayer de nous retourner ton argent, Gabriel, c'est que la somme n'a jamais été déposée dans leur compte conjoint de Bitcoins. Il a appris en même temps que nous, que la belle Émilie, alias Julie, alias Sophie, alias Camille, s'était créé un compte pour elle seule. Ce matin-là sur le voilier, comme elle s'était organisée pour entrer elle-même le numéro du compte, elle a tout mis dans le sien et non dans leur compte commun. Maxime Legrand n'a rien vu.

- Fraudeur un jour, fraudeur toujours !

Je ne sais pas où Damien est allé la pêcher, celle-là, mais elle a le mérite de me faire sourire.

Mat n'est pas déçu de sa manœuvre de diversion, mais nous retombons assez rapidement dans la même ambiance tourmentée.

Fort de sa dernière contribution, Damien reprend la perche.

- Comment peut-on en arriver à jouer parfaitement tous ces rôles sans que rien paraisse ?

Sa question se voulait en fait une réflexion.

Mat se sent le devoir moral, en tant que policier je m'imagine, de proposer une réponse.

- En plus d'être motivée par l'appât du gain, évidemment, je pense qu'elle doit ressentir une satisfaction possiblement de domination à exercer son pouvoir d'envoûtement sur les gens. Il y a aussi le plaisir intellectuel, et allez savoir, peut-être même sexuel, qu'elle éprouve certainement à contrôler et à abuser d'eux grâce à son magnétisme hors du commun. Il faut ajouter que la fille est loin d'être bête. La maîtrise absolue de son agenda, sur deux continents et deux plages horaires, entre les rôles de Sophie, de Julie et de Camille, ferait pâlir d'envie un bon nombre de gestionnaires de projets. Finalement, elle sait pénétrer les pensées des gens pour les influencer en utilisant le bon argument qu'il soit verbal, émotif ou physique ou mieux, en leur présentant le contraire sachant qu'ils feront l'inverse.

Sa réponse, de laquelle il semble fier, n'aura pas d'écho.

Mat se racle la gorge sentant qu'il doit poursuivre avant que le groupe ne retourne au point neutre.

- Vous savez qu'elle a perdu sa mère quand elle avait huit ans ! Donc, lorsqu'elle t'a fait croire, Gabriel, qu'elle était allée la visiter à Québec, elle était en fait partie avec toi, Anouk. Tout son emploi du temps était méticuleusement programmé pour lui permettre de se glisser dans la peau de

Sophie ou de Camille sans se faire prendre. Ce n'est pas la peine de vous dire qu'elle n'a jamais fréquenté une école de génie ou de comptabilité et qu'elle n'a pas perdu de conjoint non plus. Je ne lui ai pas demandé, mais je parie qu'elle a fait en sorte d'acheter ses billets d'avion elle-même pour éviter de dévoiler son vrai nom à l'un de vous deux.

- Sa belle-sœur est agente de voy...

Je m'interromps moi-même. *Que j'ai été naïf et con !*

Mat a l'air de se demander s'il a bien fait de retourner dans cette zone sensible. Il se redresse puis modifie la trame de son exposé, probablement pour me sauver la face.

- Vous vous doutez, je m'imagine, qu'elle n'a jamais déposé l'enveloppe dans la navette du téléphérique à Séoul. Elle nous a avoué qu'elle se sentait, à tort, suivie par des policiers qui auraient été prévenus de la transaction par Gabriel. Elle a donc préféré jouer la partie jusqu'au bout ou presque. Évidemment, elle est revenue avec l'enveloppe d'argent cachée dans son sac après s'être convaincue que personne ne l'avait suivie jusque dans la nacelle numéro 9. Elle nous a candidement dit qu'elle avait espéré que Damien ferait la livraison et que son complice Maxime Legrand lui rapporterait l'argent à Montréal. C'est une des rares fois où elle a dû improviser, l'autre cas était quand elle t'a frappée, Anouk. Elle plaide qu'elle ne voulait pas te faire de mal ; sur ce dernier point, je la crois.

Réalisant que sa manœuvre de diversion fonctionne puisqu'il a notre attention, Mat en rajoute.

- Pour sa deuxième extorsion, à Busan, comme elle prenait de l'assurance, elle s'est fiée davantage à son instinct. Ce fut le cas lorsqu'elle t'a écrit, Gabriel, de la gare de Séoul en se faisant passer pour Maxime qui aurait été à leur trousse ou encore, quand elle s'est attribué le second vol de ton passeport, Anouk. Elle n'était pas peu fière de son coup, d'après ce qu'elle a raconté à Samuel.

Je sens qu'il a immédiatement regretté d'avoir fait allusion à son enquêteur puisqu'il me jette un œil incertain. Je lui fais grâce de quelque remarque que ce soit, je n'ai pas la tête à l'affrontement.

- Pour sa dernière fraude, celle de La Havane, elle avait encore une fois tout planifié dans le moindre détail, l'enjeu était de taille. Elle a eu besoin de Maxime, qui a encore succombé à son pouvoir de séduction et qui de plus, ne tenait pas à subir son procès à Montréal. Quelle fille sans scrupule !

Mat sent, en observant le langage non verbal de ses amis, qu'il ferait peut-être mieux de reprendre cette discussion une fois les cendres retombées. Trop de mauvais souvenirs, trop de douleur. Il ne leur parlera donc pas des prétendus remords d'Émilie qui, en attente d'être rapatriée et sur les conseils de son avocat, a rendu à Gabriel toutes les sommes usurpées encore en sa possession, avant que le tribunal ne le lui ordonne. Le principal intéressé le sait, lui.

Il ne reviendra pas non plus sur les trois heures d'interrogatoire que lui et Anouk ont dû subir à La Havane pour justifier leur poursuite débridée dans l'aéroport. Heureusement qu'ils avaient expliqué le but de leur venue aux douaniers en arrivant. Leur chef les a soutenus, ainsi que son contact de La Havane qui s'est finalement manifesté.

Il ne rajoute plus rien.

Nous redirigeons notre attention vers nos assiettes. Un se sert du vin, l'autre se soucie de découper sa viande en morceaux anormalement petits, un autre joue avec sa fourchette et moi, je ne fais rien.

Anouk brise le silence. Elle posera une question qui demeurera à jamais sans réponse.

- Gabriel, il y a une question qui me trotte dans la tête. Lorsque Mat et moi t'avons retrouvé à l'aéroport de La Havane, tu semblais hésitant à t'envoler pour Caracas. Tu ne nous as jamais dit quelle décision tu aurais finalement prise si nous n'étions pas intervenus cet après-midi-là. Partir avec elle ou rester avec nous !

Elle voit les yeux de son frère s'embuer instantanément.

X X X

Pour ne pas manquer la sortie des prochains polars intimistes de la série « Intrigues et amitié », suivez-moi sur ma page Facebook :

Facebook : **Claude André Poirier, écrivain**